キャラクター紹介
Character introduction
黒崎祐也
ルナ
カグラ

ソフィア
ソル
ウルリカ

「いっ、いやぁあぁあああああっ!?」
「やめてっ、みないでえええええっ!?」
リーゼロッテ

ダンジョンクリエイター
dungeon Creator
〜異世界でニューゲーム〜

2

著 ヴィヴィ vivi イラスト 雛咲 葉 hinasaki yo

CONTENTS

N ノクスノベルス

プロローグ

俺、黒崎祐也《くろさきゆうや》の人生は最悪だった。

母親の死後、引き取られた先にいた義理の妹である友理奈《ゆりな》が主な原因だ。家では両親とグルになって虐待され、学校でも手下と共に殴られたり蹴られたりといった虐めが日常茶飯だった。酷い時にはトイレに拘束され裸にされた状態で身体中に落書きをされた。

生きることは辛かったが、一ヶ月前に転機が訪れた。

クトゥルフ神話で語られる、邪神ナイアーラトテップことナイ子が突如学校に現れ、俺達を勇者や天使と戦わせるために、ダンジョンクリエイターとして学園ごと異世界に拉致《らち》したのだ。そこで全員にダンジョンとその作成に伴う力を与えた。

ダンジョンを作って力をつけることで友理奈達に復讐できると思った俺は、いつもプレイしていたゲームの知識を使い、幾つも効率のいいスキルを手に入れた。そのスキルを用いて効率的なダンジョンを作ることにした。

しかし、異世界に来ても酷い目に遭うことには代わりなかった。

友理奈に、ダンジョンの資金であるＤＰを根こそぎ奪われたのだ。

俺は奪われたＤＰを補うためにダンジョンを解放し、侵入してくるモンスターを撃退した。その際にチュートリアルのお供として現れたナイ子の分体を合成進化で生体ダンジョンコアへと進化させ、狐のタマモとして引き留めることに成功した。

それから少しして今度は異世界人達が俺のダンジョンに侵入してきた。彼等は近くの村人と領主の子供、その護衛の騎士だったが、罠に嵌《は》めて捕らえることに成功した。

男は女へと性転換させて苗床にし、彼等が殺した分のゴブリンを増やした。

女は捕らえて、友理奈への復讐を成し遂げるための戦力として俺の奴隷となってもらった。

それから彼女達の力を最大限引き出すべく合成進化の力でカグラ、ルナ、ソル、ソフィアの四人をモンスターと合成し進化させた。

同時に彼女達が自ら尽くすことを条件に、俺の妻となることを提案しそれを承諾させた。

これで一安心かと思ったが、捕らえたカグラの母親であるウルリカがやってきたことで状況は一変する。彼女の持ってきたペンダントによって、聖女候補だったソフィアが、邪神の敵である教会の力によって天使へと変えられて戦う羽目になったのだ。

ナイ子達の協力もあってどうにかその戦いに勝利し、天使に乗っ取られたソフィアの身体は取り戻したが、その代償に記憶を失わせてしまった。

その後も俺は友理奈への復讐のために着々と力を蓄えることに集中した。

気付けばこちらの世界に来てから一ヶ月が経っていて、更なる面倒事に巻き込まれることになった。ナイ子とその上位存在であるアザ子に、俺達全員が呼び出されて、クリエイター同士の対抗戦が開始されることを告げられたのだ。邪神という連中はそういう遊びが大好きなようだ。

予想通りというか、俺は早速友理奈の手下である不良粥川《かゆかわ》と稲木に対抗戦を挑まれた。拒否することもできないまま、俺は二対二のダンジョンバトルをすることになった。元の世界に味方なんていない俺のパートナーとして名乗りを上げたのは、友理奈の命令で俺を酷い目にあわせたリーゼという銀髪ロリの美少女だった。

こいつも何か事情があって俺の同盟相手になったのだろうが裏切る可能性が高い。

さらに友理奈の命令で、粥川と稲木以外の奴からもモンスターが送りこまれてくるのは確定だ。

こちらは戦力は整っているが、人数的にこちらが圧倒的に不利だ。

とはいえ、俺だって負けるつもりはない。

俺を惨めな目に合わせたあいつらには必ず絶望を与えてやる。

もう一人のプロローグ（リーゼロッテ視点）

まさかこんなことになるなんて思わなかった。出会った時にもっと疑っておけばよかった。

友理奈は留学してきたばかりで不安だった私に近付いてきて、日本の遊びとかを色々教えてくれた。特に私の国にはあまりなかったアニメや漫画はとても良くてはまっちゃった。

でも、その中に黒魔術とかいうのもあって、最初は占いからだったけれど、次第にエスカレートしていった。猫を殺してその血で悪魔を召喚するって儀式を手伝うことになって、やっていたらいつの間にか私がそれを主導していることになっていた。

その姿を録画した動画や写真を使って脅され、連れてこられたのは学園にある立ち入り禁止の旧校舎だった。そこにある男子トイレでは女生徒が裸で拘束され、男子生徒や教師に犯されて肉便器にされていた。

こんな風になりたくなければ、オナニーしろって言われて私はしかたなくそれに従った。それすらも動画や写真で撮られていた。

公開されたくなければ忠誠を誓えって友理奈に命令され、私は土下座して足を舐《な》めさせられた。

両親や警察に相談しようかと思ったけれど、女生徒を犯している男の中に警官もいてどうしようもなかった。逆らったり裏切ったりすれば、お姉ちゃんや両親を殺すと言われたら従うしかない。

今まではそうやってただ従うしかなかった。

けれど、この世界ならどうにかなるのかも。

でも一人じゃ無理だし、お姉ちゃんに助けてもらうといいかも……ううん、やっぱり駄目。

この件にお姉ちゃんを巻き込むわけにはいかない。

これは私が招いたことだし、私が自分で決着をつけないといけない。

「ねえ、どうだったの？」

考えながら教室へと向かうために歩いていると、友理奈が待っていた。その後ろには護衛のつもりなのか、手下の不良の人達がいて、気持ち悪い視線で私を視姦してくる。

私は被っている魔女帽子を深くして表情を隠し、相手を見ないようにする。

「はい、これがあの人のダンジョンの地図だって。遺跡型みたいだよ」

「ふ〜ん。これが本当なら貴女《あなた》の役目も十分にあるわね」

「ちゃんと約束は守ってよ」

「ええ、もちろんよ。あなたがちゃんと頑張ればね」

手を振って去っていく友理奈達の背中を見送る。

友理奈に私を自由にしてくれるようにお願いしたけれど、絶対に解放する気はないよね。

友理奈の心は真っ黒で、私を利用するだけ利用して他の女生徒みたいに悲惨な目に合わせるつもりだと思う。

私はしかたなくダンジョンへと戻る。

私のダンジョンは石畳で作られた暗い洞窟型のダンジョンだ。壁に取り付けた髑髏《どくろ》の中には淡い青色の光がゆらゆらと揺れ、道を照らしている。不気味な光に照らされた通路には、血塗《まみ》れの鎧がいくつも飾られている。そんな通路を抜けて玉座の間である儀式場へと移動する。

「ダンタリオン、どうだった？」

ダンジョンに戻って骨で作られた玉座に座り、私の身体の中から現れた彼女に友理奈から感じたことを否定してほしくて聞いてみる。

「そうですね。彼女はリーゼの願いに応えるつもりはありません。男の方はまだ可能性がありそうですが、こちらも問題があります」

現れたのはローブ姿で長い黒髪をした女性の悪魔だ。与えられたＤＰをほぼ全て使い、悪魔召喚の力で呼び出した魔神と呼ばれる悪魔、ダンタリオン。

彼女は序列七一位の地獄の大公爵だ。学術に関するあらゆる知識や他人の秘密を教えてくれる。それに人間の心を読み取り意のままに操る力、愛を燃え立たせる力や好きな場所に幻覚を送り込む力も持っている。

邪神の御子である私自身を依《よ》り代《しろ》にし、私が死んだら身体や魂まで含めて、何から何まで全部捧げる契約にしたからこそ召喚できた。

でも彼女はダンジョンを自由にさせることと、私の行く末を観察させるだけで契約してくれた。

契約しても存在の格が違い過ぎて平気で命令を拒否されたり、無視されたりもする。

特に読書中に邪魔をするとお仕置きされるので、もはや従者じゃなくて友人……いや、親だね！

そんな彼女はどうやらナイ子達のやることに興味があるらしく、ナイ子達と衝突せずにイベントに参加できるので代価はそれで問題ないらしい。

なんというか、私得な展開だった。

なのでナイ子やその上にいるらしいアザ子に、感謝の意味をこめて毎日お祈りした。

驚いたことに本人達が現れて、仲良くお茶会をするぐらいの関係になってしまった。

助けてくれるわけじゃないし、せいぜいプレゼントをくれるくらいなので、友理奈達のことを頼むこともできないけれど。

でも、ダンタリオンというアドバイザーを手に入れたことで、私のダンジョンは安定している。

例えば廊下の髑髏の灯りは生贄《いけにえ》にした侵入者のもので、燃えているのも魂の残りかすだ。鎧にも悪魔が宿っていて、それが私の主戦力でもある。

私の趣味と実益を兼ねて魔法を教えてもらっていて結構楽しい。

はじめは友理奈から教えられたんだけど、今ははまっちゃったんだよね。本当は友理奈のこともあるし、やめたほうがいいんだろうけど……それとこれは別というか、なんというかですよ。

「友理奈を裏切るタイミングをどうしようか……」

「勝てる見込みのない方につけば終わりですからね。まあ、私としてはそれでもかまいませんが」

「やだよ。私はもっと悪魔の力を手に入れたいもんっ。それにあいつらに身体を弄《もてあそ》ばれたり、モンスターに犯されたりとかは絶対に無理っ！」

「でしたら今回組むあの男はどうですか？」

「あ〜友理奈のお兄さんには友理奈の命令で色々とやっちゃってるし、絶対恨まれてるんだよね
……それがさっき言ってた問題だよね？」

「そうですよ。彼の瞳には憎悪と抑圧されていた欲望が渦巻いていました。このまま何もせずにあちらについただけなら、裏切られて陵辱されて苗木にされるでしょう」

私は友理奈のお兄さんにそれだけひどいことをした。

友理奈に命じられるままに、全裸で縛られているお兄さんの写真を撮ったり、卑猥な言葉が書かれているその肌をデッキブラシで擦《こす》り付けるようにして痛めつけた。

……自業自得だ。友理奈に逆らえなかったからしかたないとはいえ、そんなのはこっちの理由であってお兄さんの知ったことじゃない。

「あ〜もうっ！　私は悪魔になって、面白おかしく好きなことをして生きたいだけなのにっ！」

「駄目人間ですね」

「うるさいっ！　いいじゃん、憧れているんだから！」

考えごとの最中だっていうのに、魔法国セヘルナクアの連中が攻め込んできている。

前衛はゴーレムなどの魔法人形で、後衛に魔法使いという編成だ。

掌《てのひら》を向けて私は悪魔召喚を行使する。周りに小悪魔であるインプやレッサーデーモン達が現れる。

中にはレッサーではないデーモンもいるけど、これはダンタリオンの部下達だ。

「妾が命ずる。妾の領域に入り込んだ愚かなる連中を捕獲し、地獄へと落としてあげなさい」

「御意」

大量に召喚した悪魔達を見送ってこれからのことを考える。

このまま友理奈達と戦っても、私一人じゃ押しつぶされるのは目に見えている。

「それに悪魔って燃費が悪いんだよね……」

「当然です。実体の持たない精神生命体を、膨大な魔力で顕現《けんげん》させているのが、悪魔召喚の本質なのだから」

「極大魔力のスキルとっても足りないとか、どうなってるのよ……」

「リーゼは馬鹿ね。そんなもの、この私とこの子を運用しているからに決まっているじゃない」

玉座を滑るようにして体勢を変えて後ろを見ると、そこには巨大な悪魔が座っている。

毎日、アザ子達にお祈りとプレゼントをしていたらくれた奴で、私の言うことなんて聞いてくれない。私以外の敵も味方も片っ端から滅ぼすし、ダンジョンまで壊してくれる我が家の最終兵器だ。

現在はダンタリオンが封印してくれている。

アザ子から言外に、悪魔の女王になりたければ、この子くらい使いこなせと言われているのだと思う。

「本当、使えればいいのに……」

「使えるわよ」

「本当にっ⁉」

「ええ」

「ならなんで教えてくれなかったの？」

「聞かれなかったもの」

「っ……」

しかたない。ダンタリオンは気分が乗った時や、自分にとって都合のいい時以外は聞かないと教えてくれない。向こうから教えてくれる時は大概、私にとって大変な時だけ。だからこちらから頑張って色々と聞くしかないんだ。

でも、ほんとに運用できるなら、悪魔の大公爵を二柱も従えられることになる。

これで勝てないわけが……いや、今の私じゃ完全に扱いきれないから意味ないか。

極大魔力で保有する魔力を千倍にしている私の魔力が、二柱を維持するだけで八割も消えている。

「ねえ、今の私だけで友理奈に勝てると思う？」

「無理ですね。彼女はダンジョンではなく、他者を支配することにＤＰを振っています。戦いとなれば多数のクリエイターを引き連れてくるでしょう」

「本当にムカつく奴……」

思わず親指の爪を噛んでしまう。

友理奈がいなければ、ただひたすらに悪魔の女王や覇王を目指したりするのにっ！

「ねえ、私がある程度好き勝手に生きられる道を教えて。さっき、このままならって言ったよね。それってつまり、私から何らかの行動を起こせば問題ないってことだよね」

「お断りします。私が面白くありませんから。私達の主になりたいのなら、自ら考えて主たる資格を示しなさい」

「は～い」

と返事をしたものの、さて、どうしよう。現状ではどうしようもないと教えてくれた。

だったら、考えよう。

私は玉座の上で三角座りして、両手の指を合わせる。

今のままだと近い内に友理奈の命令で男やモンスターに犯されて孕《はら》ませられる可能性が高い。

それを回避できる機会があるとすれば今度の対抗戦だと思う。

一度、私がそこで取れる選択肢を整理してみようかな。

選択肢の一つ目は、私が一人で独立することだね。

そのためにはまずは友理奈の取り巻きの粥川と稲木に勝って友理奈と敵対する。でも、二人との戦いに勝ったとしてもその次は友理奈がいる。ダンタリオンは間違えないから勝敗はついている。

今のままでは私は友理奈に勝てない。どうやら私一人で独立するのは無理そうだ。

ならばと、考えた二つ目は友理奈のお兄さんの軍勢を手に入れることだね。

負けた相手の軍勢を吸収することは、対抗戦のシステムを使えば可能だし、勝ってお兄さんのモンスター達を手に入れることができれば、二人分の戦力になる。それなら友理奈にだって勝てるかもしれない。あくまでもダンタリオンが言ったのは、私単体だけなら友理奈に勝てないということだ。でも、そこで負けたらダンタリオンの言うとおりの悲惨な目に遭うだろう。

私はあのお兄さんに勝てるだろうか……？

そういえばお兄さんの護衛についていた私ぐらいの女の子、あれは人じゃなかった。うちの悪魔みたいに暴力的な気配を感じた。ダンタリオンと融合しているから気付けたけど、私にとってのダンタリオンみたいな感じかもしれない。護衛の一人であのレベルなら負ける可能性が高いよね。

結局酷い目に遭うなら、友理奈と戦うのとそれほど変わらないか。

三つ目はお兄さんと完全に組むことだよね。お兄さんも友理奈の被害者の一人だし、そうできる可能性はゼロじゃないと思う。

でもお兄さんには確実に恨まれている。仮に対抗戦をきっかけに同盟関係を維持できたとしても、いつ裏切られて酷い目に遭わされるかはわからない。これじゃあ、他の選択肢と危険性はかわらなくて現状維持だよね。今の状況から抜け出したとは言えそうにもない。

どれもゲームオーバーに近い選択肢しかないっ！

よくて現状維持だし……どうすればいいかな……？

私は考えに考えた。こんなに頭を使ったのは初めてかもしれない。

でも、私が出した答えは、策とも言えないような策で、選択肢とも言えないような選択肢だった。

「どうやら決めたようですね」

「うん、決めたよ」

「それは、うまくいくでしょうか？」

「ダンタリオン。うまくいく、いかないじゃない。いかせるんだよ」

「なるほど。人は足掻《あが》き、抗《あらが》うほど魂の輝きが増します。いいでしょう。精々頑張りなさい」

「うん。というわけで、助けてダンタリオンっ！」

「……台無しですね。で、何をするのですか？」

「決まってるじゃん。うまくいく確率をちょっとでもあげるために儀式をするの」

「まあ、知っていましたが……では、やりましょうか」

丁度運ばれてきた多数の者達。冒険者や国の兵士で私を殺しにきた奴等。特に魔法使いや聖職者が多い。その全てを魔法陣の上に乗せさせる。彼等は恐怖の表情を向けているが気にしない。私は死にたくないし、彼等を解放するつもりもない。

「儀式を始める。貴方達《あなた》には私が求めるよりよい未来のため、生贄になってもらう。別にいいよね。私を殺しにきたんだから、殺される覚悟はしていたはずだし」

口枷《くちかせ》で呻き声しか聞こえないけど、無視して詠唱を開始する。

「さて、今日はダメ元でアレをやろう。ダンタリオン、お願い」

「しかたないですね。私に読み解けない秘密はありません。しっかりと覚えなさい」

ダンタリオンから告げられた相手の真の名によって私の身体は朽ち果て、脳は機能を停止する。でもすぐにダンタリオンが再生してくれて修復してくれる。

これを繰り返してちゃんと唱えられるようになった。

「SANチェック、成功しましたか？」

「一七回くらい失敗したけど、もう大丈夫」

魔力を流して作ったストーンサークルの魔法陣を用意して起動する。

「外なる時空間の狭間におりし混沌の者よ、今ひとたび現世に顕現し、我が前に現れ出でよ。我は汝との契約を望みし者。時空の彼方にありし汝に告げる。我は汝の真なる名を知る者なり」

成功して何か貰えれば私は勝ち組。失敗したら終わる。ただそれだけ。

どうせこのままいってもほとんどゲームオーバーでろくな目に合わない。

だったら、好きにやって少しでも勝率を上げて勝ちをもぎ取るしかないよね。

「ひとつにして全てのもの、全てにしてひとつのものよ、我は宇宙の秘密をしるものなりっ！」

宇宙の秘密と真なる名を告げるとストーンサークルの中心部が歪み、私の前に一つ一つが太陽のように強烈な光を放つ、玉虫色の球体でできた無定形の外なる神が現れた。

さすがに交渉はダンタリオンに任せることにする。

いつの間にかアザ子も来てるし大丈夫だと思う。

それにしても、門を無視して顕現するとか真なる名はすごいね！

三十一日目

対抗戦の対策会議

対抗戦関係の話が終わって関係者がいなくなった。残ったのは俺と護衛のカグラの二人だけだ。

カグラは可愛いらしい黒髪の女の子で、鬼族の少女だ。身体こそ小さいが護衛としての戦力は高い。可愛らしい和装の上着にスカートで、武器は鬼を使って作られた刀だ。この刀は彼女自身とも繋がっているので、たとえ折れようと遠くに行こうと、瞬時にカグラの手元に万全な状態で戻る。おそらく単騎戦力としては俺のダンジョンではトップクラスだ。

「これからどうしますか？」

「効率的に動くには寄る場所がある。付いてきてくれるか？」

配布されるという携帯端末を確保するために、購買部に行くべきだからな。

「カグラは主様の向かう所なら、どこでもお供しますっ！」

「そうか、ありがとう」

「えへへ〜」

俺がカグラの頭を撫でてやると嬉しそうにする。彼女の頭は撫でやすい位置にあるのでついつい撫でてしまう。カグラも頬を赤らめながら、気持ち良さそうにしているからいいだろう。

しばらく撫でてから手を差し出すと、小さな手で握り返してくる。

俺達は手を繋いで購買部へと向かう。

購買部では既に生徒と教師が列をつくっていた。俺もカグラを連れてその最後尾に並ぶ。

「持ちましょうか？」

「いや、いいよ」

待っている間、カグラは俺の手を大事そうに握ってくる。

しかし、カグラ達も随分と俺に尽くしてくれるようになった。彼女達は愛情を注げば注ぐだけ応えてくれる。前はいくら尽くしても返ってくるのは暴力や暴言だったからな、素直に嬉しい。

「どうした？」

「なっ、なんでもないです……」

カグラがちらちら見ている視線の先では、男子生徒がリンゴ飴や棒付き飴といった甘味と飲み物を売っていた。カグラをもう一度見ると、やはりそちらに視線をやっている。

「おい、こっちにもくれ！」

「少々お待ちください！」

「主様？」

「俺が食べたいからな」

俺の声に応えて男がこちらにやってくる。それを見て、カグラが期待に満ちた瞳を向けてくる。

「お待ちどうさま。飴が二〇〇ＤＰ、飲み物は一〇〇ＤＰです」

「高いな」

「味は本物よりも美味《うま》いですよ」

「そうか。じゃあ、リンゴ飴を七本とジュースを二つくれ」

「全部で一六〇〇ＤＰです」

「わかった」

俺はＤＰを支払って商品を受け取り、カグラにはリンゴ飴をすぐに渡す。

「あの、いいんですか？」

「ああ、今日頑張ったご褒美だ。味わって食べるんだぞ」

「はいっ！」

持っていた混沌兎を片手で持ちながら、笑顔でリンゴ飴にかぶりつくカグラ。

すぐに表情をとろけさせて美味《おい》しそうに食べていく。

「毎度あり～」

「ああ、また頼む」

俺はジュースを飲んで時間を潰す。

しばらくすると食べ終えたのか、カグラがこちらを見上げてくるのでジュースを渡してやる。

「後は家に戻ってからだ。ルナ達へのお土産にする」

「あ、そうですね。でも、カグラは食べちゃいました……」

「そのために七本も買ったから大丈夫だ。だが、一本を今食べたことは内緒だぞ」

「はい！」

ハンカチでカグラの口元を拭いてやる。

こんなことをしていると、ようやく順番がきたようだ。

「いらっしゃいませ。ご要望は携帯端末ですか？　それとも私ですか？」

「なんでここにいるんだ……」

「やだな〜売り子に決まってるじゃないですか」

カウンターを挟んだ向こう側にいるのは、エプロンを着けた美少女だ。

完璧に整った可愛らしい顔立ちに、長く艶やかな黒髪が風にさらさらと揺れている。

彼女こそ、俺達をこの世界に招き入れた、邪神のナイアーラトテップのナイ子だ。その身から溢れ出る風格は抑えているのだろうが、一瞬で格の違いを思い知らされて跪《ひざまず》きそうになる程だ。前よりも力の差を感じるが、それは俺達が成長し、僅かでもその実力がわかるようになったからだろう。

邪神様が売り子をしていたら、大人しく並ぶしかない。先程までの整列ぶりも頷ける。

逆らえば、殺されるより酷い目に遭わせられる可能性が高いからな。

「ちなみにこれは分体の一つですが、皆さんを虐殺するくらいわけないですからね」

「だろうな」

「さて、貴方の求めるのはどれですか？」

色んな端末を用意しているのか、どうぞ見てください、とでもいうかのように可愛らしく両手を広げてくる。確かに色も形も様々なものが並べられている。普通に向こうの世界で売られているようなものから、邪神謹製のヤバそうなもの、子供向けの可愛らしいものまである。

「六個欲しい。後はインカムとかもあるか？」

「解析して作ってください」

「わかった。で、六個はいけるか？」

「お一人様お一つまでですよ。だから二つですね」

「そうか。なら、二つでいい。カグラ、一つは好きなのを選ぶといい」

「カグラが選んでいいんですか？」

どうせならカグラ達、女の子が喜ぶのもあるといいだろう。

「どれでもいいぞ」

「えっと……これがいいです」

カグラは可愛らしい花柄のピンクのを選んだ。

俺は普通に銀色の奴を選ぼうとすると、ナイ子がそっと別の携帯を渡してくる。

それは狐が描かれたスマホだった。

「これは？」

「返品は受け付けておりませ～ん。ほらほら、次の人が待っているんですから、行った行った」

「わかった」

ＤＰは強制的に取られ、返品も不可とのことだ。

機能に問題はないだろうからこのまま戻るとしよう。

「カグラ、戻るぞ」

「あの、主様。ここを色々と見て回りたいです」

「まあ、いいか」

カグラの要望通り、学校の中を少し見て回ってから帰ることにしよう。

「どこに行きたい？」

「あの大きな建物のてっぺんです」

「屋上か」

カグラが校舎の屋上を指差したので、手を繋ぎながら校舎に入る。

しかし、人が多い場所に慣れていないカグラでは、手を繋いでいてもはぐれてしまいそうだ。

そこでふと思いついたことがあるので実行してみる。

「カグラ」

「なんですっ、わっ⁉」

カグラの太ももを摑んで身体を持ち上げて肩車をしてやる。

普通の和服ならできないだろうが、カグラは下がミニスカートなので大丈夫だ。

「これならはぐれないだろう」

「はい。それに凄く高くて面白いです！　皆が男性の肩に乗って移動したりするのも納得です！」

鬼族は男が恋人や妻子を肩に乗せたりしているし、憧れがあったのかもしれない。

「俺の頭に手を乗せて太ももでしっかりと挟んでおけよ」

「こうですか？」

「良い感じだ」

カグラの柔らかい太ももが密着してきて、俺も気持ちがいい。

はしゃいでいるカグラを連れて、天井に頭がぶつからないように階段を登っていく。

屋上は解放されていて入ることができた。何人かのクリエイターやその連れもいる。

外は昼間なので明るいはずだが、そこは暗かった。どうやら上と下で昼夜が分かれているようだ。

こうしてみると本当に俺達が不思議な空間にいることを実感できる。

空には幾何学的な文様で描かれた魔法陣が浮かび、その奥に星々と蠢《うごめ》いている何かが見える。

「綺麗ですね」

「もしかして、見えていないのか？」

「えっと、綺麗なお星様しかみえませんけど……」

「それならいいさ」

どうやらカグラには蠢いている者共が見えないようだ。見えないのならその方がいい。

一旦、カグラを降ろすと、くるくると回りながら楽しそうに一面の星空を見ている。

「あっ、流れ星です！」

確かに空に流れ星が瞬いている。

というか、結構な頻度で落ちている。流星群とまではいかないが、数分に一つぐらいだ。

「カグラ、俺達の世界には流れ星に願い事を託すと叶うという言い伝えがあるんだ」

「そうなんですね……じゃあ、今度こそ戦いに勝って皆で無事に笑顔で暮らせますように……」

カグラは両手を組んで祈りだした。

その目尻にはうっすらと涙がたまっている。

記憶を失う前のソフィアのことを思い出していたんだろう。

俺も同じように願う。あんなことはもうごめんだからな。

「さて、帰ろうか。皆が待っている」

「もう、ですか……？」

「また連れてきてやるから安心しろ」

「はい……あの、それじゃあ最後に一つだけお願いがあります……」

「なんだ？」

「抱っこ、してください……」

抱き上げてお姫様抱っこしてやると、嬉しそうに身体を預けて頭を擦りつけてくる。

本当にカグラは可愛いお姫さまだ。


カグラとのデートを終えてダンジョンへと帰る。

教室の扉を開けると、そこが俺のマスタールーム兼自宅だ。

俺達が帰ってきたのに気づいたのか、残って料理をしていたソフィアがこちらにやってきた。

彼女は金髪碧眼《へきがん》で胸の大きな気の優しい少女だ。天使との戦いで記憶を失った彼女は、合成進化の力で天使となった。今は堕天しかけているが、回復魔法や支援魔法が使えるし、眷属《けんぞく》の天使も召喚できる。それらは本来記憶を燃料として消費するが、今は魔力で代用しているので非常に燃費が悪く、基本的には家事をしてもらっている。

「お帰りなさいませ」

「ただいま」

「ただいまです」

白色のワンピースにエプロンを着けたソフィアは、俺のコートを預かってくれる。

「お食事にしますか？　お風呂にしますか？　そっ、それとも……私……ですか……？」

コートを腕に抱え、顔を赤らめ照れながら言われたその言葉に俺は驚く。

ソフィアが口にした言葉は新婚の夫婦がやるような会話だ。

妻にしたので間違ってはいないが、ソフィアが知っているとは思わなかった。

「それ、なんですか？」

「ナイ子さんがこう言えばいいと教えてくれました。後はお帰りのキス、でしたか……」

犯人はナイ子のようだ。まあ、グッときたしよしとしておこう。

「そうだな。残念ながら時間はないから、キスだけだな」

「何かあったんですか？」

「ああ。後で説明する」

「はい……んっ」

話しながら抱き寄せたソフィアと唇を合わせて、そのまま互いの舌を絡め合う。

口内で唾液を交換して味わってから唇を離し、架かっている唾液の橋を切る。

「そっ、それじゃあ……どうしますか？」

「まずは昼飯だな」

「はい。すぐにご用意しますから、席で待っていてください」

とろんとした瞳から正気に戻ったソフィアは、俺が答えるとすぐに奥へと小走りで向かった。

だけど、すぐに戻ってきて俺のコートを掛けてから調理場へと向かう。その姿は愛おしく思える。

「主様」

「なんだ？」

「んっ！」

呼ばれてカグラの方を見ると、彼女は爪先立ちで唇を突き出している。

頬を赤らめ、恥ずかしいのか眼を瞑《つぶ》っている。

どうやら、カグラもキスをして欲しいようだ。

俺はその要望に応えて、しゃがんでからソフィアと同じように口付けを交わす。

「可愛い奴だな」

「～♪」

甘く感じる唾液を交換し、カグラを抱き上げて部屋の奥へと入っていく。

俺のマスタールームは木々で覆われた教室であり、設備としては狐のタマモが寝ている高級ベッド、大きなテーブル、調理場、黒板のモニターがある。

以前はここにトイレなどもあったが、そちらは外にちゃんとしたのを設置してある。

本当なら二階層に作った城に住んだ方がいいのだろうが、実際に住んでみたら広すぎて落ち着かないし、ほとんどの部屋を使わなかった。ワンルームみたいな感じのここの方が気楽だ。

もちろん、近くにはカグラ達の部屋も用意してある。

「ソフィア、お昼はどれくらいかかるんだ？」

「ごめんなさい。もう少しかかりそうです」

「なら、カグラは手伝ってきてくれないか？　ゆっくりとしたいならそれでも構わないが……」

「大丈夫です。まだまだ元気ですから、お手伝いしてきます」

カグラが調理場へと入り、ソフィアと仲良く姉妹のように料理していく。

俺は二人から視線を外してベッドに座りながら携帯端末を弄《いじ》る。

端末のメニューにはメール、オークション、バザーしかない。

メールはその名の通り手紙を送るだけだと思ったら、商品を添付させることも可能なようだ。だが、相手の端末IDがないとできない仕様だ。

オークションは回覧と落札と出品が可能で、これがこの端末のメインだと思われる。

出品したいものを端末に触れさせることで登録が可能で、手元にない物はできないようだ。

当然だが、自分の所有物しか登録できない。侵入者に端末を押し付けて、商品にすることはできないようだ。

バザーの方は出品されている商品が大まかにわかるだけだった。こちらは言ってしまえばチラシみたいなもので、実際に出向かないといけない。この機能はまだ使わなくていいだろう。

「「ごはん」」

端末を調べていると、ダンジョン側の扉を開けて声を合わせた二人が入ってきた。

彼女達は青色の髪を肩辺りで切り揃えた、無表情だが可愛らしい双子の女の子だ。

二人の違いはその頭の耳だ。一方は兎耳でもう一方は犬耳だ。二人はシンクロという互いをリンクさせるスキルを持っていて、女であるルナが男であるソルの影武者をつとめられるぐらい同じ行動やもう一人の方を操ることができる。

彼女もカグラやソフィア達と一緒に俺のダンジョンを攻略しにきたところを捕らえて妻にした。

元々そう育てられたきたルナは自らを道具と思い生きてきたが、本当はただ愛情に飢えていた可愛らしい女の子だった。ソルを助けるという交換条件で俺を主人に変えさせて、愛情を注いだら俺のために尽くしてくれるようになった。

ソルはゴブリン達に与えてからルナとの交換条件で回収して助けた。この時にはすでにソルの人格はほとんど消えていたので、性転換魔法で女性にしてルナ共々可愛がることにした。現在はルナがソルの人格を取り込んで一人で二人の身体を操っている感じだ。

戦力としてはルナが混沌兎で、ソルが天狼をそれぞれ支配下にしている。

「二人共、先に手を洗いなさい」

彼女達の後ろから長い茶髪を後ろで纏めた若い女性が入ってくる。

カグラの母親であるウルリカだ。元々は神々を式神として使役したり、自らの身体に降ろして戦ったりする符術師だったが、ソフィアを助けるために天使と戦う時に合成進化を行った。

彼女はナイ子の協力もあって、鬼子母神にすることができた。

「「ん」」

二人がウルリカの言葉に従ってしっかりと手を洗ってから、俺の膝の上に座ってくる。

ルナとソルの温もりとお日様の香りが漂ってくる。

「ひゃうっ⁉」

「んっ⁉」

俺は眼の前に現れた兎耳と犬耳の誘惑に勝てずに、好き勝手に触ってもふもふしていく。

二人は気持ちよさそうに喘ぎながら、身体を火照《ほて》らせていく。

悶えている二人の手が次第に俺の物へと伸びてくる。

「ずるいですよ。今日はカグラの番です」

「……残念……」

カグラが拗《す》ねた表情をしながら料理の乗ったお盆を運んでくる。二人は互いに見合わせた後、しかたなさそうに降りていく。俺は一人しかいないのでここで喧嘩にならないのは助かる。

「片方はいいですけど、全部は駄目です……」

「いいの？」

「はい。主様が良ければですが……」

「別に構わないぞ。二人は軽いからな」

「やった」

ソルが離れた位置に座り、俺の膝にルナが座る。

カグラは運んできた料理を並べてから、俺の空いている方の膝へと座った。

「まったく、何をしているのよ」

「可愛らしくていいじゃないですか」

確かにこの子達は可愛くていい。

「行儀が悪いのよ」

ウルリカとソフィアの二人が昼飯を運んで来てくれる。

薄切りのパンとキャベツのような野菜と幾つかの肉のスライス。それにスープが添えられている。

どうやらこのパンに野菜と肉と挟んで食べる趣向のようだ。

「さて、それじゃあ食事といきたいが、その前に一つだけ伝えることがある。話し合いをするから食後は残ってくれ。では、いただきます」

「「「いただきます」」」

皆が返事をしてから食事を開始する。といっても、俺はカグラとルナを支えないといけないので二人に食べさせてもらう。仲良く交互に食べさせてくれたり、互いに食べさせ合ったりと楽しそうにしている。そんな二人を見ながら、ウルリカやソフィアも嬉しそうにしている。

日本にいた時とは比べ物にならないぐらい幸せな光景だ。あっちだと犬のように床に置かれた残飯を食わされたり、床に捨てられたやつを食わせられたりしていたからな。

この幸せを手放さないためにも、俺は勝たなければいけない。


楽しい食事を終えるとカグラとウルリカが親子で食器を片付けてくれる。

ルナとソルの二人は、起きてきたタマモを抱きかかえてご飯を与えている。

「どうぞ」

「ああ、ありがとう」

ソフィアが淹《い》れたてのコーヒーを俺とウルリカに渡してくれる。ルナ達には買っておいたジュースだ。ソフィアは俺の対面に座りカップを両手で抱えて、息で冷ましながらちびちびと飲んでいる。

「どうしましたか？」

ソフィアが不思議そうに小首を傾げてくる。

俺は見つめていたことを誤魔化すために、買っておいたリンゴ飴をソフィアの口へと運ぶ。

「土産だ」

「あっ、ありがとうございます。んっ、これ、甘くて美味しいですね」

「「ずるい」」

「きゅっ」

頭にタマモを乗せたルナとソルがこちらにやってきた。彼女達にも望み通りにリンゴ飴をやる。

「「あ～ん」」

「自分で持て」

「「う～」」

俺はリンゴ飴をルナ達の唇に押し付け、自分で持たせてから頭に乗っていたタマモを俺の膝の上に乗せる。

それからタマモにリンゴ飴を食べさせてやると嬉しそうにかぶりつく。

ルナとソルも夢中で自分のを食べだした。

「それは何なの？」

「これはリンゴ飴だ。ウルリカの分もあるから食べてみるといい」

「カグラの分はあるのよね？」

「ああ、あるぞ」

カグラにも事前に言ったように渡す。

「ありがとう、ございます……」

外で食べたことを気にしているのだろう。俺はカグラにも食べるように促してから、コーヒーを口にし、皆が美味しそうにリンゴ飴を食べるのを見ながら本題に入る。

「さて、話し合いを始める。一週間後、別のクリエイターと戦争をすることになった」

「なんですって？」

「「お～」」

ウルリカとソフィアは俺の言葉に驚き、ルナとソル、カグラは楽しそうに笑っている。

「知っているかもしれないが、戦争は二つの勢力以上で互いに殺し合い、奪い合うことだ」

「知っています。怖い奴ですね」

「そうだ。だが、勝った時の利益は大きいが、基本的には交渉でどうにもならない時に使う最終手段だ。俺もちゃんと経験したことはないから詳しくはわからないがな。今回の戦争は複数のダンジョン同士の戦いだ」

立ち上がって黒板に移動してから、携帯端末に送られてきていたメールに書かれている対抗戦に必要なことを書き込んでいく。

右側に俺達のダンジョン。自軍である俺達の名前と友軍であるリーゼロッテ・エレミアの名前。左側に敵軍として粥川幸司と稲木順の名を書く。リーゼロッテと粥川、稲木の三人から線を伸ばして黒幕に友理奈の名前を書いておく。リーゼロッテの線は途中で〝？〟を入れておく。

「勝敗は殲滅《せんめつ》かしら？」

「クリエイターの撃破、ダンジョンコアの破壊、相手の降伏。これが今回の勝利条件だ。負ければ相手のクリエイターの配下となる。はっきり言って最低な目に合うことは間違いない」

震えながら身体を抱きしめるカグラと、顔を青くするソフィア。

「大丈夫よ。ご主人様は勝算があるのよね？」

ウルリカは俺が勝算がなければ受けないと思っているようだ。

「その通りだ。勝算がなければこんなことは受けない。三つのダンジョン……いや、それ以上の戦力を相手にしてでも勝つつもりだ」

「待ってください。三つ以上ですか？　それに黒幕？」

「そうだ。相手は俺が復讐したい相手である友理奈の手下共だ。今回戦う粥川と稲木は友理奈を通して、他のダンジョンからも戦力を集めてくるだろう。これは確定だ。更に今回の同盟相手であるリーゼロッテも元は友理奈の陣営で、裏切る可能性が非常に高い。それも頭に入れておいてくれ」

「最悪な状況じゃない」

皆が驚くが、想定される戦力差が最低でも三倍以上なのだからしかたないだろう。

「……裏切り、やっかい……無能な味方と同じ……」

無能な味方のせいで俺に捕まったソル達の言葉には説得力がある。

「だが、裏切ることを前提にして対策をしておけば問題はない。むしろ、こちらから裏切ってやるつもりでいく」

そもそもがリーゼロッテは復讐すべき相手の一人だ。

友理奈に命令されてしかたなくやったのかもしれないが、実行犯には代わりはない。

傍観していた同じクラスの奴等や教師も許すつもりはない。まあ、流石《さすが》に別のクラスの一般生徒までは復讐するつもりはないが、生徒会や役員、教師連中は取り締まるべき側なので別だ。

「負ければ破滅が待っているから、最悪を想定する必要があるんだ。敵味方問わず全てを相手にして勝てるように心積もりをしておいてくれ。妻である皆の安全は必ず守るから安心してくれ」

「ルナ達も、なんとしてでもご主人様を守る」

「はい。主様を信じて頑張ります」

「そうですね。記憶のない私でも可愛がってくれる旦那様を信じます」

ありがたいことだ。信じられたのなら、応えられるように努力しよう。

「ありがとう。さて、対抗戦に向けてまずやるべきことはＤＰを稼いでダンジョンを強化し、配下を鍛えることだ」

「それは最低限必要なことね。人数もいるわ」

「ん。数、大事」

ルナとウルリカはそういうこともわかっているようだ。

ルナはソルの次期領主としての勉強に含まれていたんだろう。

ウルリカは冒険者として旅もしていたらしいから、戦争を実際に経験しているのかもしれない。

「それで数を稼ぐ手段はあるのかしら？」

「ある。だが、その前にウルリカは領主から派遣される軍はどうなっているかわかるか？」

「そうね。詳しいことはわからないけれど、流石にそろそろリーフ村に着いたころかしら？　もっとも、救助は絶望的な状況だと思われているでしょうね」

ウルリカはあれからも何度か村に戻っている。当然、ＤＰで購入した隠蔽《いんぺい》の指輪を使って角やステータスを隠してだ。指輪は結婚指輪を作り替えたので村人に咎められることもない。

「相手の戦力は？」

「領主の軍はまちまちだからわからないわ。その辺、どうなの？」

「……精鋭……強い……」

「騎士は精鋭か」

「……国の騎士、指導くる……」

詳しくルナの話を聞くとバラバラすぎる戦力で痛い目をみたことがあるらしく、領主軍に採用されるのは国防軍に入って、厳しい指導の下でしっかりと鍛えてからとのことだ。

しかも、領主軍に入ってからも国から実力がある教導隊の騎士が派遣され、領主軍を鍛えているそうだ。

「これ、どう考えても領主に対する牽制と監視も入っているよな？」

「でしょうね」

「……反乱、即座に首、切られる……」

どの領主軍も即座に反乱を鎮圧できるぐらいは精鋭といえる力を持っているわけだな。

富国強兵とはよくいったものだが、厄介にもほどがある。

「……でも、この子達なら、楽勝……」

「それもそうですね」

「きゅっ！」

ルナとソルが掲げる混沌兎と天狼達。

タマモも頷いているが、本当にそうか？

それだけだとはどうしても思えない。領主の監視も含めているなら、かなり強い奴を派遣してきているだろう。

だが、それはある意味では嬉しいことでもある。上手いこと利用できればかなり使えるからな。

「とりあえず、ウルリカは村に戻って情報を集めてくれ。いつこちらに侵入してくるかわかるとかなりありがたい」

「わかったわ。調べてこちらの都合の良い時に侵入するように調整すればいいのね」

「それで頼む。さて、次はテオニス山を支配下におく。現状、内部と麓ぐらいしか支配下においてないからな。こちらはルナとソルで攻め込んでくれ。カグラは鬼やゴブリン達を集団戦闘ができるようにしてくれるとありがたい」

「「任せて」」

「頑張ります」

ルナとソルがテオニス山で死骸を集めてくれれば、それだけで戦力増強になる。

本当はダンジョンの前にあるアトリの森とテオニス山もダンジョンにしたいが、それは奴隷の売れ行き次第だな。

「私はどうしましょうか？」

「ソフィアは俺を手伝ってほしい」

「お手伝いですか？」

「そうだ。天使は記憶をエネルギーに変換できる。その力は所有権があれば拒否されても力を行使できることが天使戦でわかっている。だから、捕虜の記憶を消去してほしい」

天使がソフィアを捕らえて記憶をエネルギーへと変換していたのは、ソフィアが天使の所有物となっていたからだろう。だったら、捕虜でも可能なはずだ。

「記憶、ですか?」

「ああ。記憶には短期記憶と長期記憶の二つがある。その長期記憶も三つに分類されるが、残すのはやり方やルールの記憶、身体で憶えた手続き記憶だけだ。それ以外は全部消してくれ」

「わかりました。私も皆さんの役に立ちたいですからやってみます」

「頼む。タマモは携帯端末を解析して増やしてくれると嬉しい」

「きゅ!」

これで指示は終わったな。後はそれぞれが行動するだけだ。

「じゃあ、これで解散だ。各自に与えられたことをしっかりと果たしてくれ。トラブルがあれば言ってくれれば怒らないから、報告だけはしっかりとしてくれ」

「「「はい」」」

「「ん」」

ここからは分かれて作業だ。

俺とソフィアを除いてマスタールームから出ていく。

ルナとソルは部隊を引き連れてテオニス山へ、カグラはウルリカをダンジョンの出口まで送ってから、調練へと向かうようだ。

「それじゃあ、売る商品を作るから儀式場へと移動しようか」

「商品……売るんですか?」

「そうだ。オークションで獣人を販売する」

「わかりました」

俺は繁殖所送りにしていた者達を鬼の女性達に回収させ、綺麗にしてから儀式場へと連れてくるように命令する。多数の子供を生んだ者達は、流石に身体が弱っているので合成進化をして、元気な状態の身体へと治療する時もあるが今回は別だ。それと混沌兎も数体呼び出しておく。

儀式場へと到着し、中に入ると和風のメイド服を着た鬼の女性達が頭を下げて迎え入れてくれる。彼女達は長い黒髪でお淑《しと》やかな感じだ。

彼女達には俺達の側近としてサポートしてもらっている。どうしてもダンジョンが広がって人数が増えてくると細部まで手が回らないのだ。

彼女達のお蔭で随分と管理が楽になっている。

「お待ちしておりました。言われた通りにして六名を連れて参りました」

「ああ、ありがとう」

俺が命令しておいた通りにしてくれたようで、すでにぐったりした女達が運び込まれていた。

「この者達が規定数以上を生んだ人達です」

「ボロボロですね……」

「そうだな。だが、今から治してやるんだ。整列させてくれ」

「はい」

すぐにメイド達が抱え上げて整列させてくれる。これからこいつらを獣人に変える。

「お前達が殺してくれた奴等の分まで生んでくれたので、お前達には選択肢をやろう。新しい身体となるか、死んで解放されるかだ。どちらがいい？」

俺が問いかけると無言のままだったり、こちらを睨み付けてきたりしている。

「どうする？」

「……殺せ……」

「いいだろう」

騎士の一人は死ぬことを望んだので、死霊魔法で魂を引き抜き成仏させてやる。

他の連中は要望がないようなので続行する。

「どうするのですか？」

「ちょっと待ってくれ。ソフィアの役目はまだだ」

「わかりました」

俺は死霊魔法で新しい魂をランダムで呼び出す。

複数の呼び出した魂と混沌兎を合成進化で一つへと進化させる。

「よし、できた。ソフィア。これから手続き記憶だけ残して消してくれ」

混沌兎を混ぜたことで黒のもふもふした球体をソフィアに手渡す。

「できるかわかりませんが……」

「頼む。失敗してもかまわんからな」

両手で持って肌触りを楽しんでいるソフィアを促す。

「はい。手続き記憶だけ残して……手続き記憶だけ残して……」

ソフィアが黒く染まる途中である二対四枚の翼を広げて力を行使する。

球体からソフィアへと光の粒子が流れ込んでいく。

「多分、これで大丈夫だと思います。違和感のある部分は削ぎ落としておきましたから」

「助かる。ソフィアは大丈夫か？」

「はい。むしろ、元気になったぐらいです」

相手の記憶をエネルギーに変換したから元気になったのだろう。

ソフィアの心自体も問題ないようだ。

「それならよかった」

改造した球体を引き抜いた騎士の肉体へと押し付けると、その体内に溶けていった。

改めて素材となる者を呼び出す。

呼びだしたのはサーバルキャットだ。

肉食獣ではあるが、モンスターではないので安いＤＰで召喚できた。

このサーバルキャットと騎士、それに数合わせの素材を入れて繁殖能力をなくして進化合成を開始する。繋ぎである混沌兎も良い働きをしてくれて、無事に金髪の猫耳美少女を作り出すことができた。

作り出した子は名前も付けずにそのまま携帯端末からオークションの項目を選択。続けて出品を選択して作ったばかりの彼女を選択し、出品者の名前を秘匿《ひとく》し、開始額を五〇〇〇ＤＰにして決定を押す。

すると彼女は光となって消えていく。

「消えちゃいましたね」

「ああ。だが、端末ではちゃんと出品中となっている。おそらく、ナイ子に回収されたんだろう」

「ですね」

無事に出品されていることが確認できた。

「時間までどんどん作るぞ」

「わかりました。私も頑張ります」

「頼む」

即決はなしにしたのでいくらになるかはわからないが、獣人なら高く売れるはずだ。

俺は身長や胸の大きさなどをばらつかせて次々に作っていく。

獣人の種類を増やすためにも次は兎も作る。

魂と肉体に混沌兎を混ぜて記憶を消去し、それぞれを調整して出品する。

「人がいなくなりましたが……」

「繁殖所からこれ以上連れてくるわけにもいかないから、同じようにオークションで購入するか」

「わかりました」

流石に素材となる人が足りないのでオークションで安い奴隷を購入しよう。オークションの奴隷を売っているページを選択し、最安値から表示させる。すると安い奴隷が多数出てくる。

「いっぱい出ていますね。子供から大人まで……それに怪我人も」

「そうだな。しかし、値段がばらばらだ」

横から端末を覗き込んできたソフィアと一緒に確認していく。

まず男性と女性では値段が違う。

「男性と女性とでは値段が違いますね。なんでですか？」

「まあ、こういうことをするためだな」

「あっ……」

横にいるソフィアの胸を鷲摑みにする。指は柔らかい胸へと沈んでいく。ソフィアは抵抗することなく、身体を預けてくるのでそのまま抱きしめる。すると彼女の温もりといい匂いが漂ってくる。

このまま押し倒したくなるが、今は我慢だ。

「でも、男性は力仕事とかできますよ？」

「そういってもモンスターには敵わないだろうしな。それに美少年とかは一定数、高値で買われているようだ」

美少年とかイケメンの男性は高い値が付いたりもしている。

この辺り、男性も女性も変わらない。

子供は養育費の関係か値は低いようだ。

しかし、怪我人や病人は特に扱いが酷い。

「その、贅沢を言っていいですか？」

「まさか、この人達を助けたいのか？」

「はい。駄目でしょうか？　できたら記憶を消すのも選ばせてあげたいです……」

ソフィアの提案をしっかりと考えてみる。

彼等を助けると忠誠心も高くなるだろうし、新しい住人が増える。

なにより妻であるソフィアの願いを聞き入れてやりたい。

しかし、そうなるとコストがかかる。

俺は収入の方を確認してみる。

出品中のオークションを確認すると、すでに猫耳美少女・大が三二〇〇〇、中が三五〇〇〇、小が二二〇〇〇。どの子もかなりの値段になっている。

これなら十分に元が取れているので、ソフィアの願いを叶えても構わないだろう。

コメント欄をみると出現場所やどうやって召喚したのか、などと色々と聞かれているが全て無視しておく。

時間はまだ余裕があるが、先を見据えて行動しておこう。

今、手持ちが九〇〇〇DPなので、できるかぎり購入しよう。

「よし、ソフィアの思うようにしていいぞ。ただし、治療してから本人達にどうしたいかを聞くんだ。一つ目は記憶を残すか、残さないか。二つ目はここで暮らすか暮らさないかだ」

「ありがとうございます!」

笑顔でお礼をいってきた後、ソフィアが酷い怪我や病気の人達から優先して召喚してくる。

俺は彼等を合成進化で治療していく。何回かに一度、混沌兎を混ぜて再生させる。男も女も何回か性転換魔法で若返らせて、合成進化で獣人へと変化させる。

その後、意識を取り戻した人達に事情を説明する。

「ここは貴女達が入ったダンジョンとは別の場所で、私達は貴女達を治療させてもらいました。その代償としてモンスターが混じった獣人になっています」

「そんな……」

説明すると攻撃してきた人もいたが、そちらはメイド達が押さえ込んだ。

元々彼等はダンジョンに侵入してきた者達が大半だ。

一部はクリエイターが攻め込んだ人達もいるが、あのままだと死んでいるし、生き残って新たな人生を歩めることを喜んでもらいたい。

ソフィアが説明すると、落ち着いて話を聞いてくれるようになった。

「こちらが提示するのは簡単にいえば記憶を消して新しい人生を歩むか、記憶を残したままここで生活するかだ」

「どちらにしろ辛い記憶は消すこともできます」

悩んでいる奴等はソフィアに任せる。

記憶を残してこちらに住むか、新天地を求めてオークションに出るかは選ばせる。記憶を残してのオークションなら俺達の記憶は消去させてもらう。記憶を完全に消した場合はオークションに出させてもらう。

獣人となった彼等は高額な代金を出して購入されるから、あちらでも扱いはいいと思う。

「子供と一緒にいられるなら……」

「できる限り希望に応えます。どの子でしょうか？」

少しして話がまとまったようだ。ソフィアが新しくその人達の家族も呼び出して俺に預けてくるので獣人に変化させる。再会を喜び合っている彼等には幸せになってもらいたいので、性別をどうするかは選ばせてやる。

逆に記憶を消して新しい人生を歩む者達もいる。逃げようとしたり、獣人になったことを認められずに喚いてこちらに攻撃してくるような奴等だ。そのほとんどが冒険者や教会の連中だった。そういう奴等はこちらに残る者達に説得させ、それでも駄目だった奴等は記憶を消去してオークションに出しておく。

全員を調整し、治療を行って住人になるのとそうでないのに分ける。

住人はメイド達に任せて城下の方へと案内させて生活してもらう。

それ以外は記憶を消して合成する前の状態にしてから牢屋に入れておく。

後は明日だ。

「ソフィア、疲れてないか？」

「大丈夫ですよ。でも、あの子達は売るんですよね？」

「そうだ。嫌なのか？　あれはソフィアの言葉にも耳を貸さなかった連中だが……」

「いえ、別に問題ありません。私達のこれからのために必要なことなのですよね？」

「そうだ。いざという時の保険にもなるからな」

「保険、ですか？」

そう保険だ。そのために混沌兎を混ぜている。できる限り他の奴等の情報を集めたいが、そう簡単にはいかない。スパイを送り込むことも、情報を送り込むことも難しい。邪神の作ったシステムを人が超えることなど限りなく不可能に近い。しかし、限定的な状態では例外が存在するかもしれない。失敗すればそれまでだが、成功すればリターンが大きいので仕掛けはしておく。

「発動するかはわからないがな。それよりも今日は終わりだ」

「では晩ご飯の用意をしてきますね」

「楽しみにしている」

ソフィアを見送ると、残っていたメイドがこちらにやってきた。

「主様、少しよろしいでしょうか？」

どうやら、用事があるようだ。

「どうした？」

「我等は売らないのですか？」

「ああ、お前達は売らない」

「何故でしょうか？」

「お前達はカグラやウルリカとの子供みたいなもんだからだ」

「主様と姫様の子供など……恐れ多いです……」

「そんなことはないさ」

頭を軽く叩いてから撫でてやる。それにしてもカグラは鬼達にとっては姫様か。

そうするとウルリカは女王になるのか？　まあ鬼子母神だから納得できる。

「ですが、私達はあまり役に立てていませんが……訓練ばかりですし……」

「役にたってるさ。予備兵力があるだけでも助かる」

話をしていると他の娘達もやってきた。撫でて欲しそうにしているから、彼女達も撫でてやる。

話を聞く限りでは訓練だけで不満が溜まっているようだ。

普段の戦いではゴブリンが主流で、鬼である彼女達はまれにしか出れないしな。確かに開発作業しかさせてないし、それでは戦闘種族である彼女達には辛いのだろう。

「なら、明日は狩りにいくか」

「狩りですか？」

「ああ。目の前にあるアトリの森もダンジョンにしたいからな。それとアトリは生け捕りがいい」

「かしこまりました。準備しておきます」

彼女達が去ってから、携帯端末でオークションを確認すると値段が少し上がっていた。

終わるのは今日の九時頃で、三種類九人の獣人はどれも高値がついている。

一番高いのは小のロリっ娘《こ》になっていた。戦闘力のあるロリっ娘は貴重ということだろうか？

いや、大人の女性も結構高値がついている。繁殖させるつもりなのだろうか？

無駄なことだ。販売するのは性行為はできても繁殖能力はなくしてある。去勢済みという奴だ。

ああ、そのことはちゃんと書いておかないとだめだな。コメントに愛玩用でもあるため、生殖行為は可。繁殖は不可と追加しておく。

後はこのオークションの後、好みを教えてくれたらそれに合わせた獣人を送ると、終了後に書いておけばいいだろう。この場合はＩＤを確認させてもらってから鍵付きメールで送らせてもらう。

メール機能を使えば連絡のやり取りは簡単だ。注文する時にＩＤを載せておいてもらえばいいだけだしな。着払いにできたらいいが、無理なら相手に先に送ってもらえばいい。

さて、俺もマスタールームへと戻るとしよう。

マスタールームへ先に戻ったソフィアは料理を作っているようだ。俺はやることがないのでどうしようかと悩む。

出品した獣人が売れるまでは暇だ。

どうせならソフィアを手伝うか。

家事は向こうでもやらされていたから慣れているしな。

「ソフィア、手伝うことはあるか？」

「ありがたいのですが、ないんです」

「ないのか？」

「はい。サラダとスープ、パンは用意しました。でも、メインはルナちゃん達がお肉を取ってくると言っていたので……」

「なるほど」

そうなるともうやることがないな。

改めてソフィアをみると、フリルのある白いエプロンを身につけている。

その姿は似合っていて一つやりたいことができた。

「なあ、もうやることはないんだよな？」

「はい。ルナちゃん達が帰ってくるまではないですよ」

「そうか。だったら、空いた時間で楽しもうか」

ソフィアを抱き寄せて温もりを感じながら耳元で囁《ささや》く。顔を赤らめて微かに頷く。

「はっ、はい……わかりました……」

彼女の身体に手を這《は》わせてエプロンを外していく。

今のソフィアは普段着である肩を露出しているワンピースを着ている。

肩で結んである紐をほどくと、ソフィアの服がそのまま床に落ちる。

彼女は恥ずかしそうにしながらも自ら下着を外し、一糸まとわぬ姿となった身体を手で隠す。

「次はこれを着てくれ」

「え、エプロンですか……？　でも、服を着ていませんが……」

「そうだ。その状態で着けてくれ。後は翼も出してくれ」

「これが、いいんですか……？」

先端から半分くらいが黒く染まった翼も出してくれる。やはり天使とするなら翼はいるだろう。

「ああ、いいぞ。新妻を後ろから攻めるのが男のロマンの一つらしいからな」

「わかりました……これでいいですか？」

「……これはくるものがあるな……回ってみてくれ」

全裸にエプロンだけを着て、恥ずかしそうに顔を赤らめながら一回転してくれる。

「次はそこに手を付いて尻を突き出すんだ」

「こっ、これ……裸よりも恥ずかしいです……」

「いい恰好だ」

「うぅ……ひゃぁっ⁉」

お尻を撫でてから、取り出した肉棒を膣口に合わせて挿入する。

獣人を作る作業中も胸を揉んだりしていたし、脱いでいる時も興奮していたようで、挿入すると熱い愛液に覆われた膣壁が迎え入れてくれた。

程よく解《ほぐ》れた膣がソフィアの動きによって、揉むように締め付けてくる。

「んんんっ!?　ふぐっ!?　んんっ、んっ……あうっ、きゃあっ……んんっ、ああっ！」

尻臀《しりたぶ》を摑んで柔らかく揉みごたえのある感触を楽しみつつ股間を打ち付ける。

ソフィアは身体を仰《の》け反《ぞ》らせながらも、恥ずかしいのか喘ぎ声を必死に我慢している。

そのせいか、膣全体に力が入っていて、断続的に締まり具合が変化して気持ちがいい。

「いいぞ。気持ちいい……」

だが、やはり透き通るような綺麗なソフィアの声が聴きたい。

綺麗な喘ぎ声を聞くために指をア○ルへと入れてやると、ソフィアの背中に大粒の汗が出だし、翼も限界まで広がって水滴を落としていく。

「はぁはぁ……くぅっ……んんっ、あうっ、きゃあっ……おっ、お尻はっ……汚い……んんっ！」

「ソフィアに汚いところはない。こっちにも何度も入れているだろう」

膣壁を肉棒で抉《えぐ》るたびに苦しげな呻き声があがる。

ア○ルを弄りだすと愛液が増していき、ソフィアの背中には大粒の汗が浮き出てくる。

ア○ルから指を抜いて、翼の付け根と腰からマ○コへと手を回してクリ○リスを弄る。

「ひぎゅっ!?　イクッ、イッちゃいま……んひぃいいいいいいいいぃぃいっ!?」

ソフィアが身体を仰け反らせ、大粒の汗を巻き散らしながら悲鳴をあげる。

翼も既に性感帯として開発してあるので敏感で、膣も合わせて三ケ所を攻められたら、簡単に絶頂を迎えてぐったりとしだした。

「はぁっ、はぁっ……だっ、旦那様……んんっ！」

「まだ終わらないぞ」

ソフィアと口付けを交わし、互いの舌を絡めて、唾液を飲み込んでから耳元で囁く。

「……はい……満足するまで……どうぞ……」

「ソフィアももっと気持ち良くなりたいだろう？」

「はっ、はい……でも、もう身体が……」

「俺が支えてやるよ」

ソフィアの背中に覆いかぶさるようにして、両手を脇から入れて大きな胸を掴んで抱き起こすと重力によって肉棒が子宮口を押し潰す。

「あっ、あっ、あひぃぃいぃっ!?　しっ、子宮とっ、乳首っ、イッたばかりで敏感で……」

コリコリな乳首を指で擦りつけながら、ソフィアの身体を調理台に近付けて挟み込むように密着して腰を打ち付ける。

「エプロンの上からでもわかるくらい勃《た》っている。最初と比べて随分と淫乱になったたな」

耳元で囁いて耳を甘噛みしてやる。

ソフィアはビクッと震えて、蕩けた赤い顔をこちらに向けてきたので、耳から頬に顔を寄せて舐める。

「えっ、だめなん、ですか……？　旦那様相手ではそれでいいって……」

「俺相手ならなんの問題もない。他の男には駄目だがな」

ソフィアは記憶をなくしているから俺相手には恥ずかしがりながらも、エロいことができるよう

に色々と仕込んだ。

「それよりもソフィアからも合わせて動け」

「はいっ……あ、んんっ……く、ぁぁっ……これ、深い……んんんんんんっ⁉」

俺の言葉通りに自分から腰を振ってくる。

互いに合わせることで、より深く繋がって激しい快楽が襲ってくる。

射精しそうになるのを我慢しながら、ソフィアに必死に腰を打ち付けると視界に火花が散るような感じがする。

「んはぁっ⁉　あっ、あぁぁっ……⁉　はひっ⁉　ふっぐぅっ⁉」

「良い感じだが、大丈夫か？」

「んくぅっ……⁉　だ、大丈夫、です……せっ、精子っ、くっ、くださいっ！　んんっ⁉」

「いいぞ。たっぷりと注いでやるっ！」

「はひっ⁉　あっ、あっ、あぁあああぁぁぁぁぁぁっ⁉」

子宮を押し潰して、その奥へと捻《ね》じ込むようにして精液を吐き出す。

今までよりも激しい絶頂を迎えてたソフィアは身震いさせながらも腰を揺らしていく。

「あっ、あぁぁ……⁉　あっ、あひぃっ………⁉　なっ、なかにっ……せっ、せーえきっ……はぁっ……はぁっ……いっぱいっ……んひぃいいいぃいぃいっっ⁉」

肉棒を入れたまま回転させて、力の入っていないソフィアと向き合うようにして抱き合いながら腰を振る。ソフィアは俺の首に手を回してきて口付けをしてくる。

「んぶっ、じゅるっ、はむっ……んっ、んんんっ、んぁあああぁぁっ⁉」

俺は翼の付け根を持って激しく身体を揺らしてやると、すぐに連続で絶頂していく。

ソフィアの顔をみればすでに快楽に溺れた瞳で、だらしなく開いた口から赤い小さな舌が出ている。俺はそこにむしゃぶりつきながら唾液を飲んだり飲ましたりしていく。

膣内にもう一度射精してからもソフィアの全身に肉棒を擦りつける。

綺麗な物を汚すというのはとても興奮し、翼や顔に何度も精液を浴びせ掛けた。

飽くなき欲望のせいか歯止めがきかなくてやりすぎた。

床には白濁塗れでぐったりとしているソフィアが横になっている。

それに翼もだんだんと黒く染まっていっている気がする。

前はもっと白かったのだが、今は黒が多くなってきている。

「ソフィア、大丈夫か？」

「……ひゃ……い……とっても……気持ち、よかったれすからぁ……」

大丈夫じゃなさそうだから、お姫様抱っこで抱き上げてベッドまで運んでいく。

ベッドに寝かせ、クリーニングスライムに指示をだして綺麗にさせる。

「ひぁっ!? んっ、んんんっ!!」

スライムに包まれて身体を綺麗にされるが、何度も絶頂を迎えて敏感なソフィアはその刺激ですらも感じているようで次第に眠ってしまった。ソフィアはこのまま寝かせておこう。

「「……ただいま……」」

マスタールームの扉が開いてルナとソルが入ってくる。

彼女達は両手をあげて掌に大きな獲物を乗せていた。

その生物は首がなく、血が今も滴《したた》り落ちている。

つまり、その下にいる二人は血塗れだ。

「それはなんだ」

「「肉」」

「端的な説明をありがとう。だが、後でお仕置きだ」

「「なんで!?」」

驚愕する双子を無視して、ダンジョン内のクリーニングスライムに清掃を命じる。

同時に室内にいる一体も呼び寄せる。

「あの肉から血と毛を抜いてくれ。二人に付着している血も頼む」

「「……わっ!?」」

クリーニングスライムに襲われた二人は慌てて肉を落とすが、肉が落ちる前にクリーニングスライムがしっかりと身体で受け止め、飲み込んで綺麗になる。

二人は苦しそうにしているが、大人しくしていた。

すぐに解放された二人は水洗いされた犬みたいに身体を震わせる。

「さあ、料理するから手伝え」

「「ん」」

頷いた二人に全長が三メートルくらいもありそうな巨大な鶏の肉を運ばせる。

「まずはエプロン」

「これ、可愛い?」

「可愛いぞ」

二人はデフォルメされた兎と狼が仲良く刺繍されているエプロンをつけて、一回転したのでしっかりと褒めてやる。

こういう時は容姿や服を褒められたいと、何かで見たことがある。

このエプロンもソフィアが二人を思って作った手作りの物だから、二人に似合わないはずがない。

「やった」

喜んでいるところを見る限り、正解のようだ。

しかし、実際に声をだして褒めるのはやはりまだ照れくさいし慣れないが、喜んでもらうためには慣れないと駄目だ。

「……ソフィア、ダウン……？」

「……大丈夫……？」

「大丈夫だ。ご飯も俺が作るからな。しかし、どうせだから二人も覚えてみようか」

「ん！」

元気よく返事をした二人の頭を撫でながら料理を考える。

メインは鶏肉だし、子供も大人も喜ぶ料理でいいか。

「じゃあ、まずは肉を切る。使うのはももだ」

「ん」

俺が二人に指示すると、肉の部位ごとに魔導器の武器でパッと切断してしまった。

「次は一口大に切って叩いてくれ。それと消毒はしっかりとしているよな？」

「『スライムがやってる。便利』」

「ならいいか」

一口大に切っている間に俺はＤＰで片栗粉、醤油、塩胡椒、ニンニクを購入する。あと焼肉のたれ。それに大きなボウルと植物油と揚げ物用の鍋二つ、それとトングを購入する。

「『ご主人様、できた』」

「よし、上出来だ。次はボウルに醤油、塩胡椒を入れるんだ。ニンニクは皮を剝いてすりおろした物を入れる」

「このたれは？」

「それは肉を柔らかくするために少し入れるんだ。このたれの中に必要な成分がほぼ入っているからな」

「ん」

「じゃあ、混ぜたら肉を入れて両手で揉むんだ。ソルがやってくれ」

「もみもみ」

ソルが肉を馴染《なじ》ませている間に用意した鍋に、油をたっぷりと入れて火にかける。

「ルナ、油は高いから使い回す。あまり零《こぼ》さないようにな」

「ん」

「ああ、肉はもういいぞ。味が染み込むまで休憩だ」

「『楽しみ』」

その間にソフィアが焼いていてくれたパンを切って、挟んで食べたりもできるようにしておく。

少し時間が経つと油も温まってきたので皿に片栗粉を入れる。

「この粉を肉につけるんだ」

「真っ白」

「しっかりと付けたか？」

「ん」

「じゃあ、次は低温の油に入れて時間を待つ。入れすぎると温度が下がるから半分くらいな」

「面倒」

「面倒だが、美味しいぞ。頑張れ」

「ん」

美味しいと聞いて頷く二人。

低温でしっかりと火が通ったら高温の油に入れる。

低温だとべちゃべちゃのままだが、高温で二度揚げするとカリッと揚がるのだ。

面倒だからあまりやりたくはないんだが、その分美味しい。

「ほら、半分にして熱が通っているかを確認してから食べてみろ」

「あ〜ん」

二人に半分に切った唐揚げを食べさせる。熱そうにハフハフとしながら食べていく。

「どうだ？」

「美味しい」

「好みで塩胡椒をつけるといい」

「これもいい」

「ノーマル」

兎と狼で微妙に感覚が違うのか、塩胡椒をつけたりつけなかったりする。

しかし、揚げたそばから消えていくな。

「これ以上食べるのは禁止だ。夕食の分がなくなるからな」

「っ⁉」

涙目になって驚いているが、ここは心を鬼にして禁止する。

「じゃあ、後ろで見ているから揚げていけ。それと飛び跳ねる油に注意するように。ああ、一旦揚げたのは網目のところに置いて油を鍋に落としてから皿に移すといい」

「了解」

基本的に後は二人が頑張っている姿を見ているだけでいい。慣れてきたのを確認してからソフィアの様子を見にいくが、まだ眠っていたのでそのままにしておく。

二人が作っているのを見守っていると、俺のダンジョンのコアであり、ナイ子の分体でもあるタマモがやってきた。唐揚げをやると美味しそうに食べていた。試しに骨も与えようとすると前足で弾かれる。これはいらないようだ。

タマモを撫でまわして機嫌をとっていると、扉が開いて中にカグラが入ってきた。

すぐに俺を見つけると駆け寄って抱き着いてくる。

「お帰り。どうだった？」

「えっと戦闘訓練はちゃんとできました」

「どんな感じでやったんだ？」

「三人一組や五人一組です」

「あ〜」

「おっ、お母さんが言っていた冒険者のパーティーを参考にしてみたんですが……もっ、もしかして……駄目でしたか……？」

ここではそれが正解だったのかもしれないな。

俺の考えている戦闘訓練はどちらかというと、もっと集団で行動する軍隊的なものだと思っていた。だが、よくよく考えたらカグラが知っているはずない。

「別に問題はないさ。想像していたのと少し違うだけだからな」

不安そうにしていたカグラを抱き上げて視線を合わせて話をする。

俺の態度に安心したのか、身体から力を抜いて身を預けてくれた。

「聞いているかもしれないが明日、アトリの森を攻略してほしい」

「はい。アトリを捕まえるんですよね？」

「それもあるが、アトリの森をダンジョン化する」

「対抗戦とか言うもののためですか？」

「そうだ。近くに丁度いい森があるのだから利用しない手はないからな」

アトリの森を迷いの森の迷路へと変え、ゲリラ戦法で相手の戦力を徹底的に減らす。

「森だと、動物以外に植物のモンスターさんも出そうです」

「そうだな。植物がメインになるだろう」

獣人を初めとした亜人はあまり出撃させないようにしたい。こちらに来てすぐに戦闘に巻き込むのはどうかと思うし、売っているのが俺だとバレたら面倒だ。基本的に偽装した戦力でいいだろう。

「『できた』」

「ああ、ありがとう。カグラ、ソフィアを起こしてやってくれ」

「はい。ソフィアお姉さん起きてください」

カグラにソフィアを任せてから調理場へと戻って大量の唐揚げを運んでいく。

何枚かの皿に分けているがどうみても軽く五キロを超えている。

「ごめんなさい。私が作るはずだったのに……」

「俺のせいだから気にしなくていい」

「ん、大丈夫」

「いつもしてくれてる」

食事当番や家事はソフィアが多く担当しているからな。

「ありがとございます」

皆で残りの用意をして席に着いて食べ始める。

カグラ達三人は美味しそうに唐揚げを頬張っている。

「ちゃんと野菜も食べてくださいね」

「やだ。肉が良い」

「肉」

「……野菜ですか……」

「パンに野菜と肉を挟んで食べるといい。味が足りなければ塩胡椒をつけてな」

手本を見せてやると早速試して美味しそうに食べている。

ソフィアは微笑みながら、他愛《たあい》ない話をして食事を進める。

食事が終わればソフィアがコーヒーや果樹園で取れた果物ジュースを用意してくれたので、飲みながら進捗《しんちょく》状況を聞いていく。

「ルナ、テオニス山の方はどうだった？」

「ん、山頂までいけてない」

「四分の三。いくつか、降伏した」

なら、得た捕虜はダンジョンのモンスターに登録して住まわせよう。

投降してきたのは狼系や熊系、エレメンタルのようだ。

天狼達のように空は飛べないが、森の中でなら使えるだろう。

「じゃあ、次は制圧を優先してくれ」

「ん」

「褒美は何がいい？」

「これが、いい」

「唐揚げか？」

「定期的、食べたい」

唐揚げを定期的に食べたいとなると、どうしても繁殖させないといけない。

いや、食用に合成進化で品種改良すれば牧場を経営できそうだな。

「あの、卵も高価なので繁殖させてくれるとありがたいです」

「卵は貴重品なのか」

「はい」

「ん、良いのは凄く高価」

「私もあまり食べたことないです」

ソフィアの意見にルナやカグラ達も賛成のようだし作るか。

食用の卵だと鶏だな。戦力にもなればいうことはないが……鶏だと使えそうなのはコカトリスか？

コカトリスは首から上と下肢は雄鶏、胴と翼はドラゴン、尾は蛇で石化や即死の魔眼と強力な毒を持っている。作り方は雄鳥に卵を産ませ、蛇に孵化《ふか》させるんだったか？

成功すれば戦力になるし、失敗しても食糧には使えるし、試す価値はある。

「わかった。作るから期待していてくれ」

「「やった」」

三人は大喜びだ。やるのは品種改良でいいからなんとかなるだろう。

「ああ、明日はカグラと森に出ることにした」

「森ですか？　でも、ダンジョンの前には冒険者達の施設がありますよ？」

「叩き潰す。森から一旦出ていってもらわないと、ダンジョンに変化させられないからな」

本当は問答無用でできるが、それだとコストがかかるので一旦全部排除した方がいい。

排除すれば村の連中も様子見に入るだろう。

後はウルリカが調整して都合の良いタイミングで侵入してくれればいい。

「勿体《もったい》ない」

ルナが勿体ないというが、砦に改造して森を抜けたところで迎え撃てばいいか。

いざとなれば遺跡に入ればいいし、砦は爆破する用意だけしておけば、引き寄せて効率良く始末できるだろう。

「じゃあ、できる限り壊さずに制圧してくれ」

「わかりました。でも、大丈夫でしょうか？　逃げられたら……」

「なら、夜襲でもするか」

「ん、面白そう」」

ルナ達も喜んでいるし、夜襲をかけるか。

テオニス山の入口から出て、ルナと混沌兎達を天狼達で空から運んで包囲すれば逃すこともないだろう。

「上の出入口からソルとルナで反対側に回って封鎖してくれ。準備ができ次第、雷でも落として大きな音を立てて合図をするんだ。カグラ達は合図を確認したらダンジョンから打って出るように。ソフィアはダンジョン内の敵を頼む。村には混沌兎に手紙を持たせて事情を伝える。それから誰一人として逃すなよ。逃すくらいなら殺せ」

「「はい」」

皆がちゃんと理解しているか、確認を何度か行って不備がないようにしておく。

「タマモは俺と食糧を増やそうか」

「きゅ！」

開始時間を指定して、後は好きに任せれば大丈夫だろう。

まあ、念のために三人には今から仮眠をとってもらおう。

マスタールームを後にした俺は儀式場にやってきた。

ここにはルナ達が捕まえてきたモンスターを運び込んである。

メニューからデータを調べると、鳥系はサンダーバードがいた。この鳥の卵を食べると痺《しび》れる気がする。いや、死んだ状態の肉は大丈夫だったし平気かもしれない。

だが、繁殖させるのは大変そうだから別のモンスターを呼び出そう。

鶏のモンスターを呼び出そうとするが、値段が高いコカトリスしか存在しない。

かなりえげつない力を持つ存在だけあって、一匹で一〇〇万ＤＰもしている。

ひょっとしたら鶏からならこいつを合成進化でできるかもしれない。

試しに鶏を召喚する。モンスターではない普通の鶏なので一ＤＰで一〇体も召喚できた。

「「「コケー」」」

合成進化で一〇体選んでみるが、少し大きくなるだけで意味がない。

他にも呼び出して大きくした鶏を一〇体用意してさらに合成進化を行う。

しかし、それでも合成先にコカトリスは出ない。

「くなー」

「くっ」

やれやれと馬鹿にしたような鳴き声をするタマモ。

まあ、そう簡単にはいかないよな。しかたないから真面目にやろう。

先程の一〇〇ＤＰで作った巨大鶏の雄と雌、それにゴブリンを用意する。

それから合成進化で一組の雄に雌の機能を持たせて作る。

ゴブリンを混ぜて繁殖能力をかなり強化したので試してみる。

しかし、生まれてきたのは普通の卵で、何度やっても駄目だった。

「きゅー」

「あ～それなら確かにできそうだ……」

タマモが手で腹を引き裂くようなジェスチャーをするので、次は外は雄鳥にして中に雌鳥の機能も追加する。それから腹を切って卵巣に精子を流し込む。後は綺麗にポーションを使って治療すると、今度はちゃんと生んでくれた。

これをＤＰ一〇〇でアーススネークという大蛇を召喚し、卵を温めさせて鶏にまた生ませる。

次はフォートレスフロッグを召喚して次の卵を温めさせるが、失敗したので卵自体を合成進化で強化を数回してからまた温めさせる。

「まだまだ試行錯誤が必要か」

「くな～」

「頼めるか？」

「きゅ」

どうやらここはタマモにお願いできるようなので任せるとしよう。

追加で大量に召喚してゴブリンを合成して卵の増産に入る。

後は試行錯誤用の奴も増やして雄に卵を生ませていく。

二階層の左側の城下町の近くに飼育施設を設置して、鬼達とタマモに面倒をみてもらうことにする。


マスタールームへと戻るとベッドにカグラ達がおらず、すでに冒険者の施設の襲撃に出たようだ。

ソフィアの位置を探すとお供に混沌兎と天狼を連れてダンジョン内部の敵を倒している。本人は基本的に支援をメインにしているが、頼んでおいた通り侵入者を排除してくれているようだ。

ソフィアは大丈夫そうだから、俺はカグラの下へと向かおう。

ダンジョンの入口に到着すると、丁度カグラ達が出撃したところだった。

俺も向かうと木で作られた柵に近づく男性の鬼達。その肩にはカグラや女性の鬼達もいる。

そして、向こう側の空に落雷が複数落ちた。

それを見た男性の鬼がカグラ達を摑んで敵陣へと放り込んでいく。

投げられたカグラ達は空中で回転しながら体勢を整えて着地し、見張りであろう男達に近付き口に手をやって、呼吸させずに気絶させていく。

ほとんどの者達は反対側のルナ達の方へと行ったようで、陽動作戦の効果がでていてなによりだ。それに森の中なら狼と兎であるルナ達の独壇場なので任せればいい。

こちらは鬼達による強襲で柵の扉は開けられたので乗り込んでいっている。

カグラ達は天幕や小屋の中に侵入し、次々と無力化していく中、俺もお邪魔する。

男の鬼達は捕らえた者達を縛り上げて一ヶ所に集めているが、さすがに相手側も背後からの襲撃に気付いたようで、多くの者が悲鳴をあげて逃げたり、助けようと鬼達に襲いかかる。

「主様、どうしたんですか？」

「ああ、心配になってな」

「大丈夫ですよ」

黒く艶やかな髪の毛が膝辺りまで伸び、頭部に二つの角があるカグラが血が滴る刀を持ちながらやってくる。正直言って少し怖い。

「カグラ様」

「主様、ゆっくりと待っていてください。すぐに片付けてきます」

「ああ、怪我はしないようにな」

「はい。皆、ルナちゃん達に負けないようにさっさと制圧しますよ。やっちゃってください」

全員が全員とても楽しそうに駆けていく。そんな鬼達に冒険者達は恐怖し逃げ惑うが、運動能力の差で瞬く間に追いつかれて押し倒されていく。

中には対抗できる者もいるようで、鬼の大剣を受け止めて鍔《つば》迫《ぜ》り合いをするが、音もなく背後から接近した女性の鬼の刀による刺突《しとつ》で貫かれる。酷い時は四方八方から駆け抜け様《ざま》に接近して手足を斬ったりされている。

三人から五人での戦闘訓練というのはこういうことか。本来なら鬼は一対一とかで戦うのが普通なのだろうが……相手側と同じように連携して倒すことを優先している。

普通なら一対五くらいで倒せるくらいのはずが、相手も同じように連携している上に容赦なく五人で一人を襲っている。これはカグラがしっかりと調練してくれた成果だろうが、冒険者達にとってはかなり厄介な相手になるだろう。なんせ冒険者が自分たちより強者《つわもの》であるモンスターを倒すことができるのは、装備を整えて連携し隙をつくからなのだ。それを運動能力の優れた鬼が油断も奢《おご》りも躊躇《ちゅうちょ》もなくやってくる。

「これは心配する必要もないか」

軍隊としてみるならまだまだだろうが、個別の部隊としてみるなら及第点だろう。

それに元々強いから個で動いていた鬼に、部隊としての連携を取らせることができたのは大きい。

本来ならありえないことだろうが、カグラの姫としての功績だろうな。

そんな考え事をしている間に冒険者や施設の制圧もほぼ終わったようで、森の方でも残党狩りが行われているようだ。終わるのも時間の問題なので入口の方へと向かうとカグラやルナもやってきた。ソルがいないのは監視か何かだろう。

「首尾はどうだ?」

「全員、捕らえた」

「逃がしてはいません」

「なら、次のことをしよう」

「カグラ、鬼達の一部に捕虜を牢屋まで移送させてくれ。残りはこの前線基地を強化する。ルナは混沌兎に塹壕《ざんごう》を複数掘らせてくれ。土は固めて防壁を作るんだ」

「？」

小首を傾げるルナ。まあ、わからないか。ここはしっかりと教えよう。

「じゃあ、設計図を描くからそれ通りにしてくれ」

「ん」

「あ、それでしたら簡易ですが、ギルドの施設があります」

「それは助かるな」

カグラの案内で小屋の一つに入っていく。その小屋の中には机や椅子、羽ペンとかもある。

ここなら作れるだろう。まずはこの砦の見取り図を探す。設計図はなくても見取り図くらいは作っているはずだからだ。狙い通り、見取り図があったので、それを改造して塹壕や防御施設の作り方を描いてカグラとルナに渡しておく。

「これの通りに頼む」

「掘るだけ？」

「そうだが、崩れたら大変だからしっかりと固めておけよ」

「それは大変です。石材とかで補強しておきたいです」

「石材か、出しておく。後、木を伐採して見晴らしを良くしておいてくれ。切った木は材料にするからな」

「わかりました。色々とたりないものがあればまた連絡します。これでいいですよね？」

「ああ、いいぞ。ルナも大丈夫か？」

「平気。覚えた」

「なら、後は頼む」

流石にいい時間になったので後を任せて携帯端末を見る。すでにオークションは終わっていたようで、出品した奴隷の九体はどれも売れていて平均して二万から三万ＤＰ前後で売れていた。

これでこの森を購入するＤＰができた。森に関しては明日だ。

コメント欄には入手場所を明かせという馬鹿もいるが、無視して好みのタイプを教えてくれれば、販売するようにコメントを出す。コメント欄でこちらの連絡先を付属して購入の要望を送るように通達し、値段表と来たメールからランダムもしくは値段の高いものから選ぶとも載せておく。

ダンジョンの入口からマスタールームへと戻る途中、メールを確認すると複数の依頼がすでに入っていた。

しかたないので俺も儀式場に移動して仕事をする。

妻であるカグラ達だけに働かせて夫である俺が何もしないのは色々と都合が悪い。

何よりかっこ悪いしな。

俺は儀式場に戻って要望メールをくれた人に連絡を入れて最終確認をする。

確認次第獣人を作ってメールに付属させる。手数料がかかるが代引きにしたので相手持ちだ。

これで後は放置。

次の獣人を作る。

事前に準備しておいた者達だけじゃ足りないかもしれないので、一旦締め切りにして順次対応していく。

俺ができることが終わったのでマスタールームへと戻って大きなベッドに潜り込む。

すると横にカグラとルナ達がやってきた。

「一生懸命、主様にご奉仕しますから……しばらく一緒に寝ていいですか？」

「どうしたんだ？」

「その、お母さんがいないので……寂しい、です……」

服の裾を握って上目遣いで聞いてくるカグラ。これは不安からくるものだろう。

「なら一緒に寝るか。ただ、明日はルナ達だからな……」

「ルナちゃん、ソルちゃん。今日からしばらく一緒に寝ましょう。だから……」

「「拒否」」

「「許可」」

ルナ達があっさりと前言を翻《ひるがえ》した。

俺と一緒に寝れるなら構わないということだろう。

まあ、四人になったところでカグラ達は小さいし、ベッドも広いので互いに楽しんでも問題ない。

三十二日目

樹海迷宮と精霊の幻想領域

三人による朝の奉仕で目覚め、やることをやってから朝食を取って仕事に入る。

カグラ達三人は再び眠り、ソフィアも寝ているので起きているのは俺とタマモだけだ。

彼女達の身体に布団をかけてから作業を開始する。

まずは新しくオークションに出品されている奴隷を購入して治療しておく。それから獣人を出品して好みの獣人の依頼を追加で一〇件まで引き受けることを書いておく。こちらはソフィアの協力が欲しいから夜だ。その間に森のことを終わらせる。

まずはアトリの森のダンジョン化からだ。

一から階層を作るのではなく、既にあるものを利用するのでＤＰは少しは安くなるはずだ。

「タマモ、アトリの森をダンジョンにしてくれ」

「きゅ」

タマモが最終確認をしてくるが、問題ないのでそのまま頷いて実行を促す。

一気に四万ＤＰが消し飛んで、アトリの森が俺のダンジョンとして第一階層に追加された。どうせなら森ではなく樹海を作成する。

地上部分は樹海の迷宮を作成し、地下は根を張る空間にする。

ここに配置するのは一体の複合型モンスターだけの予定だ。

まずは大樹を作成して設置する。大樹こそが今回の対抗戦による肝《きも》なので、大量のＤＰを使ってでも完成させる。一〇万を超えたとしても構わない。

他にも用意するものは色々とあるが、まずはトレントとアルラウネだ。この二体を基とする。

トレントは喋る木や歩く木と呼ばれる人の顔がある木で樹木の精霊とも呼ばれている。

アルラウネはマンドラゴラと同じで人の形をした球根に大きな葉、黄色の花を咲かし、引っこ抜くと悲鳴を上げて抜いた人を絶命させるが、ゲームなどでは植物の女性になっている。

さて、この二体を合成していく。

トレントは一番安い最安値の個体で一体五〇ＤＰ。これを一〇体呼び出して合成する。

いや、トレントはかなりの大きさだし、ここだと三人を起こしてしまうので儀式場に移動しよう。

儀式場に移動した俺は全員に遺跡から出ないように連絡してからトレントを呼び出す。

五〇ＤＰで召喚したのは五メートルもある大きな人面樹だ。

これでも若いようで、身体の大きさによって使うＤＰが変わってくるとのことだ。

他には一〇〇から五〇ずつ上が存在して、五〇〇にいくとエルダートレントへと変化している。

五〇ＤＰのトレントを一〇体呼び出して合成進化を行ってみる。

するとコカトリスの時とは違って、進化先にエルダートレントが表示された。

コカトリスができなかったのは、合成素材にドラゴンや蛇が足りなかっただけかもしれない。

さて、召喚されたエルダートレントは一〇メートルもあった。

儀式場に入らないから草原に召喚されたようだ。

現状だとＤＰに変化はないので、エルダートレントを召喚した方がいい。

エルダートレントを一〇体集めて合成進化をすると、次に表示されたのはエンシェントトレントだった。古代の名を持つだけあって、全長で一〇〇メートルもある。通常召喚のDPは一万。普通に召喚するよりも半額で召喚できている。

やはり合成進化は有効だ。これだけでも儲けがでているし旨味が大きい。

さて、次がコスト的に最後になる。

エンシェントトレントを一〇体作り、合成進化を発動すると、レジェンドトレントに進化した。

伝説クラスの力は五万DPの価値を遥かに超えた。

何せレジェンドトレントは七〇万DPもしている。

モンスターの説明を読む限り、数千年の時を生きたと書かれているから、普通の方法じゃ手に入らないだろう。

レジェンドトレントはこのまま置いておいて、次は幻影蝶と呼ばれる蝶を呼び出す。

一体二三〇DPだが、雄雌で二〇体呼び出して適当な素材とゴブリンを合成し、繁殖能力を強化する。蝶は一度に一〇〇から二〇〇も生むので一瞬で大量に増える。

次に素材となるのはレジェンドトレント、新しく召喚したアルラウネ、ゴブリンロード、幻影蝶、エレメンタル各種、混沌兎、アトリ、キロネックスなどの毒クラゲ各種。後は学習系の有用なスキルを持つ奴を合わせる。

イメージはクラゲの分裂や増殖する群体生物の力を持った巨大な大樹と大樹の精霊だ。

そこから生み出されるのは幻影蝶などだ。

精霊はアルラウネを使って女性型とし、自由に行動と増殖をできるようにする。

精霊の容姿は足元を超えるほどの長いエメラルドグリーンの髪の毛にサファイヤブルーの瞳。

身長は一〇センチぐらいで幼い顔立ちで、背中にはモナークチョウのような模様の羽がある。

彼女の周りには複数の小さな彼女が飛んでいるのが見える。

とりあえず、他にも色々と取り付けたいが最低限は完成した。

後は名前を与えて配置すればいい。

名前はどうするか……髪の色がエメラルドグリーンだから、エリー。

これだけだと微妙だから、エリーゼとしよう。

今は大樹の精霊だが、元々ナイ子の分体であったタマモとの相性も同じ地に属するもの同士でいいだろうし、強化もできるだろう。

用意しておいた地下に環境を整え、巨大な大樹を設置した。

大きすぎて設置するだけで二万ＤＰも使ってしまったが問題ないだろう。

「エリーゼ、このように迷宮を作りだしてくれ。入った者を惑わすようにな」

「～♪」

エリーゼの大樹から火でも燃えない迷宮の壁として無数の木を生やし、アトリの森から樹海の迷宮へと作り変える。木々から実のように幻影蝶が生み出されて樹海を飛び回り、幻覚を起こす鱗粉《りんぷん》をばら撒いて迷いの森へと変化させる。

こちらの移動は全てアトリの能力であるゲートを使用するので迷うことはないし、迷ってもエリーゼがちゃんと案内してくれる。

そして、二階層になった俺のダンジョンである遺跡の入口に到着するためには、樹海迷宮を探索

し、各アイテムを入手して祠《ほこら》に捧げることを条件にした。

これは代償なしに設定できるものではないので、代わりにエリーゼの本体の位置を特定して倒せれば、無条件で二階層への道を示すようになった。もっとも、一階層全てといっても過言ではない伝説級の大樹とその精霊が相手なので、勝つのは不可能に近いと思われるが。

「くなっ、くにゃー！」

「？」

タマモから駄目だしをもらったので、何が駄目かを考えるとすぐにわかった。

この迷宮は戦闘力こそ問題ないが、このままだと冒険者は来ない。

旨味がほとんどない高難易度だから、冒険者に稼がせるものが必要だ。

まずは武具類。これは死霊魔法を付与したものなら別に問題ないので宝箱で配置する。

後はエリーゼの力で食材や高価な薬草類を生み出して管理させれば便利だ。

そうできるように彼女を合成しよう。

用意するのは各種ポーションに使えそうな薬草や調味料に使えそうな奴だ。

どうせだから俺達も使うし、高価な胡椒や椎茸、トリュフなんかもいい。オリーブオイルも欲しい。大豆も……考えたらきりがない。

ああ、そうだ。その前にちゃんと帰還方法も用意してやらないと駄目だな。

帰還方法は石板の問題を解けば樹海迷宮の入口に転移するようにしておくか。

まあ、これは対抗戦が終わってから運用すればいい。

それと各部に適当に作った攻略のヒントが載っている石板でも設置しておこう。

「後はいくらでも自由に変えるといい」

「～♪」

両手を振り上げて大喜びなエリーゼ。すぐに一階層で地震が起きて地形が変わっていく。

住んでいる生き物にしたらたまったものではないだろうな。

「外が凄いことになってます」

「ん、大変」

「ああ、こっちでやったことだから大丈夫だ。もしかして被害がでたか？」

「大丈夫。皆、中」

「はい。ちゃんと避難は終わっています」

「そうか。なら、この子を紹介しておこう。名前はエリーゼ、新しく作った第一階層の守護者だ。

エリーゼ、お前のお姉ちゃん達だ」

「カグラです。よろしくお願いします」

「ルナ、よろしく」

「～～♪」

頭をぺこりと下げるエリーゼ。

二人はそんなエリーゼの頭を撫でる。ウルリカやソフィアと比べて、年少である彼女達は姉になったことを喜んでいるのだろう。エリーゼもそれを嬉しそうに受け入れている。

実はエリーゼの方が年上だが、本人達が楽しそうだから触れずにおこう。

三十三日目　森の異変（ウルリカ視点）

リーフ村に戻って来て二日。

当初の予定ではやってくる領主軍の足止めと進行する時の報告をするはずだったのだけれど、随分と予定が変わったようで面倒なことになったわね。

幸い主様から昨日手紙が届いたので内容は理解したのだけれど、いきなり地震が起きて森が様変わりしたのだから驚いたわ。

アトリという特殊なモンスターがいるだけで他は普通の森だったはずが、うっそうと生い茂る樹海へと変貌しているのよ。村からテオニス山は見えるのだけれど、木々の大きさと数が明らかに増えていて、よくよく見れば微かではあるけれど村の方に木々が迫って来ている。

今日も会議に出席しないといけないし、その時に議題に出るだろうから考えておきましょう。

昨日の議題は遺跡前の拠点から必ずある定時連絡が途絶えたので、調査隊を送るという内容だったわね。そこで私が止めに入って領主軍が来てからということにしたのよね。

領主軍はすでに今日の昼頃に到着すると先触れが来ているから、これで問題ないはずよ。

「ロドリグです。ウルリカさん、領主軍の方が到着しました」

「そう。予定より早いのね」

「はい。どうやら、現状を聞きつけて急いでくれたようです。すぐに教会に集まってくれとのことです」

「わかったわ」

普段着の服を脱いで正装に着替える。一応、身体に認識阻害の札を貼り付けて、指輪を装着して角には変化の札を巻いておく。後は夫が使っていた妖刀に封印の札を貼り付けて手に持っていく。濁った瞳をしたロドリグが待っていたようで、一緒に付いてくる。

周りを見る限り、異変の報告を受けて騎兵だけで先行してきたようで、野営用の天幕を村人と一緒に設置しているようね。

「これでソフィア達を助けられます！　頑張りましょう！」

「そう簡単にはいかないと思うわよ」

「何故！　あっ、申し訳ございません……」

「別にいいわよ。理由は簡単よ。おそらく、異変の原因は〝氾濫〟が起きて大量のモンスターが森に放たれたことによるものよ」

「じゃあ、前線基地は……」

「全滅でしょうね。報告はしたけれど奥の方にはゴブリン以外の存在もいたから……」

話している間に教会に到着し中に入る。

「おお、来てくれたね。待っていたよ」

「お待たせして申し訳ございません」

中に入るとアルヌスさん以外に、全身鎧でヘルムを片手に持った金髪碧眼の男性騎士と革の服に胸当てを装着した女性騎士がいた。女性はくすんだ金髪とは正反対の綺麗な碧眼をしている。髪の毛は肩口まであり、その瞳には強い意志を感じる。その隙のない佇《たたず》まいから彼女が派遣されてきた人物だと判断できる。

「いやいや、予定の時間よりも早いのだからしかたないよ。さて、それじゃあ紹介しよう。こちらが領主軍の代表である騎士、ウォルコム・イエーガー殿です」

「紹介に預かったウォルコム・イエーガーだ。お前がBランクのウルリカだな」

「そうです」

「Bランクのくせにゴブリン如きに後れを取るとは恥を知るがいい」

「……申し訳ございません」

適当に聞き流しておく。いつでも殺そうと思えば簡単に潰せる相手だから問題ない。

せいぜいこいつは普通の鬼と一対一で勝つか負けるか程度ね。

「はじめまして。私はリムナール王国軍教導隊所属のリリアーヌ・ベリです」

「ウルリカです。こちらこそよろしくお願いします」

流石は王国最強と言われる教導隊なだけあって、こちらの方が断然厄介ね。

「娘さんが捕らえられているとか？」

「はい。必ず助けます」

私にとってカグラを助けるのは本当のことだから、嘘は言っていないわ。

「失礼ですが、何か認識阻害や封印の魔法を使っておられますね。それはなんですか？」

「なんだと！　騎士の前で偽るとは無礼なっ！」

「待ちなさい」

剣を抜こうとしたイエーガーの手をリリアーヌが押さえつけて止める。

しかし、もう片方の彼女の手は自分の剣に伸びている。やはり警戒はされているわね。

「これのせいですね」

「それは……」

「妖刀と呼ばれるものです。貴女達には魔剣と言った方が伝わるでしょう。これは魔剣の封印と鑑定を防ぎ、盗まれる危険を避けるために安物に誤魔化しております」

このためだけに持ちだした妖刀でひとまずは納得してくれるでしょう。

「奪われて使われては大変だからですね。納得いたしました」

「ならば我々が使えば……」

「それは無理です。普通の魔剣ならともかく、あれは刀です。我々が扱う剣とはその用途と扱い方が違います。武器は正しい技術がなければただの鉛に成り果てます。それに魔剣自体が使用者を認めなければ使うことなどできません。取り上げるなど戦力を下げるだけの愚の骨頂です」

「……申し訳ございません……」

どうにか誤魔化せたようね。

でも、まだ疑われていると考えて行動しましょう。

「もうよろしいかな。これからのことについてです」

「そうでした。〝氾濫〟が起きているのでしたね。調査はしましたか？」

「まだしていません」

「使えない奴め」

「〝氾濫〟だけでなく、〝改変〟も起きていると思われます」

私の言葉で三人が息を呑む。

〝氾濫〟はただモンスターが溢れるだけで、〝改変〟はダンジョンの構造が変わったり、階層が増えたり、モンスターが強力になったりするので危険度が跳ね上がる。

「下手な戦力で入っては情報を伝える前に全滅するだけです。だから、援軍を待っておりました」

「ベストな対応でしょう。しかし、そうなると調査はもう少し後の方がいいですね」

「防衛も固めねばなりませんから……」

「どちらにしろ、軍の方々には休息が必要でしょう。強行軍でこられたようですし、しっかりと休んで後続の部隊と合流したほうがいいかと」

「その通りです。しかし、ただ待つだけでは無駄に時間を消費します。明日以降は威力偵察を行いましょう」

「では、それは私が行います。鬼……こちらでいうオーガも確認されていますから」

勝手に動かれて侵入するタイミングが予定と違うと困るから、こちらで与える情報はコントロールしたいわ。

「私達だけでも可能でしょう。わざわざ力を借りるほどではないかと」

「オーガがいるならそうもいきません。どちらにしろ案内も必要なのですし、Bランクならば戦力に問題はないはず。違いますか？」

「わかりました……」

どうしてもお目付け役はついてこさせるつもりね。

なら、少しでも有利になるように動きましょう。

「今の私は力を使いすぎて万全ではありません。騎士の方の身の安全は保証できかねますが……」

「貴様っ⁉」

「ええ、構いませんよ。貴女は騎士ではないのです。私達の指揮下にいるわけでもありませんしね」

当然よね。私は私の目的、カグラのために行動するだけよ。

三十四日目　ルナの決意

対抗戦まで残り三日。準備はすでに整ってきているが、相手がクリエイター二人と裏切るかもしれない同盟相手だからもっと用意したほうがいいだろう。少なくとも相手の二人は他のクリエイターに協力してもらって戦力を集めているはずだから、まともにやれば負ける可能性が高いだろう。

だが、できれば一階層だけで決着をつけたい。

相手の方が戦力が高いのだから、有利な地形で戦わないといけない。

しかし、それは相手側も理解していることだろうから、簡単には攻め込んできてくれないだろう。

そうなると攻め込ませる策を用意しておこう。

「ご主人様、どうする？」

「何する？」

今日はルナとソル、タマモと一緒にテオニス山の山頂の方へと来ている。

山頂の方は岩ばかりで植物はほぼない。視線を下にやれば樹海迷宮がみえる。

山と樹海がセットの第一階層とするため、山をダンジョンにする。

といっても、基本的に森から山の方へはいけないようにして、遺跡の内部を通らないとこれないように調整する。その逆は可能にしておくので帰りは使える。

「すでに制圧は完了しているんだよな？」

「「ん」」

「そうか。ならダンジョン化を行う。ほら、このボタンだ。押してみるといい」

「「お～」」

二人にタマモが出してくれた画面を見せてボタンを押すように促す。

二人がボタンを押すとダンジョンの拡張が終了し、第一階層として認識されるようになった。

「「おぉ？」」

認識された瞬間、地震が起きて身体が揺れていく。俺はタマモを押さえつけ、空いている手でルナとソルを抱き寄せる。激しくなってくる地震に視線を下にやると、森から岩肌に幾つもの太い線のような隆起物が現れて山頂に向かってきている。しばらくすると地震は収まり、周りには明らかな異常な速度で草や木々が生えてくる。

「「生えた、生えた」」

二人は喜びながら周りをウロウロしていく。

岩肌だった場所はすでに緑に覆われ、朽ち果てた倒木などもあって元から深い木々に覆われていた感じすらしてくる。

「ピクニック？」

「狩り？」

「どちらも違う。拠点作りだ」

「「拠点？」」

「ああ。攻撃拠点を作成する。例えばここにバリスタを設置し、狙撃すれば迎撃が可能になる」

「おー」

「バリスタ？　魔導銃じゃない？」

「そっちは駄目だ。鉄は使えない。エリーゼに負担をかけないためにも木材でいく。木材なら分解も可能だからな」

鉄製の物は植物であるエリーゼには操れない。無駄に朽ち果てさせるだけだ。

しかし、木なら別だ。彼女なら色々と加工もモンスター化もできる。

「ん」

理解してくれたようだ。

「まずは伐採だ」

「おー」

木々を切断し、加工して俺の持っているクロスボウを基にして据え置き式の大型弩砲《どほう》を作る。

他にも森の中に偽装した見張り台も作り、ここから狙えるようにしておく。

対抗戦では大量の敵がなだれ込んでくるはずだから、ここから攻撃できるのは助かる。

樹海迷宮で迷っているところに、上から大量の矢が飛んでくるので倒せるだろう。

「いっぱい作る」

「無理」

混沌兎や天狼じゃ確かに作るのは無理だ。ここは鬼に任せよう。

矢はエリーゼに任せてそのまますぐに撃てるものを量産してもらう。

これでいけるはずだ。

量産ができれば設置して実際に射撃を行って微調整だ。

「射程、短い？」

「このままだとそうだろうな。放つのは鬼達に頼むか……いや、もっと楽にするか」

「「？」」

二人が同時に小首を傾げる。可愛いが、今はバリスタなどに死霊魔法で召喚したゴーストメイジを憑依《ひょうい》させて操らせる。これで自動で射撃してくれる。

火力増加の方法を考えないといけないが、一つ思い付いたことがある。

矢を作るのはエリーゼなのだから頼めばどうにかなるだろう。

俺がこんなことを考えていると突如としてアラームが鳴り響いた。

タマモが首を振って画面を表示させると、そこには鎧を着た複数の者達が映っている。

「侵入者か」

「ウルリカ、いる」

村の連中と偵察か。予定よりかなり早いな。

「鎧を着た者達は騎士か？」

「ん、騎士」

「家の兵」

「そうか。それでこの数が全部か？」

「違う、偵察」

「なら、ある程度相手をして帰らせるか」

まだ準備はできていないし、求めている数じゃない。もっと引き連れてきてくれないと困る。さて、エリーゼに相手をさせるべきか、それともルナ達に相手をさせるべきか……いや、まずは奥まで引き込もう。

「エリーゼ、奥に進んで胡椒などを採取したらウルリカと騎士一人を除いて捕らえろ。難しいならウルリカ以外は殺してもいい」

「～♪」

俺の肩にいつの間にか現れて足をプラプラさせているエリーゼに命令する。

反対側の肩には対抗しているのか、タマモが乗っている。

重さはタマモの方が重い。

そう思ったら寒気がして、耳に噛みついてきた。

「やめろ、俺が悪かった！」

「きゅ！」

なんとか機嫌を取るために撫でたり食べ物を与えたりする。

やっぱり女の子に体重の話は厳禁だな。

画面の方はルナとソルが座りながら見ている。

俺も隣に座って一緒に覗くと連中は大分進んでいた。

『これは胡椒ですか？』

『そのようだな。素晴らしい』

『回収は後にしてください』

ウルリカの言葉に騎士たちは胡椒を置いて進んでいく。曲がりくねった道を進む彼等は幾度も交差路に入っていく。彼等は地図を見ながら進んでいるが、同じ所をぐるぐると回っている。

幻影蝶の鱗粉が樹木からも発せられていて充満しているので、正しい道を判断できていないのだ。

「ボス、到着してない」

「迷子？」

「だろうな」

ボスの所に到着しないと次のエリアにはいけない仕様になっているので、このままになるだろう。

『なんだか同じ所を回っていないか？』

『そうだな……木に傷をつけて進んでみるか』

騎士の一人がナイフで木に傷をつけながら進むが、その傷は彼等が離れるとすぐに修復される。

『くそっ、どうなってやがる！』

『おい、どうにかできないのか！』

焦る彼等はウルリカに叫ぶ。ウルリカは視線を彷徨《さまよ》わせた後、木の幹に置かれた石板を見つけた。

『偽りの真実を見つけよ、ね。見える物が正しいとは限らない。となると……』

ウルリカが符術を使って札を数体の式神にして四方八方に放つ。

しばらくすると一体を除いて帰ってきた。

『なるほど、こっちね』

『おい、待て！』

帰ってこなかった場所に向かってウルリカが進むと、そこは大木が塞いでいるところだった。

彼女が手を出すと大木の中へとすんなり入っていく。

『幻影ね。モンスターが出なかったのもまだ入口ですらないということね』

『では、この奥が……』

ウルリカ達が入っていった先には、複数のフォレストベアが屯《たむろ》していた。

その手には木の上にあったであろう蜂の巣があり、蜂蜜を食べている。

『山にいるはずのフォレストベアがなんでこんなところに……』

『改変が起きたことはこれで確実ね。それで、戦闘は避けられないでしょうがどうしますか？』

『撤退しよう』

「ん、逃がさない」

「ワォオォオォオンッ!!」

ソルが雄叫びをあげると、ソルの配下に組み込まれていたシルバーウルフ達が彼等の背後の森からエリーゼのゲートを通ってでてきて強襲する。シルバーウルフを統率するのは天狼の一匹だ。

「ウルリカは？」

「ああ、襲っていい。多少の怪我をさせるぐらいでな」

「了解」

ウルリカも襲われないと怪しまれるからしかたない。

ソルが指示をしたようで何匹かがウルリカへと飛びかかる。

『……お仕置きね。殲滅しなさい』

「「ひっ!?」」

持っていた妖刀を地面に打ち付け、柄に手を置くウルリカの周りに召喚陣が現れ、中から出てきた鬼武者の腕と大太刀がシルバーウルフを切断していく。

『助けてくれ！』

『わかりました。お一人ぐらいなら連れて逃げられます』

ウルリカは召喚された鬼武者の腕に座り、もう一体に騎士の一人を摑ませて逃げ出す。

『待てっ、待ってくれ！』

『置いてかないでくれ！』

騎士達はエリーゼが地面から生やした無数の蔦《つた》や根によって、足を固定されて動けなくされる。そこをフォレストベアにマウントポジションで殴られて無力化された。

死体はシルバーウルフに運ばれ、捕虜は混沌兎が身体の中に入り、その男の身体を乗っ取って出口を目指していく。

「これでしばらくは安全だろう。今の間に準備するぞ。射撃位置を決めないといけないからな」

「「了解」」

着実に準備が整っていく。この後も予想通りになれば、そう上手くはいかないだろう。

「さて、今日は終わりだ。どうする？」

「鳥、蛇」

「見にいく」

「わかった」

コカトリスを作る計画は、卵から生まれた雛が死亡したので失敗だった。

「間に合わない？」

「微妙だな。色々とやってみるが……難しいだろう」

「ん、なら私達がなんとしてでも守る」

「負けたら、破滅。なら、命を賭けてでも勝つ」

ルナとソルが亡骸を抱きあげながら真剣な表情をしている。

「あんまり危ないことはして欲しくないんだが……」

「ん、ルナは道具」

「ルナ」

「でも、ご主人様はそんなルナを愛してくれている。だから、ルナが、ソルと一緒に守る」

二人の言葉が重なる。これはよほど強く思ってくれているのだろう。

「そう言ってくれるのは嬉しいんだがな……」

正直言って妻達には死んで欲しくない。

いくら蘇れるとしても、その痛みは想像を絶するだろうしな。

「平気。混沌兎は簡単に死なない。それに、ルナが死んでも蘇らせてくれる……よね？」

「当たり前だろ」

「ん。なら、もんだいない」

亡骸を置いてから抱きついて身体を擦りつけてくる。俺はしゃがんで二人と視線を合わせてしっかりと抱きしめ返してやる。そのまま互いに身体を預けていく。

三十七日目

対抗戦前日の一幕（リーゼロッテ視点）

ついに三十七日目になり、対抗戦は明日だ。

そんな私は儀式場でもある玉座の間で頭を抱えてウロウロしている。

「いつまでそうしているんですか……」

ダンタリオンの呆れた声が聞こえてくる。

彼女は玉座の隣に置かれた円形のテーブルを挟んで、椅子に腰掛けて優雅に読書をしている。

そのテーブルには紅茶とケーキまで用意していて、それがとても美味しそうだ。

「もうかれこれ四日はそうしていますよ」

「だって、だってっ！　どう連絡したらいいのかわからないもん！」

「まったく……このボタンを押して話すだけじゃないですか……」

ダンタリオンがダンジョンメニューにある対抗戦の項目を開いてくれる。

そこには対戦相手の名前である粥川幸司、稲木順、同盟相手の欄には黒崎祐也と書かれている。

横には電話マークもあり、そこを押せば話せる仕様になっている。

「そうじゃないの。なんていえばいいの？　こういう時ってどうしたらいいの？」

頭を抱えてしゃがみこむ。私から電話なんて家族以外にしたことないし。

これがまだ普通の友達とかならまだいいんだけど……。

「おや、普通の友達がいたのですか？　それは知りませんでしたね。姉であるシャルロッテを通してではなく、貴女だけの友達ですよ」

「うるさいっ！　ちゃんといる……あれ？　あれ？　あれれ？」

日本で使っていた携帯を確認してみる。

家族以外にも登録してるけど、考えてみると全部お姉ちゃんが紹介してくれた友達だ。

待って、本当に待って！

「いないでしょう。遊ぶ時も全てシャルロッテが手はずを整えてくれていたようですね。貴女はただ後ろをついて一緒にいるだけ。そう、まるで金魚の糞みたいに」

「うわぁぁぁぁぁっ⁉」

「そんなんだから友理奈に騙されていいようにされるのですよ」

頭を抱えてじたばたと転げまわる。

ダンタリオンは、そんな私を無表情のまま見下ろしてくる。

「はっ、これが我が主とは片腹痛いですね」

「うっ、うぅぅぅぅぅっ！」

涙目でダンタリオンを睨み付けるが、ダンタリオンは怒ったようにこちらをじっと見つめてくる。

これってやっぱり、私が情けないから？

「どうしましたか？」

「って、私にも私だけの友達がいたよ！」

「それは誰ですか？」

「ダンタリオンとアザ子とナイ子だよ！」

立ち上がってない胸を張りながら指をさして堂々と宣言する。

不敬かもしれないけど、別にいいもん。

「そうですか。それよりもさっさと席について食べますよ」

「は〜い」

玉座に座ってテーブルの上のケーキと紅茶を楽しむ。

対面のダンタリオンをみるとどことなく嬉しそう。

「あっ、もしかして怒ってたのって……んぐっ？」

「なにか？」

照れ隠しで口にケーキを押し付けられたので、にこにこしながら食べる。

「それで、連絡はどうするのですか？」

「だって、男の人って気持ち悪くて怖いし……恥ずかしいし……」

いっつも怒鳴ってきて、気持ち悪い視線で見てきて身体を触ってくる。逆らえば殴ってくるし、臭いし、男なんて大っ嫌い。触られたら肌が赤くなるくらいお風呂で身体を洗ってた。

「いつものロールプレイでしたか、あれで乗り切ればいいじゃないですか」

「いやいや、いくらなんでもそれじゃあ、駄目だと思うよ……だから、ね？」

いくらなんでもかなり酷いことしちゃったし、ちゃんと謝りたい。

「ふむ。つまり、恥ずかしくないようにしてしっかりと謝れるような魔法を教えて欲しいと。しかも、カッコイイのが希望と……」

「そう。そんな便利な魔法を教えてダンタリえもん！」

「私はどこかの猫型狸ではありませんっ！」

「わっ!?」

慌てて椅子から飛び退《の》くと、さっきまで私がいた場所を魔法陣から出現した無数の槍が貫いていた。ご丁寧に椅子とテーブルを避けて。

「おっ、怒らないでよ」

「怒ってはいませんよ、ええ」

「怒ってるよねっ！」

槍を避けながら、虚空に翳《かざ》した手にこないだ手に入れたばかりの銀色の大きな鍵を呼び出す。

「門の彼方へ飛んでけ！」

鍵を回転させて振り回しながら四方八方から襲い掛かってくる魔法を掻き消す。

かき消した魔法は魔導書ネクロノミコンに転送されて記される。

「そうですね……いいでしょう。教えてあげます。とってもカッコ良くて危険な魔法をね……」

「本当っ！　やったっ！」

「なんでそこで喜ぶんでしょうか……まったく」

「えへへ～」

「褒めていませんよ。ですが、いいでしょう。今、かけてあげますから、しっかりと覚えるのですよ。ベルセルク・アンリミテッド」

「ふえっ!?」

銀色の鍵を越えてかけられた魔法によって身体中から赤いオーラみたいなのが出てきた。

なにこれっ。凄くカッコイイ。

それに身体がぽかぽかしてきて、無性に何かを壊したくなってくる。

そのせいか、いつの間にか近くにいたデーモンを思わず鍵で攻撃しちゃった。

「その魔法はどんなものかわかりますか？」

「うん。多分だけど……これって見境なく攻撃するタイプの魔法だよね。それも物理オンリー？」

「そうです。使っている間は魔法が使えません。それに意識も次第に破壊衝動に覆い尽くされ、魔法によってあげられた運動能力で徹底的に周りを破壊するまで止まりません」

「やっぱり怒ってるっ！」

身体が勝手に動いて周りを破壊するので、デーモン達は一斉に逃げた。

「怒ってませんよ。それと治す方法もあります。ディスペル」

身体が急に重くなって、全身に襲い掛かる痛み。私は悲鳴をあげてのたうち回る。

「解除魔法ならこの通り解除できます。しかし、その魔法の欠点は強制的に身体を動かすので筋肉痛が凄まじいことですね」

「ごめんなさい。ごめんなさい。お願いですから、治してっ」

「い・や・で・す」

「うにゃぁぁぁぁぁっ!?」

その後、筋肉痛で動けない私はダンタリオンにベッドに運ばれて療養することになって、結局同盟相手のお兄さんに連絡できないまま、開始の日までベッドで過ごした。

三十七日目　邪神様からの強制命令

今日が対抗戦の準備を行える最後の日だ。

昨日から侵入してきた領主軍の対処方法をエリーゼに説明して任せてある。

連中は森の中で拠点を築き、探索中の奴等はマスタールームで監視している。

あちらは問題ないが、同盟相手のリーゼロッテからは一切連絡が来ない。

こちらから連絡を取るべきか？

「はろー、くーやん」

「ナイ子か」

このタイミングだと対抗戦のことだろうし、聞かないわけにはいかない。

「どうしたんだ？」

「対抗戦のことについてですよ～」

「やっぱりか」

「まあ、そのことしかありませんしね。さてさて、対抗戦について通達します。対抗戦の映像をライブ中継することになりました」

「ちょっと待て」

ライブ中継をされるとこちらの攻略法が露呈してしまう。

だから漏らさないように対策を入れたのだ。

「待ちません。これは決定事項です。八百長のない最初の全面戦争ですから、どどーんと派手に公開することに決めました。他のクリエイターの人達から開示要請がいっぱいきましたからね」

「決定事項ならしかたないが、出演料は貰えるんだろうな？　こっちは情報を出したくないんだ。ライブ中継なんてされたら攻略される危険が増える」

「そうですね。多少は融通をきかせてあげましょう。お願いごとをいってみるといいです。私とタマモにできる範囲なら、やってあげてもいいですよ？　えっちいことでも」

タマモを抱き上げて頭の前にしてから横にずらす。

可愛らしい仕草だが、やったら最後、搾り取られて終わる可能性が高い。

「なら、邪神としての本気の加護をくれ」

「はい？　くーやん達にはすでに邪神の加護は与えてありますよ？　そうじゃないと発狂して死んじゃいますし」

「俺じゃない。この子にだ」

エリーゼを呼び出して、掌に乗せる。

ナイ子は興味深そうにこちらを見てから、バッと視線を違う方へと向ける。

「いやいや、まさかコレに加護を与えろと？」

「その通りだ」

「なんつーもんを作ってやがりますか。駄目に決まってるでしょうが！」

「え～」

「きゅ〜」

俺とタマモが同時に抗議の声をあげるが、ぶんぶんと手を振って拒否をするナイ子。

「なんといっても駄目です。危険極まりないですからね。ナイ子ちゃんのお株が奪われちゃうじゃないですか」

「ちっ」

土の精であるナイ子の加護があればエリーゼはもっと凶悪になれると思ったんだがな。

だいたい、ライブ中継されるなら混沌兎とか、天狼とか出せないし。精々がゴブリンと少数の鬼達までだろう。エリーゼなんて出すのはまずい。

「で、他にないのですか？」

「そうだな……ああ、対抗戦の開始は時間になるとダンジョン内の全てが移動するってことでいいんだよな？」

「そうですよ。外界との接続を切ります。外からは結界を張っているので入ってくることはできません。例外はクリエイターの援軍だけですね」

「なるほど。なら……」

俺は考えていることをナイ子に説明する。

「それなら可能ですよ」

なら、こちらは解決だ。

ああ、後は改修費用だけ貰えるように交渉するか。

「ナイ子、ライブ中継はしかたないとして、その後の話だ。同じままだとダンジョンの情報が露呈されて簡単に攻略されてしまうし、俺が考えた罠とか戦術が真似されてしまう。その対策は？」

「全員の記憶をダンジョンのことに関してのみ封鎖します。記憶していても内容を思い出せないようにします。例えばくーやんでいうと、森のダンジョンだったということは覚えていますが、どんなモンスターがいて、どういう仕掛けだったのかは思い出せない仕様にさせてもらいます。思い出せるのは対抗戦の流れやどんな感じだったかの雰囲気だけですね」

少なくともライブを見られるだけで、罠やモンスターの内容がばれることはないと。

「まあ、完全ではないですけどね。解除系のスキルを持たれていると無理ですし。後はいっそのこと公開して戦力差を痛感させて攻略を断念させるという方法もあります」

「それは御免こうむりたい」

「まあ、こちらとしては対抗戦が盛り上がればそれでいいのです。だから、陵辱とかも推奨していますよ」

「わかった。そこまでちゃんとしてくれているなら納得はしよう。だが、改修の資金は欲しいな。賭けの上前は跳ねるんだろう？」

「い～や～で～す」

「じゃあ、輝くトラペゾヘドロンをくれ」

「は？　一番最初よりはましですが、トラペゾヘドロンって私の化身を召喚するアイテムじゃないですか」

「駄目か？」

「……アザ子がライブ中継しろとかいってきたんだし、これぐらいは……でも、流石にこれはやりすぎ感が……でも、どうせ闇の中でしか使えないし……よし、決めました！」

ナイ子が手を合わせるように叩いてこちらを見てくる。

「この二人に勝ったらナイ子ちゃんがその願いを聞き届けてあげましょう！　ただし、作らないといけないので対抗戦が終わってしばらくしてからになりますよ」

「勝ったらって、俺に不利になる採点されると……」

「そんなことはしません。私はアザ子と賭けをしています。私が賭けたのはくーやんです。この意味、わかりますよね？　いいですか、絶対に、なんとしてでも勝ってください！」

「そ、そのつもりだが……」

顔を至近距離まで近づけて言ってくるナイ子。

その表情は真剣で、もしも失敗したら……そう思うとナイ子が首を切るジェスチャーをしてきた。

これ、マジで駄目な奴だ。

「勝利しかありません。オーケー？」

「オーケー。なんとしてでも勝つ。どっちみち死ぬか生きるかだ。ああ、一つ質問だ」

「なんですか？　今なら冥土の土産になるかもしれないので答えてあげますよ」

「捕らえたいクリエイターがいるんだが、戦闘で殺したらどうなる？」

「全面戦争ではクリエイターが対抗戦でどんな傷を負っても大丈夫です。死んだ時点で敗北が決定し、生死を含む全てが相手のクリエイターの物となるので蘇生して引き渡されます。あとそれ以外は蘇生費用は出しません」

捕獲すると蘇生のＤＰがかからないなら、気にするほどでもない。それにカグラ達の誰かが死んでも蘇生できるってことだし、助かるな。

「蘇生代金は？」

「蘇生する者によって違います。基本的には売値の三分の一です。ちなみにこのダンジョンで一番高い蘇生代金はエリーゼですね」

エリーゼはそもそも桁《けた》が違うからしかたないだろう。

「さて、他に質問はありますか？」

「いや、大丈夫だ。後は任せてくれ」

「ええ、期待していますよ。それではそちらの私もよろしくお願いしますね」

「ああ」

「きゅ」

ナイ子は来た時と同じように消えていった。

ライブ中継にさせられたのは予定外だったが、どうにかなるだろう。

いや、違うな。どうにかする、だ。

どんな手を使ったとしても勝ってやる。

「旦那様、準備ができました」

「ああ、すぐに行く」

呼びにきたソフィアと共に城下町へと移動する。

そこでは今回の戦いに参加する皆が集まっている。

大通りには幾つもテーブルが設置され、数々の料理が並べられている。

「主様」

「「待ってた」」

「♪」

「ああ」

特別に用意された席にはすでにカグラやルナ、ソル、エリーゼが待ってくれている。

今から行われるのは決起集会だ。

「明日、俺達は今までにない規模の侵略者と戦うことになる。しかし、皆が一丸となって協力してくれたお蔭で侵略者に対抗する準備が整った。後は愚かにも喧嘩を売ってきた侵略者共を討ち滅ぼすだけだ」

妻達を見てから鬼や混沌兎、天狼達を見渡す。

「既に俺達の勝利は確定しているが、より決定的なものとするために皆の力を貸してくれ。今回の戦いは負ければ全てが奪われる。俺はもう奪われるのはごめんだ。だから死力を尽くす。お前達もそれぞれの思いで力を出し切ってほしい」

「きゅ！」

「どうやら待ちきれない子達もいるようだから、食べよう。明日への英気を養うために思う存分食べてくれ。だが、酒は一杯だけだ。明日、勝利した時には盛大に宴会を行う！　明日の勝利を願って乾杯ッ！」

俺がそう言うと鬼達が歓喜の声をあげる。やはり彼等は酒が好きなようだ。これは酒が大量に必要になる。まあ、ウォーターエレメンタルに酒を渡して同じのを大量に生み出してもらえばいい。

そうすればコストが安く抑えられる。

ソフィア達をみると楽しそうに笑いながら食事をしているが、カグラは少し寂しそうにしている。ウルリカがいないせいだろうが、彼女は領主軍と共にいるのでどうしようもない。今は俺が彼女の代わりとなろう。

「カグラ」

「わっ⁉」

カグラを膝の上に乗せて後ろから抱きしめながら、食べさせたりしてやる。

それをみてルナ達もやってくる。彼女達にも食べさせながら、俺も食べさせてもらう。

そんな俺達をみながら世話を焼いてくれるソフィア。

温かく幸せを感じるような時間を得て、改めて彼女達が大切だと思う。

皆は俺のものだ、絶対にあいつらに渡したりはしない。奪わせてなるものか。

三十八日目 対抗戦開始

対抗戦の日となった早朝九時。俺はナイ子に強制的に転移させられ、校長室だと思われる部屋にいた。校長が座っていただろう豪華な椅子にナイ子が座ってくるくると回っている。

「まずは席に座ってください。右側ならどこでもいいですから」

「わかった」

ソファーとテーブルが置いてあるので右側に座る。

俺が座るとすぐに新しい奴が転送されてきた。

やってきたのはなぜか震えている女の子だ。

服装はピンク色のネグリジェで、光で輝くような銀色の髪の毛は寝ぐせで絡まっていてとても残念な姿となっている。その、明らかに寝ぼけている彼女が俺の今回の相方であるリーゼロッテだ。

「……ここは……」

目元をごしごしとしながら周りを見渡して小首を傾げている。

「リーゼロッテ、貴女も右側に座ってください」

「……はい……よろしくお願いしま……あれ……？」

「ああ」

「いっ、いやぁあぁぁぁぁぁぁっ⁉」

俺の隣に座ったリーゼロッテは少しして我に返ったのか、身体中を真っ赤にして悲鳴をあげながら俺にビンタしてきた。

「おい」

「あっ……ごっ、ごめんない……」

涙目で震える身体を両手で押さえて謝ってくる彼女にカグラ達を重ねてしまう。

「もういい。それよりも着替えてこい」

「あうっ!? ありがとうございます……」

こちらの方が痛いが、デコピンで許してやる。

「ナイ子、準備くらいはさせてやれよ。事前連絡もなかっただろ」

「そっちの方が面白いかと思いましたから。まあ、着替えはいいですよ。五分で支度してくださいね。すぐにこちらに人がきますから」

「わっ、わかったよ」

リーゼロッテが指を鳴らすとネグリジェが光になって分解されていく。

まさかの変身魔法に驚いて凝視するが、彼女の身体のほとんどが光で隠されている。

「変身シーンに光なんていらぬわっ！」

「ちょっ!?」

今度はナイ子が指を鳴らすと光が消滅し、下着姿のリーゼロッテが映し出される。

すぐに下着も分解されて、完全な一糸まとわぬ姿を俺達に曝《さら》した。

「いっ、いやぁあぁぁぁぁぁぁぁぁっ!? やめてっ、みないでぇぇぇぇっ!?」

「ふはははは、これですよ！　これこそがいいのですっ！　ああ、安心してください。ちゃんと乳首は隠してあげましょう」

高笑いするナイ子とリーゼロッテの悲鳴が部屋中に響き渡る。

すぐにリーゼロッテの服が構築されて寝癖もなくなった綺麗な姿となったが、彼女は床にしゃがみ込んだまま大泣きしだした。

ナイ子を見ると、手で煙草でも持つ仕草をして、一仕事やりきった感じを醸し出している。

明らかに慰める気はない。

「はぁ……」

「うぅ……ぐすっ……ひどい……ひどいよぉ……」

「確かにナイ子がひどいな」

抱きしめて慰めてやる。このまま泣かれていても話が進まないだろうしな。

ナイ子も流石に悪いと思ったのかは知らないが、リーゼロッテが泣き止んだところで粥川幸司と稲木順が召喚された。

「なんだここは？　もう始まったのか？」

「違うみたいだぞ」

「あ？」

二人の視線が俺達に向いてくる。

俺がリーゼロッテに胸を貸しているからか、苛立った声をあげてくるが無視だ。

「ほら、さっさと反対側の席に着いてください。ペナルティーを与えますよ」

「ちっ」

大人しく二人が対面の席に座ったことで、ナイ子が両手を組んで肘を机の上に置く。

「さて、本日集まってもらったのは対抗戦のことです。先にも通達した通り、ライブ中継します」

これは事前に伝えられていたので全員が頷く。リーゼロッテも顔を俺の服で拭いてからしっかりと顔を前に向けている。手はまだ俺の服の裾を握っているが。

「せっかくですから、対抗戦がどんなものか皆に知ってもらおうという考えです」

「俺達は構わないぜ。こいつらの惨めな姿を全員に見せられるんだからな。特にリーゼの陵辱ショーなんて盛り上がるだろ」

「そうですね～」

「うぅ……やめてよ……やられるだけでも嫌なのにっ、それを見られるなんて……さっき見られて泣いたのにっ、これ以上なんてっ！」

「ああ、陵辱は決定事項です。嫌なら勝ってくださいね」

「そんなっ⁉　ひどいよっ！」

「だが、そうなるとこちら側が不利じゃないか」

「あ？」

「こちらには彼女がいるが、あちら側には女性がいない」

「そうですね。じゃあ、リーゼロッテが彼等を犯すというのは……」

「絶対嫌っ！」

まあ、むしろご褒美になるだろうな。

「というか、男が犯される姿をみるとか誰得だよ」

「まあ、今回は男の人が多いですしね。しかたありません。彼等が負けた場合は私が性転換でもしてあげましょう」

「ふざけんな！　そんなの嫌に決まってんだろ！」

「こっちもよっ！」

「落ち着いて」

「これは決定事項です。勝てばいいのですよ、勝てば」

クスクスと笑うナイ子は意見を変えるつもりはないようだ。

まあ、力関係的にナイ子に逆らうことはできないので呑むしかない。

俺にとってはどうでもいいことだし、スルーだ。

「さて、次の話です。今日の対抗戦は正午よりスタートします。四人のダンジョンを繋げるので、次の三つからダンジョンの配置を決めてください。

一つ目は四つのダンジョン全てを正方形の形に繋げて、それぞれ接触する二つの面から行き来できるようにするもの。

二つ目は並列で四つのダンジョンを繋げ、前衛と後衛に分けるもの。

三つ目は二つのダンジョンのうち、部隊を決めて戦力を一つに集中させて一つのダンジョン対一つのダンジョンにするもの。

さあ、この中から選んでください」

どうやら、ダンジョンの配置を決めるようだな。

一つ目は二面作戦を展開させられる可能性があるので却下だ。少数の戦力では守りきれない。

二つ目は前衛と後衛に分かれて戦う場合、前方だけ警戒していればいいが、裏切られた場合は挟撃に遭うので後衛を選ばないといけない。

三つ目は一つのダンジョン力を合わせて正面からの殴り合いになるシンプルな戦いだな。しかし、選ぶダンジョンの構築次第では圧倒的に有利にも不利にもなる。

「あの、一つのダンジョンに戦力を集めて戦いませんか？　あまり広いのは面倒ですよね？」

「俺達はいいぜ。面倒がなくて楽だしな。いいよな？」

「ええ、構いませんよ」

リーゼロッテの提案に、まるで談合でもしているかのようにあっさりと賛成する二人。

しかし、リーゼロッテがまだ服を握っているし、辛そうな表情をしているのが気になる。

「わかった。だが、こちらは俺のダンジョンを使わせてもらう」

「あの、私のダンジョンじゃ駄目なんですか？」

彼女は不安そうにこちらを見ながらおずおずと提案してくる。

「駄目だな。先程そちらの意見を通したのだから、今度はこちらの意見を通してもらう」

裏切られる可能性が高いリーゼロッテのダンジョンで戦うとか、怖すぎる。

それに皆で色々と準備したのだから、こちらに来てもらわないと困る。

「おいおい、譲ってやれよ」

「そうですよ。女性の意見を通してあげるのが男というものですよ」

「命がかかっているというのに他人の物など信じられるか。とにかく、一つのダンジョンに戦力を集約するのなら、こちらは俺のダンジョンを使う。もしくは全員のダンジョンを繋いで戦うかだな。俺はこの意見を変えるつもりはない。だいたい、別にどちらのダンジョンにしようが、お前達には関係ないじゃないか。それともお前達は繋がっているのか？」

「違う！」

「そうですよ」

粥川が慌てて否定してくるが、怪しさ満点だ。

稲木も粥川を忌々しそうにしている。

「だったらいいだろう」

「でも、私は私のダンジョンでしか力を……」

「なら、やはり四つのダンジョンを繋げるべきだな。それに彼女は元はそちらにいたのだから、彼女のダンジョンをお前達が知っている可能性が高い。そんなダンジョンで戦うわけないだろ」

「ちっ」

実際、リーゼロッテのダンジョンで戦えば、勝てる戦いも勝てないだろう。

改造しているかすら怪しいからな。

「で、どうするんだ？」

「わ、わかりました……そちらのダンジョンで構いません。ですが、あまり力を出せませんよ。特にひ――んっ!?」

喋りそうになったリーゼロッテの口を手で塞ぐ。暴れるが気にしない。

「ああ、別に構わない。それでそちらはどのダンジョンにするんだ？」

「ここは私のダンジョンにしましょう」

どうやら相手側は稲木のダンジョンになるようだ。

まあ、粥川がまともなダンジョンを作れるとは思わないし、妥当なところだろう。

しかし、それでは困るのだ。

「なんだ。あれだけいっていたくせに自分のダンジョンで来ないのか。まあ、口先だけでまともなダンジョンを作れていないのだろうから、醜態をさらさずに良かったじゃないか」

「なんだとっ⁉」

「ひっ⁉　いたっ⁉」

怒り狂った粥川が席を立ちあがり、俺に摑みかかってくる。

隣にいたリーゼロッテは悲鳴をあげて震えている。

というか、よくよく考えたらこっちにきた当初から震えていたな。

しかし、痛みまで感じている様子なのはなんでだ？

「図星みたいだな」

「このっ⁉」

「はいはい。喧嘩は対抗戦でやってくださいね。殺しますよ」

粥川と俺が床から生えてきた蔦で引きはがされる。

俺はすぐに解放されたが、粥川はまだ文句をいっているので解放されていない。

「おかしいだろ！　煽《あお》ってきたのはアイツだろうが！」

「手をだしたからですよ。それで、結局どうするんですか？」

「もちろん、俺の……っ」

粥川が何かを言おうとした瞬間、稲木が口を塞いだ。

「私のダンジョンでいきます。これは決定事項です」

「はいは〜い」

粥川のだったら楽だったのだろうが、そうはいかないか。

しかし、ナイ子も始末してくれたらよかったのだが、対抗戦ができなくなるからやらないか。

「話が纏まったようなのでここからは各自で作戦会議をしてください。左右に扉を作りましたのでそちらの部屋でお願いします」

ナイ子が手を叩くと扉が出現した。

その中に入ってみると小さな部屋にソファーとテーブルが置かれている。

「とりあえず、座るか」

「……はい……」

互いに向かい合って座る。改めて対面にいるリーゼロッテを見る。白銀の髪の毛は長いツインテールへと代わり、服装はワンピースに三角帽子とマントとなっている。その姿は低い身長もあって魔女というより、変身シーンも合わせて魔法少女だ。

そんな彼女が不安そうにこちらを上目遣いで見つめ返してくる。

「その、さっきはごめんなさい」

「気にしていない。あれはしかたないことだからな」

「ありがとうございます。友理奈のお兄さんは優しいですね」

「それはやめろっ！」

「ひっ⁉　いたっ！」

大きな声をだしたが、ビクッとなって痛みを感じているようだ。

「あっ、あの……」

「俺は黒崎祐也だ。友理奈の兄なんて絶対に呼ぶな。い・い・な？」

「わっ、わかりました……私はリーゼロッテ・エレミアです。リーゼロッテと呼んでください……わっ、私も、祐也さんって……呼びますから……いいですよね？」

こちらも名前の呼び方を指定しているのだからそれでいいだろう。

「じゃあ、リーゼロッテ。これからについて話すか」

「ダンジョンについてですよね？」

「そうだ。だが、その前に聞きたいことがある。さっきから様子がおかしいが、それはなんだ？」

「きっ、筋肉痛です……」

そっぽを向いて答えたリーゼロッテにため息がでる。

「あっ、酷いです！」

「なんで大切な対抗戦の前に筋肉痛なんかになっているんだ……」

「しかたないんですよ。新しい魔法を覚えた代償というかですね……それにこれがないとまともに話せないですし……」

後半は聞き取れなかったが、何を言っているんだ？

「聞こえなかったぞ」

「とりあえず新しい魔法を覚えた後遺症だと思ってくれていいです。肉体操作系の魔法ですから戦いには支障はありません。安心してください」

肉体操作系の魔法か。

もしかしたら俺がタマモに身体を任せるのと同じようなやつかもしれない。

「それで、祐也さんのダンジョンは遺跡型でしたよね？」

「改造したから今はフィールド型だな」

「え？　フィールド型ですか？」

驚いた表情と声で聞き返してから、リーゼロッテは親指の爪を噛んで考え込みだした。

「どうした？」

「いえ、そんな大規模に改修してくるなんて思ってもいなくて……」

「元から増やすつもりだったからな」

「……新しいマップをもらえますか？」

「ああ」

一階層の樹海迷宮の地上マップを渡してやる。

これは事前に用意したもので、最初の方の攻略法までが書いてある。後半も書いてはあるがそちらは出鱈目《でたらめ》だ。こうすることで後でリーゼロッテが連中と繋がっているのかを判断できる。

「ほら、これだ」

「ありがとうございます。それでコアはどこに置きますか？」

「ここだ」

渡した地上マップにある遺跡前の砦を指差す。砦は防壁と堀、攻城兵器がちゃんと用意してあるのでダミーコアの設置場所としては十分だろう。

「モンスターは？」

「基本は罠メインだから、ゴブリンだ。後は動物だな」

「ご、ゴブリンに動物？　罠メインにしても……」

実際、ゴブリンはかなり弱いので驚くのは当然だ。

一応、こちらの数を教えておく。

「ああ。安くてコスパがいいからな。これがモンスターの一覧だ。そちらは？」

「インプが主力でレッサーデーモン、レイスが少しだよ。だから、光に弱いの。昼間はあんまり役に立たないから……」

「そうか。どう配置をするかだが……」

「砦の防衛がいいんだけど……森の中なら暗いからインプ達も使えるよ」

「なら、インプは最初に攻め込む時にゴブリン達と一緒に突入してくれ。レッサーデーモンは砦の防衛に使う。レイスは森の中だな」

彼女も砦の中にいることになるだろうし、問題ないだろう。

そもそも本当のコアは俺が連れているし、いざとなれば二階層に撤退すればいいだけだ。

「うん。それじゃあこれぐらいかな」

「そうだな。後は本番になってからだ。よろしく頼む」

「こちらこそ」

手を出すとおずおずと握り返してくる。

握手をしてから部屋を出る。

残った彼女は握手した手を見ながら何かを呟いていた。

その瞬間、うっすらとリーゼを後ろから抱きしめている女性の姿が見えた。

その雰囲気はナイ子達のようなやばい感じだ。

「お帰りですか？」

「あっ、ああ」

ナイ子に声をかけられて慌てて視線をはずす。

「でしたら、そちらの扉から出てくださいね」

「わかった。また後でな」

「はい。楽しみにしています」

ナイ子と別れて扉を潜ると、俺のマスタールームへと移動していた。

すでに他の子達は準備の確認などでいない。俺も用意をしないといけない。装備を整えてから、カグラ達の下へと向かうと、武装したゴブリン達が整列して待っていた。

「主様、どうでしたか？」

「こちらは問題ない。そちらは？」

「ちゃんと偽装はできています。だよね？」

「はい。我等は問題ありません。臭い以外は」

ゴブリンの口から可愛らしい声が発せられるが、臭いを強調するくらい問題なのだろう。

「悪いが我慢してくれ。終わったら報酬はたっぷりと用意してやるから」

「お酒をよろしくお願いします」

他のゴブリン達も一斉に頷く。作戦のために臭い装備を身に着けてくれているのだし、美味しい酒を用意しよう。

「わかった。それでルナとソルは？」

「準備が完了しているので、待っているそうです」

「ソフィアは？」

「あちらで炊き出しを作ってくれています」

砦の方をみるとソフィアが炊き出しを作っていた。

草の葉の上に置かれたおにぎりやサンドイッチが置かれている。

「わかった。ありがとう。他の奴等にも配ってくるか」

カグラと別れてから、ソフィアからお弁当を預かって他の奴等に配りつつ、準備を確認していく。

ルナ達も問題なく、偽装もちゃんとできているかを確認する。

【通常モンスター】
ゴブリン70（雄70／雌0）
ゴブリン（？）１３５（雄51／雌84）
ウルフ（？）53（雄35／雌18）

ラビット（？）84
ベア13（雄10／雌3）
【ネームド】
〝鬼少女〟カグラ（鬼族）
〝兎少女〟ルナ（兎族）

これがリーゼロッテに渡した偽装したデータだ。実際は全然違う。

そもそもネームドはソルもソフィアもエリーゼもいるのに教えていない。

まあ、リーゼロッテも手の内を全部教えているわけではないだろうしいいだろう。

最後に見た女なんて明らかに普通の奴じゃないしな。


正午まで残り僅かとなり、砦にいる俺の目の前にリーゼロッテが転送されてきた。

彼女は変身した姿で手には大きな本を持っている。その周りには黒い角と黒い翼が生えた人型の悪魔や空飛ぶ小さな悪魔達、空に浮かぶローブ姿の魔法使いがいる。魔法使いは死霊魔法のおかげでレイスだと判明した。小さな悪魔の方はインプだろう。彼女の傍にいるのがレッサーデーモンか。

それにしても随分と強そうだ。

俺の傍にはカグラとルナがいる。カグラは着物にスカートで刀を腰に差している。ルナは兎耳フードを被り大きめのパーカーを着ていて、スパッツは隠れていて見えない。ルナの武器は大きいので横に置かれている。

リーゼロッテはその二人の恰好を見てから顔を顰める。二人の衣装がかなり趣味に走った恰好だからだろう。特にルナの恰好は下も穿《は》いていない感じで、太ももをそのまま曝している。カグラは絶対領域があるのでまだましだろう。

「よく来たな」

「その娘達は？」

「俺の護衛だ。それよりも配置は事前の通りでいいか？」

「大丈夫だけど、インプは火を放つの。木々に引火しちゃうかもしれない」

「引火は危険だが、燃えにくい素材で作られているから問題ないさ」

ダンジョンの木々を壁と認識させ、地面に触れたり、モンスターとして認識されない限りは燃えないようにしてあるからな。

「っと、時間が迫っているからインプを入口に移動させてくれ」

「こちらから攻め込むの？」

「必要と思えば攻め込む」

「わかったよ」

リーゼロッテがインプを移動させていると、時間が来たようで空からナイ子の声が聞こえてきた。上を向くと巨大な画面が出現していた。

『さてさて皆様、対抗戦のお時間がやってきました。今回の対戦方式は黒崎祐也、リーゼロッテ・エレミア組対粥川幸司・稲木順組の全面戦争です。勝った方が全てを得られます。命も含めて何から何までです。さて、気になるダンジョンの戦いですが、今回は樹海と火山の戦いですね。では手元の端末から賭けに参加できますので一時間以内に勝者を予想してくださいね』

携帯端末に俺と相手のダンジョンの一階層部分を上空から撮影した動画が表示される。

ナイ子の言う通り相手のダンジョンは火山のようで、定期的に溶岩を噴き出して道を作り替えている。緑は一切なく、岩ばかりで間欠泉などもある。モンスターも火属性の虎やトカゲが多い。中には溶岩の中からでてくるゴーレムの姿もある。

俺の方は逆に樹海迷宮が映し出されていて、森の外にウルフに乗ったゴブリンと、整列しながらもだらけている武装したゴブリンとインプ達が見える。

『倍率が一対五七で粥川組が優勢ですね』

「凄い差ですね」

「ひどい」

カグラとルナはひどいと言っているが、戦力差から考えると納得できる内容だ。

そもそもちゃんとした戦力がゴブリンとインプだから見ただけではわからない。

誰も初見でエリーゼの場所や、彼女達には気付かないだろう。

「これ、勝てるの？」

「ん？　ああ、大丈夫だ。それよりもナイ子、俺達も賭けられるのか？」

『あ～質問がありましたが、参加者が賭けることは全面戦争ではできません。全て差し押さえてありますからね。ですが、本来の支払い分を引いた状態で余っていれば賭けることはできます』

担保を出して余っていたら普通の試合とかなら賭けられると。今回は全面戦争で勝った方が全てを得られるのだから、資産を減らすようなことは認められないということだな。

『っと、そろそろ時間なので始めちゃいましょう！　接続完了。ゲート解放と同時に対抗戦スタートです！』

入口辺りに大きな門が現れ、花火が打ち上げられると同時に門が開かれる。

開かれると同時に敵がなだれ込んでくる——なんてことはなく、お互いに一切動きがない。

しばらく待っても同じだ。

防衛側が有利なのはわかりきっているし、相手は動かないつもりのようだ。

挑発は意味がなかったか。

『動いてくれないと面白くありませんよ〜。というわけで、あまり動かないとペナルティーを与えますからね〜』

「ど、どうするの？」

「決まっている。カグラ、指示を」

「はい。ゴブリンさん突撃です」

カグラの指示で銅鑼《どら》が叩かれる。

入口に待機していたゴブリンリーダーが、銅鑼の音を聞いて門へと突撃していく。

すぐに端末でライブ中継されている映像を見ると、火山の映像が映し出された瞬間に映像が切れた。どうやら相手のダンジョンは見れないようだ。しかたないのでゴブリン達の視点を映す。

火山の前にある門には相手モンスターがおらず、そのまま突き進んでいく。

ゴブリン達が火山への道を上っていくが、まるで抵抗がない。

「罠ですね」

「罠、絶対」

カグラとルナの意見通り、罠だろう。

実際、火山での振動が激しくなってきている。

「明らかに罠だけど……いいの？」

「想定通りだからな。それよりもまだ時間はある。ゆっくりとくつろいで待とうじゃないか」

「そうなんだ。じゃあ、お手並みを拝見させてもらうね」

用意しておいた椅子に座って見学する。カグラは俺の横に立って、ルナは俺の膝の上に座る。

どうせ退屈なので、ルナの身体を触って遊ばせてもらおう。

リーゼロッテからは絶対零度の視線が注がれるが気にしない。

しかし、彼女はさっきから両手の指をせわしなく動かしているが、不安なのだろうか。

考えていると、向こうの映像で動きがあった。

火山の岩肌が吹き飛んで大量の溶岩が流れだし、濁流のように逃げ惑うゴブリン達を飲み込んだ。

インプ達は降ってくる岩に潰されていく。

「どうするの？」

慌てふためくかと思ったら、リーゼロッテは思ったよりも冷静だ。

「大丈夫だ」

リーダーだけは溶岩に飲み込まれる前にウルフを捨てて飛び上がり、残っていた微かな岩を足場にして奥へと進んでいく。

『おおっとゴブリンリーダーが凄いですよ！　まるでＮＩＮＪＡのようですね！』

「凄い。本当にゴブリン？　あっ、違うね……」

リーゼロッテの言う通り、中身はゴブリンではない。

彼女はそのまま奥へと進んでいく。流石にまずいと思ったのか、溶岩の中から飛び出してきたトカゲに空中で回転蹴りをお見舞いして、その勢いを利用して奥へと進んでいく。

溶岩のエリアから抜け出そうとした彼女の前に、巨大な溶岩でできたゴーレムが現れる。

ゴーレムの大きな腕が迫ってくる中、彼女は岩の上に着地すると小さな拳を突き出す。

腕が焼けるのも気にせずに身長差の大きい相手と堂々と殴り合って、ついには相手の腕を破壊し、ゴーレムが体勢を崩した瞬間に飛び上がって額のコアを抉り取った。

そのまま片手を空に突き上げて勝利宣言を行った。

『なんということでしょう！　ラーヴァゴーレムがゴブリンに倒されました！　あなたこそチャンピオンです！』

しかし、それで終わるはずもなく次々にゴーレムやトカゲが現れて攻撃してくる。

それを避けながら、倒したゴーレムを盾にして引いていく。

生き残っていた何体かのゴブリンも合流して、適度に戦いながら苦戦しているように見せている。

実際、ゴブリン達が腕を失ったりしながら撤退しているので、敗走しているように見えるだろう。

取られた腕などは回収してちゃんと逃げているが、すでに門は溶岩の川で埋まっている。

だが、ゴーレムの破片に乗って溶岩を滑り降りて戻ってきた。

「これからどうするの？　私も動こうか？」

「逃げてきたゴブリンを回収する。カグラ、迎えにいってくれ。リーゼロッテはまだいい」

「わかりました」

カグラが砦から飛び出していく。

リーゼロッテは不安そうだが、これでこちらの想定通りに動いてくれるだろう。


カグラを迎えにやってから少しして、溶岩が門を通ってこちらに流れ込んでくる映像が映し出された。

溶岩は木々の間を通り、それを燃やすがすぐに消えていく。それでも津波のように襲い掛かってくる溶岩をエリーゼが鬱陶《うっとう》しく思ったのか、地面から土壁が盛り上がって流れを堰《せ》き止めた。それと同時に作られた大きな穴に溶岩を流し込むことで被害の拡大を防いだようだ。

「……凄い魔法……」

「ん、きた」

溶岩を波に見立てたようにゴーレムの破片に乗った彼女達がこちらに戻ってくる。

しかし、このままだと溶岩を流し込んでいる穴の中に入ってそのまま沈み込んでいくだろう。

そこに到着したカグラが縄梯子《なわばしご》を投げ込む。

破片から飛び上がった彼女達は梯子を使って壁に上っていく。

その後、火を吐く赤いトカゲやゴーレム達が入ってくるが、溶岩に流されて穴に落ちていく。

必死に壁を掴もうとしたり、破壊しようとしたりするが、カグラが壁の上から大量のゴブリン部隊を指揮して矢を放たせて防ぐ。

しかし、このまま楽に勝たせてはくれないようだ。

『ラーヴァゴーレムはサラマンダーを投げて壁の上をさっさと殲滅しろっ！』

粥川がゴーレムに乗りながら大量のモンスターを連れてこちらのダンジョンへと入ってきた。

粥川の指示でトカゲを投げられ、その対応にカグラ達が手一杯になる。

そのせいで壁への攻撃が増え、ついには決壊して溶岩の一部が流れ込んでいく。

「ルナ、撤退させろ」

「ん」

今回は銅鑼を使わずにルナからソルへとシンクロの能力で伝えさせ、山に陣取っているソルに長距離狙撃をさせろと合図を送る。それに気付いたカグラ達はそのまま森の中へと逃げていく。

『追うな！　まずは入口を確保しろ！』

どうやら深追いはしてくれないようだ。

さっさと中に入り込んでくれるとありがたいんだがな。

まあいい。エリーゼにアトリの能力、ゲートを使わせてゴブリン達を回収し、精鋭と入れ替える。

「とりあえずこれで安心だな」

「こちらが有利なフィールドに攻めてきてくれたから？」

「そうだ。これでペナルティーを受けなくていいだろ」

「うん、確かにそうだね。相手が攻め込んできてくれたら、全滅させるのは楽なんだよね……」

リーゼロッテは段々と演技ではなく素の状態がでてきているな。

最初に会った時のようなビクビクした様子と随分と違う。

相変わらず指は動かしているが、それは癖だろうか。

「っと、それでどうするつもりなの？」

「兵力が劣る者が勝つ方法など取れる手段は限られている」

「それってゲリラ戦？」

「そう。楽しい戦いだ」

どうせ増援がこないのだからやれるのはゲリラ戦だ。

だから銅鑼を使わなかった。撤退ではなく迎撃だからだ。

この樹海迷宮を使って、訓練したゴブリン達が容赦なく敵を削っていくのだ。

「だったら、デーモン達もだすね。そういう嫌がらせとかは得意だから」

「わかった」

リーゼロッテは何を考えているのかまだわからないが、とりあえずは手伝うつもりのようだ。

「動き出したぞ」

画面では粥川が穴に沈んだゴーレム達を助けるのを諦めて進むことにしたようで、樹海迷宮へと入ってきた。次第に画面からもわかるように濃い霧がでてきて彼等の視界を塞いでいく。

「あ、ちゃんと先行部隊をだしたね」

「常識」

「だよね～。でも、あの変態にそういうイメージはないんだけど、入れ知恵かな？」

リーゼロッテは粥川が先行部隊を出したことを意外に思ったようだ。

確かにリーゼロッテの言う通り、俺も粥川は猪突猛進型で先行部隊を使うようなイメージはない。

「あ、倒した」

リーゼロッテの言葉に画面を見ると、視界と足場が悪い状態で進んでいくトカゲが森に潜むゴブリン達によって倒される。粥川のモンスターが通り過ぎると、上や左右から現れては攻撃をしていくのだ。攻撃が終わればすぐに逃げて濃霧の中へと消えていく。

追えば後方の者が襲われ、隙を見せれば即座に狩られていく。

更に粥川のモンスターが通った所を、下から鋭い木の枝が飛び出して串刺しにしたり、落とし穴で地底の底へと引きずり込まれる。

他には影の中から腕がでてきて足を斬っていく。これはレッサーデーモンの仕業のようだ。

『くそッタレ！　卑怯者がっ！　正々堂々と戦いやがれっ！』

本当に馬鹿なことをほざきやがる。

正々堂々と戦えとか、こっちが言いたいっての。

当然、カグラ達も無視している。

『待てよ？　アイツなら……お前達の出番だ』

『おおっとゲリラ戦法に苦戦したせいか、ここで新たな戦力の投入です！』

出てきたのは赤色の大蛇だった。全長六、七メートルくらいで直径は一メートルはある。この大蛇は厄介だ。蛇はピット器官を使った赤外線感知ができる。つまり、隠れていても見つけられる。

『隠れてる奴等を探し出せっ！』

一目散に大蛇が進んでいく。

「きゅ？」

「ああ、そうだな。ここまでだ」

「ん」

ルナが膝から飛び下りて、ハンマーで銅鑼を二回叩くと大きな音が連続でする。

『なんだこれっ⁉』

驚いた表情を見せる粥川を無視して皆が撤退を始める。

銅鑼に驚いていることから、相手側の情報は見れないようだ。

画面では大蛇がグルグルとその場で止まって不思議そうにしている。

奴の目にはいきなり無数の熱が消えたように見えていることだろう。

「今のは……？」

「撤退の合図だ」

「前もなにかしてたよね？」

「アレは遅滞戦闘の合図だな。今回は完全な撤退だ」

「大丈夫なの？」

「ああ、問題ない。これから本格的にこのダンジョンの恐ろしさを味わうことになるだろう」

「そうなんだ。それは楽しみだね」

リーゼロッテは本当に楽しみにしているようにみえる。

「どうしたの？」

「なんでもない」

こいつは本当に考えていることがわからないが今は置いておこう。

画面を見れば粥川達はようやく落ち着いてきたのか、体勢を立て直して進んでいく。

まるで場所がわかっているかのように粥川は一直線で石板へと進んでいた。

『石板は……こっちだ』

そして、その後も次々と正解のルートを進んでいく。

攻略の仕方を知っていたらそうなるだろう。

後ろを向くとリーゼロッテが親指の爪を噛んでイラついていた。

こっちに気付いたのか、すぐにやめてこちらに寄ってきた。

「ご、ごめんなさい。多分、貰ったマップを友梨奈達に見られたんだと思う。私の手持ちのモンスターの中に友理奈から送られてきたのもいるから、それがスパイだったんだと思う……」

俯いてしおらしく謝ってくる。悔しそうにしていて涙すらうっすらと浮かべているが、演技かどうかなんて俺には見分けられない。

「そうか。どうせ渡したマップは半分までしかまともに描いていないから問題ない」

「え!?」

「何を驚いているんだ？　こういう事態を想定して全て本当のことを描く訳ないだろう」

「そっ、それは……そうだよね」

暗い表情を一転させて明るくなるリーゼロッテ。

「しかし、情報を漏洩《ろうえい》したお仕置きはしないとな」

「っ⁉　なっ、何をする気なの？　まさか、えっ、えっちなことっ⁉」

「夜の見張りを任せるだけだ。望むならそっちでもいいけどな」

「望んでないよ！　見張りがいいです！」

「じゃあ、それで。後、スパイは始末しておけよ」

「うん。友理奈達から送られてきたのは全部始末しておくよ」

さて、本格的に黒くなってきたか。

まあ、夜にどうするか判断しよう。流石にまだ動かないだろう。


昼が過ぎ、夕方へと近づいていく時刻。

順調に進んでいく粥川は森の中で開けた場所へと進んでいっている。

進んだ先にある広場では既に防衛用の陣地が構築されており、警戒態勢が取られている。

「あれ？　なんで？」

リーゼロッテが不思議がるが無理もないだろう。

それよりも粥川の大蛇が森から広場へと入り込んだ瞬間、矢や魔法が襲い掛かる。

しかし、分厚い鱗で守られた大蛇はびくともしない。だが、気にせず飛んでくる攻撃に大蛇が怒って突撃し、木で作られた柵を破壊しようとする。

そんな時、中から軽鎧を身に着けた女性と、鎧を着た男性が飛び出して大蛇の頭部を上と下から鱗の隙間を縫って貫く。すぐに砦の内部から歓声があがった。

『なんだ？』

粥川は大蛇がやられたことと歓声に不思議そうにしているが、俺達クリエイターを討伐しにきている連中は待ってくれない。

『大型モンスターとて恐れるなっ！』

『我等は栄えあるリムナール王国に所属する領主軍であるっ！　この程度の奴等など我等の敵ではないっ！　今こそ主級を上げ、国と領主様に忠誠を示すのだっ！』

『敵は火属性のモンスターが多い！　支援部隊は対火属性魔法を展開しろ！　功魔隊はゴーレムを優先して駆逐《くちく》せよっ！』

『前衛はモンスター共を押さえて通すな！　さすれば味方が必ず殺して助けてくれるっ！』

男女の騎士が群がるモンスターを一振りで両断して、縦横無尽に暴れまくる。

『『うぉおおおぉぉぉっ!!』』

女性と男性騎士の命令に領主軍に所属する重装歩兵が大盾を構えて進み、後方の魔法使いが火属性に対する耐性を与える魔法をかけていく。

防御力が大幅に強化された彼等は巨大なゴーレムの一撃すら二人がかりで耐え抜き、後方にいた弓兵部隊がモンスターの目を札が巻かれた矢で貫く。内部の矢が爆発して爆散したり、水の魔法でゴーレムが倒されたりする。

『どうなってやがるっ⁉』

粥川が驚いているのを、俺は笑いながら高見の見学としゃれこむ。

彼等はこのためにウルリカを使って、こちらのダンジョンに留めたリムナール王国の領主軍だ。

「もしかして、あの人達をダンジョンに引き込んだの？　でも、弾かれるはず……」

「ああ、普通ならな」

話しているとカグラ達がエリーゼのゲートで戻ってきた。

ゴブリン達も一緒で、武器を別のゴブリンに渡して飲み物を飲んだり、食事をしたり休憩しだす。

カグラも水を飲みながら俺の下へとやってきた。

「主様、戻りました」

俺はカグラを抱きしめ、口付けを交わしてから膝の上に乗せてやる。

「お帰り。敵の誘導お疲れ」

「頑張りました。あっ、お母さんがいますね」

カグラが画面を見ながら呟く。実際に画面ではウルリカが領主軍の指揮官であろう二人と一緒に他の連中を支援しながら戦っている。ウルリカは本来の力の一割も出していないが、人間だった時よりも遥かに強く、符術による爆撃や支援能力も向上している。

支援部隊による火属性耐性とウルリカによる障壁で重装歩兵は何度も炎に飲み込まれているが、ダメージがほぼ通っていない。

「お母さん？　え？　あっ、もしかして……自分からなら第三勢力を引き込めるの？」

そう、ウルリカに頼んだ俺の企みは、領主軍の精鋭部隊による対戦相手のモンスターの討伐だ。

彼等は彼等の仕事をしているだけだし、何も問題はない。

「そうだ。こいつらは俺がカグラの母親であるウルリカを派遣して正式にダンジョンの戦力として招き入れている」

本来の対抗戦にいるはずのない第三陣。現地人と敵クリエイターの衝突。

当然、ここからさらに押し込む。

「ルナ、頼む」

「ん、任せて」

ルナはハンマーと大きな袋を担いで投石機の皿の部分に石の代わりに自身が乗る。

そして、隣のゴブリンに指示を出す。

別にエリーゼのゲートを使ってもいいんだが、ルナのやることを考えるとこちらがいい。

「え？　正気？」

「ん、カタパルトは移動手段」

「絶対違うからっ！　でもっ、カッコイイから許すっ！　正直、私も乗りたいっ！」

「一緒に、いく？」

「駄目に決まってるだろ」

リーゼロッテがこちらを見つめてくるが拒否する。好き勝手に動かれるのは困るのだ。

「けちー」

リーゼロッテが文句を言っている間にゴブリンは指示に従って留め具を離す。

梃子《てこ》の原理に従って物凄い勢いでルナが射出されていく。

ルナは一瞬で戦っている連中の上空へと到着する。

『ぷれぜんと、ふぉーゆー』

ルナが空中で身体を動かして体勢を整え、持っていた大きな袋を放る。

それを雷を纏ったハンマーで思いっ切り叩いて両陣営に吹き飛ばすと、袋は瞬時に破れて広範囲に木製の黒い杭が散弾のようにばら撒かれていく。その杭は空中で自動的に軌道修正と高速回転を行い、貫通力を増して両陣営を貫く。被害は防御力の高い騎士よりもモンスターの方が大きい。

ルナはそのままくるくると着地してポーズを決めてから粥川の後方へと襲い掛かる。

これで粥川は挟み撃ちを受けた状態だ。

『なんだとっ⁉』

「いけいけ～っ！　やっちゃえ～っ！」

さっきの投石機での移動で気に入ったのか、リーゼロッテがルナを応援している。

『俺を守れっ！』

後方から瞬時に加速して粥川に接近したルナはハンマーを振るう。

粥川はモンスターに命令して自分の盾にしたが、ルナの前では数秒しかもたないだろう。

『邪魔』

ルナの巨大なハンマーの一撃がゴーレムを真っ正面から打ち破る。

ゴーレムは身体中に罅《ひび》が入って崩れ落ちていく。

『馬鹿な……兎の獣人だと……』

顔は見せていないが、フードの形でわかるのだろう。

『そう、うさうさ。ぺったん、ぺったん、ぺたぺたぺったん』

ハンマーを振り回してまるで餅つきのようにモンスターを叩き潰していく。

『ひぃっ⁉』

逃げ道がなくなり、ゆっくりとモンスターを処理して近付いていく。

ルナの爛々《らんらん》と光り輝く綺麗な深紅の瞳には感情がなく、ただ相手を見つめているだけだ。

恐怖のあまり粥川は死を意識したのか、転げて失禁までしやがった。

俺は笑ってやりたいが、カグラの前なのでやめておく。

というか、タマモが既に笑い転げているし。

「あの、ルナちゃんの目が赤くなってませんか？」

「ああ、あれは兎のせいだろう」

「兎……兎さん達のですか」

ルナは時間が経って身体に馴染んできたのだろうか、混沌兎としての暴虐性が現れているようだ。

表情は無表情なままだが、楽しそうに敵を粉砕していく姿は恐ろしい化け物とさえ言える。

特に顔はフードで暗くして見えないようにしているから怖さは倍増だろう。

「あの子、こんなに強かったの？」

「ルナちゃんは強いですよ」

見ているとルナがハンマーを振り上げて粥川にトドメを刺そうとしている。

ハンマーが振り下ろされ、大地が抉れてクレーターができる。

大量の大きな木の幹も抉り取られて露出して大地が苦痛に揺れる。

「きゃっ⁉」

「大丈夫か？」

「う、うん……」

カグラは抱きしめているので問題ないのはわかっているので、リーゼロッテにも聞いてやる。

「でも、凄い力だね。地震まで起こすなんて……」

ルナの力だと勘違いしているようだが、黙っておくのがベストだな。

粥川は完全に消滅したのかと思ったが、画面のルナが別の方向を睨んでいた。

そこには全身を黒い鎧に身を包んだ騎士が、炎の毛並みを持つ虎に乗って粥川を抱えていた。

『ナイスだ、鉄也！』

『一旦撤退しろ。どうやらボスのようだしな』

『ちっ、わかった。覚えてろよっ！』

ルナは粥川が虎に乗って逃げ出そうとしているので攻撃を仕掛ける。

だが、黒騎士が背負っていた二振りの大剣を使ってルナの一撃を塞ぐ。

しかも、そのままルナをとてつもない怪力で吹き飛ばした。

本来なら体重の軽いルナが吹き飛ばされるのは納得できるが、混沌兎であるルナが力で負けるなんて信じられない。

それに鉄也という名前は友理奈の取り巻きの一人じゃないか。

『さてさて、早くも互いのダンジョンのトップクラスの戦いです！　兎の怪力ロリっ娘と、元クリエイターの黒騎士の戦いです！』

「タマモ、あれはありなんだよな？」

「きゅ」

『私に質問されたようなので答えますが、彼は攻守戦で負けて差し出す物に自身を選びました。よって粥川陣営のモンスターとしての参加です。ちなみに黒崎陣営がやっている第三者陣営を招き入れたのも自らの配下を使ったから許可しています。どちらにしろ処理しきらねば、潰されますからご利用は計画的にどうぞ』

まあ、予想通りといえば予想通りの回答だ。

あれが不正で対抗戦が中止になるならそれはそれでよかったかもしれない。

いや、微妙か。頑張って皆で用意したわけだしな。

「あの子、鉄也とやりあえてる……すごいね！」

リーゼロッテのはしゃぐ声で、視線を画面に戻すと驚いたことが起こっていた。

相手はルナの一撃を片手の大剣で受け止め、もう片方の大剣で攻撃してきている。

ルナはハンマーを打ち付ける度に爆発を起こすがあいつにはまるで効いていない。

それどころか、爆発で視界が悪くなるせいで相手の攻撃を避けきれずにルナが傷を負っている。

「あいつのこと知ってるなら教えてくれ」

「あの人はマスタールームと戦う場所を除いて、ダンジョンのリソースを全部自分の強化に注ぎ込んでいるの。確かマスタールームを除いたらワンルームだけだったよ」

「阿呆だろ」

だが、それならこの強さも納得できる。これはルナだけではまずい。撤退させるべきだな。

「カグラ、撤退命令を出してくれ」

「はいです」

　カグラが銅鑼を二度鳴らすが、聞こえているはずのルナは撤退する気がないようで戦闘が続いている。ルナは速度に任せて鉄也の周りを円を描くように移動し翻弄するようにハンマーを振るうが、それが防がれる。互いに地面にクレーターを作りだしながら戦っているし、鉄也には周りから土の杭が狙いをつける。

　だが、鉄也は気にせずにルナだけを狙う。

　ルナは振るわれた大剣を足場にして空中へと逃げるが、それは明らかなミスだった。

「駄目です！」

　鉄也はニヤリと笑いながら地面を蹴って飛び上がってくる。

　空中で逃げ場がないルナは、自らの近くを爆発させて空中を移動する。

　これには相手も驚いたようで体勢を崩す。

　そのまま爆発を利用して移動しながらハンマーを振るうが、鉄也は体勢を崩しながらも大剣を投げる。ルナはそれを避けるが、大剣の間には鎖があって、鉄也が回転すると同時にルナも鎖に巻き込まれて落下していく。エリーゼの援護のお蔭で土が溢れ、それがルナを受け止める。

　これで両者ノックダウンのかたちだ。

　先に立ち上がってくれればいいが、そうでないとまずい。

「あっ……」

「これは……」

ルナがハンマーで身体を支えて起き上がろうとするが、鉄也の方が早く起き上がってルナの髪の毛を摑んで持ち上げやがった。

「カグラ、すぐに応援に行ってくれっ！」

「でも……」

カグラはリーゼロッテを見る。確かにこいつがいる手前、俺の護衛をなしにするのはまずいだろうが、今はルナの方が大事だ。最悪、俺はタマモと合体して戦えば問題ない。

「タマモもいるからいい！」

「わかりました！」

カグラはエリーゼにも頼れずに投石機へと向かっていく。

しかし、投石機の準備はできていなかった。

ルナだけで元からどうにかなると思っていたからだ。

『これはお待ちかねの陵辱に……って、ただのサンドバッグですか』

画面に視線を戻すと、鉄也の野郎は暴れるルナの服の首元を摑んで破いてから殴り始めていた。

ぐったりとしながら血を吐くルナの痛々しい姿が映し出される。

その姿に向こうでの俺の姿が重なる。

「クソっ！」

拳から出血するのも構わずに握りしめる。

俺はあいつを守ると誓ったのに……クソっ！

また、駄目なのか。

俺は一瞬、天使との戦いの時のことが頭をよぎる。
けれど、画面のルナがこちらを一瞬見て、笑った。
その瞬間、ルナが身体を勢いよく動かして相手の腕に絡みつく。
『おや、これは……』
『無駄なことを……』
『……もら、う……』
『なに？』
ルナが言葉を発した瞬間、彼女の身体が内部から爆発して周りに飛び散っていく。
爆発の衝撃で吹き飛ばされた鉄也の身体にはべったりとルナの血が付着する。
しかし、それだけだった。
鉄也は倒れさえしていない。
「ちっ」
ルナが死んだ。
自らを犠牲にして最期まで戦ってだ。
俺は自分の妻が殺されて怒り狂うかと思った。頭の一方は怒りで煮えたぎっている。
あんなものを見せられてそう思わないはずがない。
でも同時に、もう一方には冷静な自分がいる。その自分は次の一手を考えている。
ルナのことは大切だ。心の底からそう思う。
しかし、勝てば蘇らすことができるのだ。なら今は冷静になるのが正解のはずだ……。

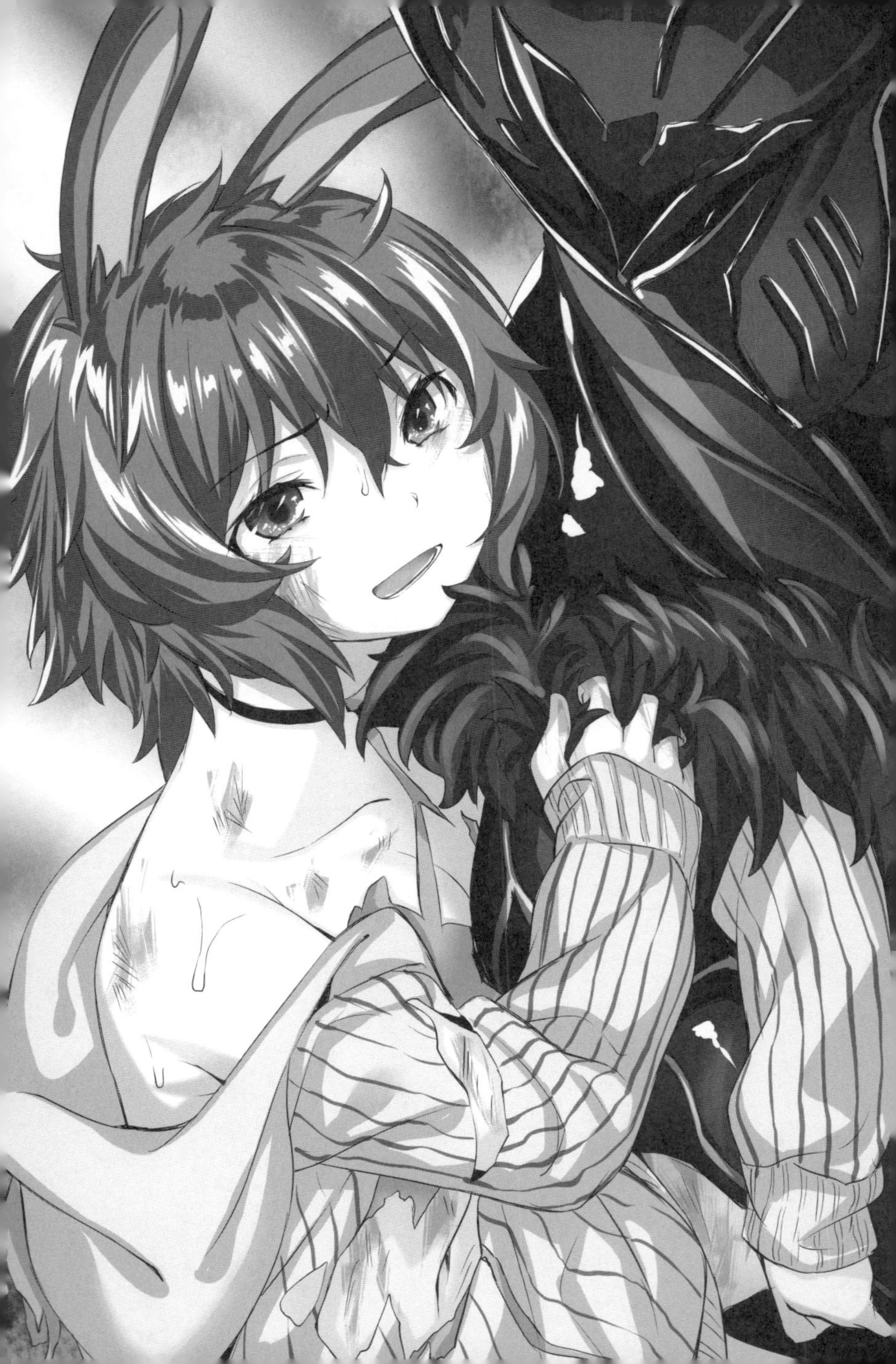

「……主様……」

「大丈夫だ。勝てば復活させられる」

俺は自分に言い聞かせるようにカグラに言う。

カグラは頷いたが辛そうだ。

俺は慰めるためにカグラを抱きしめるが、その温かみで俺の頭は更に冷静さを取り戻す。

「ねえ、これからどうするの？」

「どうもこうもない。勝つ理由が増えただけだ」

今回は完全に俺のミスだ。戦力を小出しにするという失策を犯した。

最初からルナとソル、カグラやほぼ全戦力を投入しておけばよかった。

質で勝っていると思っていたからこそ、ルナだけでいけると思っていたのが間違いだった。

天使を倒したことで慢心していたのだろう。

ここから先は全力で叩き潰す。

「主様、痛いです」

気付かないうちにカグラを強く抱きしめていたようだ。

「悪い。リーゼロッテ、相手の動きはどうなっている？」

「どうやら一旦引くみたいだよ」

「そうか。なら、こちらも一旦休憩といこう」

「いいの？　なんなら、私の手勢で追撃をしようか？」

「それなら頼む」

「了解。それでカタパルト使っていい？」

「好きにしろ」

「やった！」

カグラと離れてタマモを連れてダミーコアに触れる。

同時にタマモにダンジョンのメニューを開いてもらう。

そこからネームドの復活を選択するが、現在使用できませんとの表示が出た。

まあ、そうだろうと思う。

だが、俺はある記述を見つけてしまった。

「どうしましたか？」

「いや、なんでもない。それよりも紅茶を頼めるか？」

「任せてください。お姉さんからちゃんと習っています。でもコーヒーでなくていいんですか？」

「ああ。カグラと同じのでいい」

「頑張ります」

カグラが紅茶の用意をしてくれるし、今はゆっくりと休憩しよう。

戦いが終わったら無理をしたルナを怒らないといけないが、ここからが正念場だから後回しだ。

リーゼロッテの方を見るとカタパルトで空を飛んで追撃に向かったようだ。

こうして戦ってはくれているが、あいつが何を考えているのかは相変わらず、わからない。

まさかとは思うが、先程からの言動から考えると、何も考えていないのかもしれない。

いや、流石にそれはないよな……。

リムナール王国軍駐屯地（ウルリカ視点）

襲撃が落ち着いたけれども、空から降ってきた杭やモンスターによって人的被害は多少出ているわね。まあ、後方の本体を含めると一〇〇人以上もいたのだから当然ね。

逆に防衛陣地は破壊されたからここを破棄するのも検討しないといけない。

「ウルリカさん」

「リリアーヌさん、どうしましたか？」

「私達が戦っている間に反対側からも攻め込まれていたようです」

「そうなのですか？」

おそらく挟撃したのでしょうが、私には主様の作戦を知らされていない。

ということは知らなくても問題ないということでしょう。

「はい。互いにかなり強い存在だったようで激しい戦闘の痕跡が残っていました」

「見に行っても構いませんか？」

「こちらからお願いしようと思ってたところです」

リリアーヌと一緒に現場にいくと激しい戦いの痕跡は確かにある。でも、土が剝き出しになっていたはずの場所はすでに緑に覆われて木々が急速に成長しだしている。

「どうですか？」

「そうですね……少し調べてみます」

「はい」

式神を使って全体を調べていく。すると地面に肉片をみつけた。これは降ってきた杭にも付着していたものだから、混沌兎の物ね。この規模の戦闘からするとおそらくルナでしょう。肉片があるということは負けたのかしら？　これはいよいよ本格的に行動しないとまずいわね。

「どうですか？」

「相当まずいですね。これは一度撤退した方がいいかもしれません。私が出会ったモンスター以外のものがかなり多いです。火属性のなんて今までいませんでしたし」

「そうですね……いくら食糧が現地調達できるとはいえ、装備の損耗も無視できないですし……特に大楯の損耗は激しいですね。ゴーレムの攻撃を防いだのですから、当然でしょうが……」

鍛え抜かれた精鋭達だったから、大盾が壊れないようにできる限り受け流したりして損耗《そんもう》を抑えていた。でも、限界のようね。その気になればダンジョンで武器や防具も現地調達できるでしょうけれど、流石に大楯の補充を部隊全員とかは無理ね。

「やはり撤退がいいかと思います」

「そうですね。陣地を引き払って一旦撤退しましょう。入口はわかりますか？」

「大丈夫です。入ってきた場所は式神を使って常に確認してあります」

そう、入ってきた場所はだけどね。今はその場所は別のダンジョンに繋がっていて、裏切る可能性があるといっていた娘と撤退しようとしている連中の戦場になっている。領主軍の皆様には悪いけれど、私達のよりよい未来のために先兵となってもらいましょう。

ルナの弔い合戦

ゆっくりと休憩しながらソルを呼び寄せ、あちらの指揮をソフィアに任せる。

しかし、それでは情報の伝達手段の問題がある。リーゼロッテがいなければダンジョンのメニューから指令を飛ばせるのだが、まだダミーコアのことはばれたくない。

携帯端末は量産できていないし、ここはエリーゼの特性を使うか。

早速、リーゼロッテがいない間にエリーゼにお願いしてみる。

すると地面から茎が伸びて来て先端に花が現れた。

その花の真ん中は空洞で地面にまで繋がっている。

「ソル、聞こえるか？」

『花？』

「そうだ。その花から言葉を通してる。花はどうだ？」

『ん、エリーゼが持ってる』

「そちらに設置できるか？」

『できるみたい』

「なら、そっちに設置してくれ。それからソフィアを迎えに行って、そこに案内してから戻ってきてくれ」

『ん、了解』

これで大丈夫だろう。

「主様、領主軍が動きました」

「わかった」

すぐにカグラから説明を聞くと、領主軍は撤退するようで入口を目指して行動しているようだ。

おそらくウルリカが誘導してくれたのだろう。

これで相手の戦力を削りつつ時間が稼げる。今の間に迎撃戦力を二層に準備させておこう。

「あちらは火山ですが、大丈夫でしょうか？」

「そうだな。普通はそのまま突撃しないだろう」

彼等はあくまでも遺跡と森のダンジョンを攻略するために来ているのだから、火山は流石に準備不足だろう。

「ベストは入口に陣取ってくれることだ」

「そう上手くいきますか？」

「どうだろうな……」

しばらく見ていると領主軍は入口に移動が完了したようだ。

リーゼロッテも領主軍が到着する前に撤退した。

相手も殿を残してすでに撤退していたので、両方がいなくなった。

入口にやってきた領主軍は入口をみて驚いている。

それもそのはずで、ダンジョンの境界線は全て透明な壁で封鎖され、その先は亜空間が広がっている。

唯一、進む先であろう大きく解き放たれた門の先には、燃え盛る火山があるのだから無理はない。

『これはどうなっているのだ！　我等は森の入口に来たのではないのか！』

『間違いなく森の入口にきています』

『嫌な予感がしましたが……ダンジョンの変革に巻き込まれましたか？　いえ、どちらかというとこれは……』

『門から敵がでてきています』

『総員、戦闘準備だっ！』

門の中から今までのモンスターに含まれて別のモンスターも三種類現れた。

殿がやられたことで別動隊をだしたのかもしれない。

豚の顔に大きな腹を持つ身長二メートル以上はあろうモンスター。

巨体に見合う大きな斧を持っている。

これはファンタジー世界で定番のオークだろう。

ゲームと同じで女性を見るなりいやらしい顔をして襲い掛かっていく。

続いて顔が老婆のような、禿鷲《はげわし》の羽、鷲の爪を持つモンスター。こいつはハルピュイアやハーピーと言われるようなモンスターだ。ゲームなどでは美少女だったりするのだが、出てくる無数のハルピュイアは全部老婆の顔だった。身体が小さいのも全てだ。露出されている胸も垂れているし、神話基準だとしてもこれはひどい。

最後に醜悪で背の低い一メートルくらいの老人の姿をした、長く薄気味悪い髪を持っている者が現れる。燃えるような赤い眼に突き出た歯。鋭い鉤爪《かぎづめ》は血塗れの斧を握っている。頭部には赤い三角帽子があり、鉄製の長靴を身に着けている。斧の代わりに杖をたずさえているものもいる。こいつらはおそらくレッドキャップだろう。こいつらも美少女なら需要はあっただろうな。

連中は森にいても不思議な奴等じゃない。

火山で生息しているはずがないので別の奴のだろう。

『『オークっ!?』』

ウルリカと女性騎士達の声が重なる。

彼女達は武器を構えて全力でオークの排除に向かった。

『殺せっ！』

『ぶひっ!?』

ウルリカの声と同時に無数の札が乱舞し、魔法陣を形成していく。

そこから雁字搦《がんじがら》めに鎖を撒かれた凶悪な鬼が出現する。

その鬼は鎖を引きちぎり、悪鬼羅刹《あっきらせつ》に相応しくオークに襲い掛かる。

オーク達も負けておらず、ハルピュイア達と協力しながら囲って戦っていく。

しかし、鬼に集中するあまり、背後からこっそりと忍び寄って鎧の隙間から剣を差し込んでくる女達に敗れていく。

「凄いことになってるね」

後ろからの声に振り返ると、リーゼロッテが戻ってきていた。

彼女の背後にはゲートができていて、そこからレッサーデーモン達も戻っている。

どうやらエリーゼが気を利かせて送ってくれたのだろう。

「お帰り。乱戦になっているようだ」

「頑張ってください！」

鬼は多勢に無勢でやられているが、すぐに代わりの鬼がでてくる。

いや、むしろ数が増えていっている。

オーク達は飛び上がって丸まった状態で高速回転しながら突撃してくるが、鬼によって殴り飛ばされる。

そして、男達といえばこちらは小回りのきくレッドキャップとハルピュイア、それにトカゲやゴーレムと戦っている。

『オーガを使役できるなら、ゴーレムを押さえろ！』

『ちっ、しかたないわね』

ウルリカが鬼を呼び出してゴーレムの相手をさせていくと、随分と楽になったようだ。

だが、レッドキャップ達も連携して肉薄すると斧で剣や盾を弾きあげて、鎧の隙間に短剣のような爪を突き刺して殺していく。レッドキャップに油断すれば、上空からハルピュイア達が降下してきて頭を摑んで飛び上がったり、風の魔法で喉を斬り裂いたり、眼を潰したりとえげつないことをしてくる。ハルピュイアに対抗するように魔法や弓で応戦するしかない。

ウルリカは爆撃符を霊力で鳥の式神に変えてハルピュイアを倒しにかかる。

ハルピュイア達は大量の式神に追いかけられて追い詰められ、纏めて爆殺されていく。

『上の安全は確保したわ。弓兵と魔法使いは援護してっ！』

『了解！』

彼等が頑張ってくれている間に次の手を打つ。

まずはソフィアとソルだ。

「着いたか？」

『今、到着しました』

『ん、これからそっちに合流する』

「わかった。なら、ソフィアは矢を入口に放て」

さっきはルナだけだったから負けたが、今度はもっと戦力を投入する。

本来はまだ使うつもりがなかったが、ウルリカを失うわけにもいかない。

『わかりました。皆さん、お願いします』

ソフィアの声から少しすると空を飛んでいく木の丸太が見える。

入口付近の敵に着弾すると、丸太は地面に根を張って無数の枝を生やしてオーク達を貫いていく。

貫かれたモンスターは干からびたようになり、代わりに丸太は大きな木へと成長して濃霧を発生させていく。

「あれってトレント？」

「そうだ。トレントを矢として撃っている」

次々とバリスタによってトレントの矢が飛んでいく。

地面に突き刺さった丸太は、エリーゼの根と繋がってトレントとして急速に成長して相手を駆逐し、濃霧で自らの姿を隠していく。

相手から奪ったエネルギーはトレントを通してエリーゼへと流れていく。

「これ、勝てるかも……？」

「勝てるかじゃない。勝つんだよ」

「はい。ルナちゃんのためにも絶対に負けません」

「そうだよね……うん……これなら大丈夫かな」

リーゼロッテが何やら考える素振りをみせるが、今は関係ない。

さて、現状はこちらが有利に働いているが、入口にあまり戦力を投入するわけにもいかない。

「追加は一時中断だ。矢の補充をしておいてくれ」

『わかりました。援護射撃はこちらの判断でしますね』

「頼む。援護は基本的にソフィアに任せる」

『ありがとうございます』

これで相手の動き次第だな。

しかし、相手の規模からしてこのままではいけない。

もっと増援がくるはずだ。

「……主様……その……」

「どうした？」

「お母さんをそろそろ……」

「そうだな。もうウルリカの役目は終わったか」

「このまま戦ってもらった方が相手の被害が増えるんじゃないの？」

「今は乱戦だからこれでいい。それに領主軍はこのタイミングで死んでくれる方がありがたい」

「うわぁ……」

そもそも連中が対抗戦中のダンジョンから抜け出すなど不可能だ。

「連中は俺達の命を狙ってきているんだ。生かして返す理由などないだろう」

「まあ、そうだね。私も殺しちゃう」

今の俺達は邪神の御子であり命を狙われる存在だ。

俺だけなら復讐した後でなら殺されても構わないが、大切なカグラ達が死ぬのは許容できない。

「じゃあ、撤退命令を出すか……」

「ご主人様、きた」

司令をだそうとした所で声が聞こえて振り返ると、防壁の上にソルがしゃがみこんだ姿勢でいた。背中には魔導銃の一つである狙撃銃を背負っている。

「嘘っ……さっき死んだんじゃ……」

「あれはもう一人の方だな。こっちは姉のソルだ。しかし、ソルが来たのなら予定を変えるか。カグラ、ソル少し出るぞ」

「わかりました」

「ん」

「いいの？」

「大丈夫だ。すぐに戻るからな。ここの警備は任せる」

「わかった……」

砦をリーゼロッテに任せてタマモを肩に乗せる。

前にカグラを行かせて後ろにソルを配置する。

さらに俺達の周りをゴブリン達に囲ませて砦から出る。

ソルは指を口にやって口笛を吹いて眷属を呼び出す。

するとすぐにかなり大きな狼達がやってきてソルに顔を擦りつけて甘えていく。

「もふもふです♪」

カグラが嬉しそうにウルフに抱き着いている。

俺の方にはやってこない。

悲しくて涙がでるということもない。

というのもナイ子が唸って威嚇《いかく》しているからだ。

「嫉妬か？」

「くにゃ！」

そう聞けばガブッと噛みつかれる。

ご機嫌とりに撫でまわせば許してくれる。

とりあえずこれで準備は整った。

「まだ余裕はあるだろうが、時間を浪費したくない。悪いが戯《たわむ》れるのは終わってからにしてくれ」

「はい。今はお母さんを助けることが大事です」

エリーゼのゲートでさっさと移動する。

最初に向かったのは、領主軍と粥川が接敵《せってき》した戦場で、すでに木々が生い茂っている。

しかし、木や草の根の間に無数のモンスターの死骸が埋まっているので、戦場だった場所と同じなのは確実だ。

木の上に視線をやればエリーゼが木の枝に座って楽しそう足を揺らしている。

視線を別の所にやれば大きな花があり、そこでもエリーゼが座っている。

綺麗な蝶々も舞っていて、死骸さえなければ素晴らしい光景だろう。

「ここでどうするのですか？」

「戦力、補充？」

「そうだ。領主軍の騎士共は回収されたようだが、モンスターの大半は放置されている。これを使わないのは勿体ないだろう」

連中も回収したかっただろうが、そんな時間はなかったはずだ。

ルナと鉄也の戦いの跡をみて戦略的撤退を決めたんだからな。

ここのモンスター達を使わないのは勿体ない。

死霊魔法を使ってゾンビ化すると、地面の中から出てくるのは腐敗したモンスター達だ。

出てきたのはトカゲと大蛇だけだった。残念ながらゴーレムは無機物だからか、ゾンビにならないようだ。

しかし、相手が数で押してきているだけあって十分な数が揃っている。

これを合成進化で更に強化する。

ゾンビトカゲはメニューで確認するとサラマンダー・ゾンビとなっていた。

サラマンダーはトカゲの姿をした火の精霊で進化先はドラゴンのようだし、どうせなら試してみよう。

「ドラゴンが生まれるかもしれない。試すぞ」

「ドラゴン⁉」

「凄いです！」

「やってみる」

使うのはサラマンダー五三体全てで、合成進化を発動するとみるみるうちに巨大化してドラゴンの姿となった。

ただし、腐敗していてどろどろと身体が溶けていていてとても臭い。

「「キャインッ⁉」」

タマモやソル、ウルフ達が腐敗したドラゴンゾンビのあまりの臭いにのた打ち回っている。

「駄目だ、腐ってやがる。早すぎたんだ」

あまりのことであの台詞《せりふ》を言ってしまった。

ドラゴンゾンビからは毒の息吹が吐き出され、植物が変色していく。

「ッ‼」

エリーゼが俺の前に現れて小さな手で叩いてくる。かなり怒っているようだが、しかたないだろう。ここの自然は彼女そのものだし、誰だって自分の身体に腐敗臭がする毒液をまき散らかされたら怒る。

対策としてカグラ達にドラゴンゾンビの腐肉を切り取ってもらう。取られた肉はエリーゼに合成して肥料に変える。普通に使えば毒になるだろうが、合成進化の素材にすれば良い肥料になるし、ドラゴンゾンビがただの骨になったがこれは使い道がある。

ドラゴンゾンビの骨と呼び出した怨霊を合成する。怨霊と合成したせいか、白かった骨が黒く変色して身体の中に紫色のような怪しい光を放つ心臓が生まれた。両腕や両足は鋭い凶器になっている。翼は皮膜などもなく骨だけだ。どう考えても飛べそうにはない。種族名はスケルトンドラゴンだった。

「カッコイイッ！」

「です！」

今度は喜ばれた。

まあ、カッコイイのは認める。

そう思っていたら周りから無数の何かが飛んできた。

警戒しようとするが、その前にそれはスケルトンドラゴンに取りついて融合していく。

「なんですか、これ……」

「ん、兎」

「混沌兎なのか？」

周りをみるといつの間にか無数の混沌兎が現れてはスケルトンドラゴンを覆っていく。

混沌兎達が骨に取りついて肉の代わりとなっていく。

そして、ついには不完全とはいえ、しっかりとしたドラゴンになった。

どうせならこの状態で大蛇も取り付けよう。合成進化で尻尾を大蛇に変えてやる。

「これなら使い捨ての戦力としては十分か」

「ん、期待」

「使い捨てるには勿体ないですけどね」

「まあな。それよりももう臭いは平気なのか？」

「鼻、壊れた」

「きゅ」

タマモも頷いているが、それはけっして大丈夫じゃない。

だが、どうしようもないので移動する。ドラゴンに関しては地中で待機だ。

本体は生きていないし、融合した混沌兎も呼吸する必要はないので大丈夫だ。

エリーゼが涙目で俺の頭の上に乗って髪の毛を引っ張ってくるが我慢する。


奴等のダンジョンの入口に到着すると、濃霧の中でまだ激しい戦いが行われている。

そんな中にゴブリン達と共に突撃していく。濃霧の中での乱戦なら領主軍を殺しても問題ないからだ。

俺達に気付いたオークが襲い掛かってくるが、ウルフの方が早くて喉を噛み千切られた上に乗っていたゴブリンに頭を貫かれる。

濃霧の中でも正確にこちらの位置を把握してくる大蛇が襲い掛かってくるが、俺に飛びかかって丸呑みしようとしたところでクロスボウの矢を両目にプレゼントしてやる。矢に込めた死霊魔法が発動して苦しみもがきながらアンデットへと変化していく大蛇。

後ろを振り向くと、背後から大蛇が二匹襲い掛かってくる。

しかし、一瞬だけ金属音がしたと思ったら、すでに小間切れにされて血の雨を降らせていた。

その中心には刀を収めたカグラがいる。

「主様、お怪我はありませんか？」

「大丈夫だ。助かった」

「いえ、これくらい当然です」

寄ってきたカグラを撫でると空から無数のハルピュイアが落ちてくる。

その全てが頭部が破壊されていて、空を見ると式神が飛んでいる。

少し離れた位置では、ソルが楽しそうにくるくると回りながら二丁拳銃を乱射してレッドキャップを撃ち殺している。

「主様、姫様、始末が終わりました」

声に振り向くとゴブリン達がレッドキャップやオークの頭を摑んでやってきていた。

彼女達の全身は血塗れで何処《どこ》か恍惚としている。

その姿には何度か景色が歪むような揺らめきがある。

「めっ、ですよ」

「あ……ぎぃー」

カグラの言葉にすぐに鳴き声に変わるゴブリン達。

景色の揺らめきはなくなり、すぐに元に戻った。

まあ、いつまで誤魔化せるものではないが、濃霧の中なのだから大丈夫だろう。

バレたところで問題はあまりない。相手が油断してくれなくなるぐらいだろう。

「トレント達を樹海の中で擬態させておけ。これだけ殺したら大丈夫だ」

「♪」

エリーゼが俺の声に応えてすぐにトレント達が緑のなくなった入口から地面の中に沈んでいく。

しばらくすると沈むのが止まったと思えばもうそれはただの木となっている。

「死霊魔法を使う。護衛を頼むぞ」

「任せてください」

「ん」

ウルフ達が死体を集めてきてくれるので、それをゾンビへと変化させる。

変化したゾンビ達は今度は粥川達の生きているモンスターへと襲わせてウルリカに合図を送る。

少しして壁の中から悲鳴が聞こえてきた。

地獄の釜の蓋が開く時（ウルリカ視点）

濃霧の中での乱戦は被害が拡大し、このままじゃ領主軍が負けるのは時間の問題となっている。

休憩もできずに疲労が抜け切れず、押し切られ始めている。

特に魔法使いの魔力がもう枯渇《こかつ》寸前で、限界をとうに超え生命力を削って魔法を使っている。

「ウルリカさんはまだ余裕があるみたいですね」

リリアーヌが敵を斬り捨てながらこちらにやってきた。

「魔力は使っていませんから」

「東方の技術で使うのは霊力でしたか」

背中を合わせて周りから迫りくる敵を殲滅しながら話す。

「そうです。まあ、魔力みたいなものですが……」

「聖神様のお力を借りて行使する力ですよね」

「神様というより精霊や霊ですね。それが聞きたかったのですか？」

「いえ、そろそろ我々も限界が近いので、本気を出してこの場を助けていただけないかと」

何を言うかと思えば、これでも本気で戦っているのだけれどね。

出せる範囲でだけど。

「支援に関しては本気ですね。支援に徹していてくださいましたが、直接襲われた時の貴女は反撃しようとして、途中でやめて後退していました。その後、騎士に任せていましたね。貴女が使役しているオーガについてもです。あれだけの力があるなら最初から出して欲しかったのですが……」

「この大陸ではモンスターは滅ぼすべき敵ですから、そう簡単に出せませんよ」

オークの時は油断したわ。思わず出しちゃったのよね。

ゴブリンと一緒で性欲に塗れたアレは駄目だわ。気持ち悪くてつい殺しちゃったのよね。

「ですが、この現状を打開するためには四の五の言ってられません。イエーガーさん達にはこちらから言っておきますから」

「そう。それなら……」

『～♪』

声が微かに聞こえて肩をみると、小さな小さな女の子が座って私の頬を叩いていた。

エリーゼというらしい彼女が状況を伝えてくれる。どうやら潮時のようだ。

「頑張ってみます」

「ありがとうございます。これで希望が持てます」

私はリリアーヌに近付いて通り過ぎると同時に札を彼女に貼る。

これで全てが終わり。

「甘いですよ」

そう思ったのだけれど、リリアーヌは振り向きざまに剣で斬ってきた。

私の腕を的確に斬り捨てる軌道だったけれど、鬼の肌はそんなやわじゃない。

「何のつもり？」

皮膚で剣を受け止めながら質問する。

「それはこちらの台詞ですよね」

「回復用の札を貼ろうとしただけなのだけれど」

「違いますよ。技術体系がこちらと全然違ったので解析に時間はかかりましたが、貴女が私の部下に貼っていた札の中には支援以外の物も含まれていました」

「味方の技術を解析するなんてひどい人ね」

「それほど怪しかったですから。貴女の実力ならどう考えてもゴブリンなんかじゃ相手にならない。そして……いえ、これは……」

「続けて」

「村で聞く限りでは溺愛していた娘が囚われているというのに、貴女はあまりにも余裕がありすぎた。普通なら助け出そうと必死になっている貴女を我々が止める方だというのに、貴女は自ら進んで撤退を進言してきた。それに貴女は最初からこの事態を予想して動いているように感じました。この迷いの森で、あまりにも入口へとスムーズに進みすぎましたね。それに出れないことに関しても驚いていないようでした」

「なるほど。それで？」

「結論として貴女はすでに娘が安全だということがわかっていて急ぐ必要はないこと、そしてここで何が起こっているのかを知っていること、そして何より異常なほどに高い防御力に霊力……ウルリカ、貴女は娘のために邪神の御子に魂を売り渡しましたね」

今まで密偵なんてしたことがなかったけれど、色々とミスをしていたのね。

「正解よ。それでどうするのかしら？　ここで私を襲う？　別にいいわよ？」

周りはいつの間にか領主軍の騎士達が取り囲んでいる。

彼等は私が貼った札を剝がし武器を構えている。

「ふん。よくも騙してくれたな。貴様は奴隷にして惨《むご》たらしい目に合わせてやろう」

「イエーガー」

「これは我が領の問題だ。そこまで意見される理由はない」

「違うわ。貴方は現状で私達がまだ勝てると思っているのかしら？」

リリアーヌはすでに自分達が詰んでいることを正確に理解しているようね。

「何を言って……」

「言ったでしょう。邪神の御子に魂を売り渡している、と」

「まさか……」

「正解よ」

人間に擬態していたのをやめると、頭から一本の角が生えてくる。

身体の奥底から力が湧き上がり、解放感と全能感を感じる。

「赤い一本の角……オーガ系の亜種ですか」

「私は貴女達のいうオーガの上位種よ。そして、これからは貴女達もね」

「なにっ⁉」

驚いてくれている間に術式を行使する。

すると濃霧の中から悲鳴があがる。

慌てて振り返った彼等が見たのは頭部に角が生え、身体が膨れ上がり、鎧を突き破るほどに大きくなった元騎士の姿。

「■■■■■■■■——ッ！！！」

変化した彼等の雄叫《おたけ》びが次々と聞こえて目の前の敵の頭を摑んで潰し、そのまま食べていく。

「何が起こっているっ！」

「これはどういうことですかッ！」

「どうもこうも、既に手遅れということよ。貴女達は何度、私の符術をその身に宿して戦ってきたのかしら？」

「まさか……」

「私の符術による支援を受け入れると同時に術式へのパスが繫がり、身体を鬼へと改変していくの。その過程で貴女達は普段以上の力を発揮できていたのを私の符術の力だと思っていた。ただそれだけよ」

次々と鬼へと変わっていく騎士達。

これからは私達の騎士としてしっかりと働いてもらいましょう。

「今すぐこいつを殺せっ！」

私を殺そうと斬りかかってくるイエーガー。

けれどその間に騎士の一人が入って防ぐ。

「邪魔をするなっ！」

「無駄ですよ……既に……」

その騎士の瞳は充血し、身体中から血管が浮き上がって肉体が変化していっている。

「リムナール王国軍教導隊リリアーヌ・ベリとして最優先命令を下します。全員、自害なさい」

「え？」

「くっ⁉」

残っていた騎士や魔法使い達が何かを砕いた音がして、倒れていく。

歯に毒を仕込んでいたみたいね。これは驚いたわ。

「貴女達の思い通りにはなりません」

「ふざけるなっ、俺は死ぬつもりはない！　命令はかい……」

そう言ったイエーガーの首がリリアーヌによって切断される。

騎士達の中には抵抗しながらも死んでいく者達もいるので、強制的に従わせているようね。

「ここまでやる？」

「領主軍であろうと国に仕える騎士に代わりはありません。それが裏切るなど国家の恥です。情報漏洩を防ぐためにも自害させる術式は騎士になる時に刻まれています。もちろん、この私にも」

「なるほど……それで？」

「後はこうするだけです」

彼女の全身に魔法陣が浮き上がる。

その術式はいやでも理解できた。

自身を生贄として大爆発を起こすもので、倒れている騎士達にもリンクしている。

投降した者達も含めて相手の部隊まるごと消し飛ばすためのものね。

「でもね……甘いのよ」

「っ!?」

私はリリアーヌの身体を掴む。他にも鬼になった奴等に死体を掴ませる。

「鬼を甘くみるなっ！」

そして思いっきり敵陣に投擲《とうてき》する。門の向こうへと投げ入れた直後に大爆発を起こし、衝撃に吹き飛ばされそうになる。でも、しっかりと地面に鞘を突き立てて身体を支える。

爆風で砂や木々、濃霧やモンスターが吹き飛ばされてくるけれど、それらを全て身体で弾いて耐える。視界が元に戻ると敵のモンスターはおらず、鬼へと変化した者達は多少の怪我を負っていたけれどもしっかりと残っていた。

「お母さんっ！」

「見事な忠義でした。とでも言っておくべきね」

後ろから抱きつかれて倒れそうになるけれど、しっかりと耐えてカグラの頭を撫でる。

リリアーヌのことは嫌いではなかったけれど、ごめんなさいね。

私はカグラ達がいればそれでいいの。

「大丈夫ですか？　怪我をしていませんか？」

「大丈夫よ。私はそんなにやわじゃないわよ」

カグラを抱きあげると私の首に手を回して甘えてくる。

少し離れただけというのに、前よりも甘えん坊になっているわね。

でも、こういうのも可愛くていいわ。

「無事でなによりだが……これは……」

「失敗？」

「精鋭を名乗るだけはあるってことよ。それよりも想定よりも兵力が減ったわ。ごめんなさい」

イエーガーはともかく、リリアーヌを逃したのは痛いわね。

「いや、いい。十分に働いてくれた。別に死んだ後でも使い道はあるからな。ウルリカはベストを尽くしてくれた。後は任せろ」

そう言ってくれると助かるけれど、色々と失敗も多かったから、反省もしないといけないわね。

「お母さん？」

「なんでもないわ。それよりもあっちよ」

儀式が終わったようで、主様の前に実体のない怨霊の騎士達が整列して跪き、剣を捧げていた。

そこにイエーガーの姿もあり、彼は私達を睨み付けていた。しかし、逆らうことはできないようね。主様に忠誠を捧げさせられているのだから当然ね。

そんな彼等の中でリリアーヌだけは不思議そうにしていた。

意識があるのを不思議がっているようね。

「相手のダンジョンに投げ入れたんだけど？」

「繋がっているから引き寄せられた」

「そう……ねえ、主様。この子だけでいいから私にくれない？」

「構わないが、後でいいか？」

「ええ、もちろんよ。でも、話だけはさせて欲しいわ」

リリアーヌだけもらっておきましょう。

これで彼女が酷い目に合うことだけは防げるわね。

「ん、突撃する？」

「いや、この辺りで撤退する。やるべきことはしたしな。ウルリカも話が終わったらくるといい」

「ありがとう」

皆が砦に戻っていくが、私はリリアーヌの前に立つ。

「リリアーヌ、喋っていいわよ」

「やっと喋れますね。それで、私達は死んだというのに貴女達に使役されるのですね」

「そうよ。騎士には本望なんじゃないかしら。さっき見たでしょ。領主の元息子もいるわよ」

「女の子に変わっているようですが……まあ、その辺は興味ありません。私は国に忠義を尽くしました。次は新たな王に忠義を尽くせばいいのですか？」

「そうね。でも、貴女は私がもらうわ」

「お断りします」

「リリアーヌ？」

「私の意志とは関係ないとはいえ、剣を捧げたのですから二君に忠誠を捧げることはありません。ですが、友達ならいいでしょう」

あくまでも騎士として死後も過ごすつもりのようね。本当に面白いわ。

「いいわよ。じゃあ、友達になりましょう」

「はい。では、友達としてお願いします」

「何？　できることとできないことがあるわよ？」

「今度は全力で一手、お相手してください」

そう言って、ゆらゆら揺れる青い炎のようなオーラを纏いながら剣を向けてくるリリアーヌ。瞳は狂気に染まり、戦いを渇望しているのが鬼である私にはわかる。先程までの冷静な姿とは違うけれど、よくよく考えたら怨霊騎士なのだから欲望が表に現れているのでしょうね。

「戦いが好きなようね」

「ええ、ご飯よりも大好きです」

「ふふっ、歓迎するわよ。ここは戦いがいっぱいだし相手にもことかかないでしょう」

「それは嬉しいことですね」

「そう。じゃあ、後は彼等を統率し好きに暴れなさい。命令に従う限り好きにしていいわよ」

「オーダーはなんですか？」

「皆殺しでいいそうよ。できたら捕獲でもいいけれど、そこは個人の裁量ね」

「了解です」

リリアーヌ達は樹海の中に配置するみたいで、エリーゼが迎えに来た。

彼女達を見送ってから、私もゲートで砦へと戻る。

それにしても……裏切る可能性がある人をダンジョンコアのある砦に置いてきて、破壊されていたりしていないわよね？

攻めと守りの両立

砦に戻ると何事もなくリーゼロッテが迎え入れてくれた。

ここまでくると、少しは彼女を信頼してもいいのかもしれない。

いや、もしかしたら両者が弱ったところで全てを横から掻《か》っ攫《さら》うつもりかもしれない。

そうすれば、友理奈たちの陣営でも地位があがるだろうし。

「お帰りなさい。大丈夫だった？」

「ああ、問題ない」

「そっちがウルリカさんって人？」

「そうよ。カグラの母親なの」

後ろを振り返ると、ゲートから丁度ウルリカが出てきたところだ。

「よろしくお願いします。私は同盟相手のリーゼロッテ・エレミアです」

「ええ、こちらこそよろしく」

「それでそっちの双子ちゃんは……」

「ソル」

「よろしくね」

挨拶を交わした後、砦の中に作ってある食堂で食事を取ることにする。

食事は採取してきた物を使って料理する。

リーゼロッテに毒を仕込まれていたら敵わないからな。

食事をしているとすぐに警報が鳴り響いた。

すぐに確認すると、門から大量のモンスターがこちらへとやってきている。

また攻めてきたようだが、今度は先ほど攻めてきた時よりも多い。

一度目が数にすると六〇くらいで、二度目が一九〇くらいだった。

今回は目算で三〇〇を超えているようだ。

それに直情馬鹿の粥川とルナを殺した鉄也もいる。

「全く、相手はどれだけいるってんだ」

「そうよね。鬱陶しいわ」

「あの、出ますか?」

「まだいい。ここで待機だ」

「カグラ、瞑想でもして精神を研ぎ澄ましておきなさい。必ず戦う時が来るわ」

「わかりました」

カグラが椅子の上で正座して眼を瞑る。ソルは逆に魔導銃の整備をしだした。

これからはエリーゼ任せだが、大丈夫だろうからゆっくりと見学させてもらおう。

エリーゼは、攻めてきた粥川達の軍勢を領主軍が駐屯地にしていた所まで招いていた。

『あの山が目指すポイントだな』

『そうだ。しかしこの鬱陶しい霧はどうにかならんのか』

『陰気くさい便器野郎にはあってるがな』

『違いない』

そのまま土でできただけの道路を進んでいく奴等。

粥川と鉄也は隊列の真ん中にいて、左右をオークや蛇達で守らせている。

粥川達は真っ直ぐに進んでいるつもりだろうが、実は微妙に道が曲がっている。

「あれ、数が減ってる？」

リーゼロッテは気付いたようだが、連中は樹海に入った時点で既にエリーゼの手の中だ。

俺は膝の上のタマモを撫でながら観戦する。

最後尾の奴等が次々に道を外れていくのだ。連中としては前の奴に続いているつもりだろうが、幻影蝶の幻に誘われていくのだ。そして道を外れた連中は、背後から土に襲われて一気に飲み込まれていく。

それに気付いて逃げようとする者もいるが、周りの木々や草花から枝や蔦が伸びてきて足を取って転ばせ、地中へと引きずりこまれて窒息する。

今後は、ある程度奥まできている先頭にも攻撃を仕掛けるようだ。

三メートルくらいはある子連れのフォレストベアが、集団で左右から襲い掛かっている。

フォレストベアは赤色のオーラに包まれながら、容赦なくサラマンダーやオーク達を鋭い爪で斬殺する。濃霧で先が見通せない中での奇襲ということもあって、敵は面白いように混乱する。

『前方が襲われた！　戦力を送れ！』

『俺はどうする？』

『鉄也は待機だ。これはどうせ囮《おとり》だ！　ある程度ここで押さえてくれ！』

俺も先頭のフォレストベアを徐々に撤退させる。

連中にそれを追わせて森の中に引き込んでいく。

底に杭を仕掛けた落とし穴や枝を大量に飛ばし串刺しにする。

「いやいやなんでっ⁉　明らかに熊が通った後なのに落とし穴がでたよっ！」

「知る必要のないことだ」

「なんでそれなのっ！」

某名探偵の映画にあった奴だな、あっちは英語だが。

しかし、リーゼロッテも見てたんだな。イメージが違う。

それとあの熊、実は着ぐるみだったりする。

親と子供に見えて、実は夫婦なので連携もばっちりである。

「でも、敵は待ってくれないわ」

「そうだな」

粥川達を確認すると連中も気付いたのか、慌てて前方へと走って森の中へと入っていく。

しかし、今度は後方がソルの配下のシルバーウルフの群れに襲われる。

素早く左右の森から現れたシルバーウルフ達は粥川達のモンスター達を前足や尻尾で切断し、喉元を食い千切る。適度に襲うと、撤退させて森の奥と誘い込ませる。

「あ～これさっきと同じパターンだ」

リーゼロッテの言う通り、追えば落とし穴などで殺し、それを避けて追ってきた連中は、集団で狩っていく。まさに釣り野伏《つりのぶ》せだ。

シルバーウルフ達は撤退しながらも遠吠えを上げる。

「ワォォォォォオンッ！」

『ワォォォオンッ！』

ソルが画面の遠吠えを聞きこちらでも遠吠えをすると、別の所でも同じように聞こえる。

それを合図にして、ソフィア達がバリスタで敵の集団へと射撃する。

着弾した弾はすぐにトレントとなって粥川のモンスター達を食い荒らし、道を封鎖していく。

後には生い茂る木々と瞬時に作られた別の道だけが残る。

『くそっ、どうなってやがるっ！』

『あいつから渡されたのにはなかったのか？』

『こんなの記されてなかったっ！　石板なんてねえぞ！』

走っていく二人は新しく作られた道を気付かずに進んでいく。

リーゼロッテを見ると、彼女はすまなさそうにしている。

相変わらず時折、両手の指を合わせて何かをしている。

「ごめんね。スパイはちゃんと処理しておいたから」

「別にいい。敵も迷ってくれているからな」

石板は一応配置してあるが、それだけでは次のエリアに到着できない。

次のエリアに行くには、幻影蝶の排除と祠へのお供え物が必要なのだ。

しかし、こちらのモンスターに襲われながらでは大変だろうが、せいぜい頑張って経験値を運んできてくれ。

そう思いながら俺はしばらく連中の進路を見学する。

悪態をつき暴言を吐きながら進むあいつらは、ついに諦めて一度撤退し始めた。

「冒険者としてなってないよね！」

「そうね」

リーゼロッテの言葉にウルリカが同意するが、リーゼロッテは冒険者じゃないだろうに。

「冒険者じゃないのにわかるのか？」

「ゲームの常識だよ」

どうやらゲーマーらしい。

確かにダンジョンの攻略をしに来ているのに、ただ進むだけでろくに探索をしないのは駄目だろう。


戻った粥川の代わりに、今度は稲木がやってきた。

直情馬鹿の粥川と違って、稲木はしっかりと道や周りを観察している。

『なんで私が……あ、そこに何かありますね』

『これか？　むっ、土に埋まってるな』

『隠していることからこれが攻略に必要なのでしょう。鬱陶しいことに攻略する手段はちゃんと準備しないとダンジョンは成立しませんからね。つまりこの樹海も攻略する手段がちゃんとあるはずです。どうせ粥川は探していなかったのでしょう』

『うむ！』

稲木に少し同情してしまった。

それほどに先程までのあいつは駄目だった。

それから、稲木は祠を掘り起こし調べていく。

しかし、ここからが本番だ。

彼等はすぐに答えに辿り着けるだろうか？

『石板に何かが書かれていますね。『森の賢者より生まれし恵みを五つ、祠に捧げよ』ですか』

どうやら稲木と鉄也はちゃんとヒントをみつけられたようだ。

もちろん攻略して欲しくはないが、せっかく作ったのだから最後まで来て欲しいという思いもないではない。これはクリエイターの性《さが》だろう。

「これってもしかしてトレントを倒せってこと？」

「森の賢者ってトレントのことなんですか？」

「そうだよ。森の賢者以外にも森の賢人とか言われてるんだ」

リーゼロッテが答えを言うと、不思議に思ってさらに幾つかカグラが質問し、リーゼロッテが丁寧に教えていく。二人の相性は悪くないようだ。

「ゲーム知識なんだけど、どう？」

「倒したら駄目だが、概《おおむ》ね正解だ」

「え？」

「カグラ達はわかるか？」

「わかりません。普通に取ったら駄目なんですか？」

「それじゃあ、ここは進めない」

連中も森の賢者という単語からトレントを想像したようだ。

それからトレントを探すため辺りの木々を見渡す。

二人はそれを切り倒していくが、もちろんそれはただの木なので、恵みなんて存在しない。

『どうする？』

『森の賢者というのはトレントのことでしょう。おそらく先程からこちらに向けて飛んできている矢がそうです。つまり、飛んでくるのを見逃さずに倒すしかありませんね。ハルピュイアに見張りをさせましょう』

『わかった』

連中は矢が飛んできた瞬間にハルピュイアに声を上げさせ、それを合図に鉄也がトレントの矢を切断した。

『実なんてないぞ』

『撃ち込まれてくるトレントはどれも若いようですね。実ということから成長してから出すのでしょう。空中での迎撃は駄目なようですね』

『どうやって成長させるんだ？』

『普通なら時間経過で成長するのでしょうが、そんな攻略法は今回は認められないでしょう』

稲木の言う通りだ。

その方法だと対抗戦が終わってしまうぐらいに時間が必要なので、今回は指定できなかった。

『モンスターなら経験値を積めば成長するのではないか？』

『なるほど。つまり、モンスターを与えろということですか。やってくれますね』

それもまた正解だ。

進むためには実が必要で、それを手に入れるためには成長したトレントが必要。

しかし、この対抗戦では時間経過でそこまでトレントを成長させるのは不可能。

つまり、トレントを成長させるためにはモンスターを大量に与えるしかない。

もちろんこれに合わせて手を打っている。

「でも、私達のところのモンスターが倒されちゃうんじゃ」

「すでに撤退済み」

「気付いた時点で撤退させてあるわ」

「ってことはまさか。自分のモンスターを殺さないと駄目ってこと。えげつないね……」

つまり、現状では相手が取れる手段は配下を餌として捧げることだけだ。

それも実は五つも必要なので、五体のトレントを育てないといけない。

そして一定時間が経てば実をつけたトレントは回収される仕様になっている。

『来ましたね。さて、どれくらいで実をつけてくれるか……』

『鬱陶しい仕掛けだ』

トレントの矢の他にもピンポイントでソフィアが放った光を纏った矢が稲木の喉に迫るが、鉄也が大剣で矢を斬る。

こっそりと画面を切り替えると、ソフィアが弓を持って鉄也達を狙っていた。

かなり距離があるはずなのだが、見えているようだ。

流石は天使、チーターだ。

「ねえねえ、計算上だとどれぐらいで育つの？」

「私も知りたいわね」

リーゼロッテとウルリカが知りたがっているので、正直に答えてやる。

「エリーゼが全てをコントロールしているから、彼女の気分次第だな」

画面ではトレント達に次々と稲木がモンスターを捧げていく。

五〇匹を超える大量のモンスターを倒すことでトレントは草木が生い茂り、綺麗な真っ赤な花を咲かせていく。

「桜の木？」

「綺麗だろう？」

「確かにそうだけどなんで桜？」

「俺は日本人だからな。それに日本には綺麗な桜の木の下には死体が埋まっているって話があるんだ。それになぞらえた」

「なるほど。確かに綺麗だよね。お花見がしたいぐらい」

「いいな。今度するか」

「じゃあ、祝賀会だね！　ぜひ呼んでね！」

あれ、やっぱりリーゼロッテって何も考えていないのか？

ここまでくると俺の警戒のし過ぎかもしれない。

こんなことを思っている間にトレントが咲かせた花びらが散って、実が一つ姿を現す。

『あれです！　確保！』

『おう！』

モンスター達が一斉にトレントに襲い掛かるが、モンスター達を倒してレベルが上がったトレントはエルダートレントへと進化している。つまり、今までの比でないぐらい強い。

エルダートレントの無数の枝が鞭のようにしなって襲い掛かる。

その攻撃はサラマンダーを一撃で叩き潰し、ゴーレムを吹き飛ばす。

それに加えて桜の花びらが刃となって襲い掛かる。

地面からも次々と杭のような根が現れ稲木のモンスターを串刺しにしていく。

「強さが全然違う……」

リーゼロッテの言う通りだ。

トレントを操作しているエリーゼは、溜め込んだ戦闘経験を生かして本気で潰しにかかっている。

「ボス戦だからな」

エルダートレント相手だと、埒《らち》が明かないと判断したのか今度は鉄也が飛び込んでいく。

下から出てくる土の杭は避けたり足場にしたりして雄叫びをあげながら突き進む。

花びらは鉄也の鎧を微かに傷つける程度なので気にしていないようだ。

枝の鞭に関しては避けながら大剣で斬り捨てている。

鉄也はエルダートレントに接敵した瞬間、攻撃を避けながら無数の斬撃を浴びせて滅多斬りにしていく。

ダンジョンの力を全て一人に集約した奴の力はかなり強い。

その姿に俺は言葉を失ってしまう。

しかし、ここにはいない俺の妻はもっとえげつなかった。

三つの光る矢がゲートを通って森の中から放たれたのだ。

その照準は稲木とトレントの実で、稲木は反応すらできていない。

『ちぃっ！』

鉄也は飛来する方向に自ら飛び出して曲芸のように空中で矢を破壊した。

白い矢羽の矢は外れたようで、そのまま空中を飛んでいた。

しかし、その矢が無数に分裂して空から降り注ぐ。

それすらも大剣を投擲することで実を守り、稲木を抱え矢の攻撃を防ぐ。

「あっぱれだね」

「確かに」

思わず俺とリーゼロッテは呟いたが、それ以上に凄いことが起きていた。

「ぶっ⁉」

「わぁっ、ソフィアお姉さん凄いです」

いつの間にか、黒い矢羽の矢が実を貫いていた。

実は完全に破壊されて消滅していく。

つまるところ、これら全て囮だったのだ。

「ソフィア、ナイスだ」

『ありがとうございます。でも、翼の羽を使っているので何本も撃てません』

「なら、適度に邪魔してくれるだけでいいぞ」

『わかりました』

ソフィアと話している間にリーゼロッテがカグラにソフィアのことを聞いていた。

どんな反応をするかと思えば変な反応だった。

「おのれ天使めっ！　私よりも目立って許せないっ！」

そう、地団駄を踏んで悔しそうにしていた。

呆れてみていると、俺と視線があって顔を真っ赤にしながら席に座って何事もなかったかのように映像を見だした。

怒り狂った稲木と鉄也だったが、すぐに追加の餌を与えてトレントを育て始めている。

対策として稲木の周りに護衛用の盾ゴーレムを配置して挑んでいた。

しかし今度はソフィアの攻撃ではなく、空から無数の雷が落ちてトレントを焼き払った。

ソルをみるとあっかんべーを画面にしている。

「ここは私も負けていられない。レイス共、やっちゃいなさい！」

リーゼロッテの指示でトレントごとレイス達が魔法で餌にしているモンスターを攻撃していく。

鉄也達が防ごうとすると逃げて、その間に別の組が破壊する。

ローテーションまでできてしまって、逆にあいつらが可哀想なことになっていた。

必死に襲撃からトレントを守る鉄也達だが、当然の如くトレントからも攻撃を受けるのだ。

フラストレーションがたまりにたまっていく中、別の子がキレた。

周りにトレントが大量に現れて迎撃を始めたのだ。

「あの、すごく怒ってますよ……」

「まあ、無理もないよな」

俺達の前には花から現れた複数のエリーゼがソルとリーゼロッテの頭に乗って、髪の毛を引っ張ったり、身体中を叩いている。

「なにこれ、痛くはないけど可愛い。一匹欲しい」

「非売品だ。それよりもあのトレント達はエリーゼ、その娘の分身みたいなもんだ。それが味方から攻撃されて怒り心頭のようだ」

「あっ、ごめんなさい」

「ごめん」

二人は一生懸命に怒っているエリーゼに謝っていく。

その間、妨害がなくなったせいか稲木達はようやくエルダートレントを倒せたようだ。

しかし、甘い。

『倒したぞぉぉぉぉっ！　これでやっと先に……おい、どうなっているっ！』

倒されたエルダートレントの実は萎びて砂と消えていった。

「祐也さんっ、これはどういうことでしょうかっ！」

「はっはっはっ！　生きてる状態で採取しないと駄目に決まってるだろ。殺した後で採取するなんて許さん」

「鬼畜生だっ！　くそゲーじゃん！」

「命がかかっているんだ。難易度は最高にしてあるに決まってるだろ」

「確かにそうだけど……攻略させる気ないよね」

「ある訳ないだろ」

あちらも同じ結論に達したのか、頑張ってボスマラソンをしてくれた。

おかげで敵は大分減った。

これで倒したモンスターの数は通算で六〇〇体はくだらないはずだ。

連中が祠にエルダートレントの力の結晶である実を捧げると、エリーゼが出てきて食べていく。

『なんだこいつは？』

『馬鹿っ、手を出してはいけません！』

『ん？』

鉄也がエリーゼに触れようとした瞬間、実と共にエリーゼが消えた。

もちろん、何も起こらない。

当然だ。

奥へと進む条件はエリーゼに実を捧げて道を作ってもらうことなので、逃げられたら駄目なのだ。

『今までのパターンから考えたらわかるでしょう。嫌がらせ満載ですよ、このダンジョンは……』

『まさか、やり直しか？』

『そうですね……』

『絶対にぶっ殺してやるぅううううぅぅっ!!』

「二五〇体ごちです」

「うわぁ……」

リーゼロッテは引いているが、カグラ達は楽しそうに笑っている。

ソルも拍手している。

俺も連中の苦しんでいる様を見られて楽しい。

奴らが集め直している間にこちらも動く。

休憩は終わりだ。

夕方に差し掛かっているし、そろそろこちらから相手のダンジョンを攻める時だろう。

そう、時が来たっ！　というやつだ。

「カグラ、ウルリカ、ソル。今度はこちらから相手のダンジョンに攻め込む。リーゼロッテは防衛の方を頼む」

「わかりました。頑張ります」

「ん、叩き潰す」

「そういう時はえいえいおー！　ってやるんだって教えてもらったことがあるよ」

「えいえいおー！」

「おー！」

カグラとソルは気合十分のようで、リーゼロッテから教えてもらって可愛らしいことをしていた。

「気合が入っているのはいいのだけれど、油断して怪我をしないかしら？」

「その辺は気を付けてやってくれ」

「ええ、任せて。それで留守番は大丈夫なの？」

「大丈夫だろう。タマモはソフィアに預けるしな」

「そう……ならいいわ」

ウルリカと話を終えて、リーゼロッテに近づく。

「悪いが、また留守番を頼む。リーゼロッテが頼りだ。最低でも時間稼ぎはしてくれ」

「時間稼ぎは別にいいけど……あっ」

「どうした？」

急に何かに気付いたようなリーゼロッテが深呼吸をする。

そして、胸を張って堂々と言いやがった。

「その願いは悪魔の女王たる妾が答えてやろう！」

「……期待している」

三人を連れてソフィアの下に移動すると、背後からやった、言えたー！　って声が聞こえてきたが無視してやろう。

リーゼロッテとダンタリオンの暗躍（？）（リーゼロッテ視点）

女王様らしく言えたーっ！

『喜んでいるところ悪いのですが……目的、忘れてませんか？』

「あっ……わ、忘れてないよ？　忘れるわけないじゃん」

『これは嘘ですね……と言いたいのですが、本当に忘れていないようでなによりです』

概ね私の計画通りに全てが動いている。

最初はものすごく警戒していた祐也さんも私の演技で騙しきったし、大丈夫。

『素ですよね』

「うるさい。演技も入ってるよ～だ。むしろ、演じるのは得意だし」

『一人で遊んでいましたからね』

「……」

そうだよ。お姉ちゃんと一緒に遊ぶ時以外は、一人で朗読とか頑張ってたもん。

でも、そのおかげでロールプレイとかも問題ないし、いいよね。

それに脅されて泣きそうな時だって、お姉ちゃんやお母さん達を騙し通したんだから。

『私が悪かったです。それで、どうするのですか我が主』

しゃがみ込んでいた私を後ろからダンタリオンが抱きしめてくれる。

確かにこれからやることを考えると時間はあまりない。

「じゃあ、まずは採点をしてみよう。よっと」

立ち上がって防壁の上に向かう。ダンタリオンは宙に浮かびながら私に付いてくる。

『それでどうだったのですか？』

「うん。まず負けた時だけど、汚らわしい男に犯されるのは嫌」

祐也さんも粥川達よりはましだけど、私を無茶苦茶にして犯したいと思ってる。

そういう視線は何度か感じたし間違いない。

『それでも酷いことをした罪悪感を考えるとまだましですか』

「うん。他の女の子達は良い子だし、ダンジョンも十分な戦力になる」

『性格や容姿はどうですか？』

「ん～変態だし差し引き考えると普通？」

ほとんどマイナスだけど、趣味を理解もしてくれるし、パートナーとしては悪くないかも。

『準備はしっかりとしていますね』

「これなら私の目的も達成できそうだよね？」

防壁の上で振り返る。スカートが風で浮き上がるけれど気にしない。

後ろにいたダンタリオンと視線を合わせる。

『リーゼは贅沢いいすぎですよ』

「うん。何様だって話だよね。わかってるよ。でも、やめるつもりはない」

友理奈達とも出会わず、自分の国でお姉ちゃんと仲良く過ごしていたら、こんな風にはならなかったと思う。男嫌いにもならなかっただろうし、好きになった人と結婚して幸せな家庭を築けたのかもしれない。

でも、そんなのは全てまやかしで、こっちが私の現実。

それにダンタリオンやナイ子達にも出会えた。

あれ？　な～んだ、よくよく考えたらこっちの方がいいや。

だって、魔法を使えて大切な友達ができたんだし、その代償だと思えば我慢できる。

『くすくす』

「なに笑ってるの？」

『いえいえ、リーゼの心の中が面白かったもので』

「なにそれ。馬鹿にしてるの？」

むすっと頬《ほ》っぺたを膨らませて拗ねてますってアピールする。

『私が悪かったです。そんなリーゼに朗報をさしあげましょう。貴女の一番の望み、黒崎祐也なら叶えられますよ』

「まじ？」

『ええ、まじです』

「それって本当に？」

『ええ、貴女が心に浮かべた者になれるでしょう』

「よし、いくよダンタリオンっ！」

『どちらに？』

「決まってるじゃない。妾が妾足るために計画を実行する！」

『負けるかもしれませんよ？』

「勝てるかもしれないよ！」

何においても私が私のなりたい者になれることを優先する。

他のなんて全部些事《さじ》だよ、些事。

『本当に面白い人間です。心や秘密を読む私を友達と言い切るだけはありますね』

「えっへん！　それよりも、やるなら徹底的にやらないとね」

『まずはコアから壊しますか？』

「ダミーに興味なんてないし、やるなら本体だね。そっちから潰すか。ううん、まだ駄目だね。よし、まずは邪魔な二人からだ。あいつらには散々、私の身体を触ったり、触らせられたり、見られたり、舐められたり、気持ち悪いことをしてくれたから……地獄へ送ってやる」

スイッチを切り換えてロールプレイに徹する。

私は悪魔の女王。

ならばやれることは徹底的にやってみせる。

まずはあの二人から潰そう。

防衛を任されたけど、攻撃も最大の防御っていうし大丈夫だよね。

「では行こうか」

『構いませんよ、我が主。こちらへの監視は無効化してありますし』

「ありがとう」

魔導書を抱えてカタパルトに乗る。

魔法で縄を切って空を飛ぶ。

空を飛ぶのは楽しくて、すぐに時間が過ぎる。

『目標地点に到着。まずは誰から狙いますか？』

狙いはメインが鉄也で、粥川はついでかな。

『弱い方から狙った方が楽でしょうに……』

「私は悪魔の女王！　弱者から殺すなんてナンセンスっ！」

『まったく、馬鹿ですね』

上空で位置を変えて魔法を発動させる。

発動させる魔法は闇魔法のベルセルクという暴走して見境なく暴れるやつ。

狂戦士になるこの魔法は味方も敵も識別せず、動く者は全て敵になる。

でも、私の中にダンタリオンを入れることによって魔法を使えなくなる弱点を克服している。

「祖は狂乱の女王。全てを滅ぼし、灰燼《かいじん》に帰する運命を持ちし選ばれし者。汝を我が身に召喚し、その役目を全うし狂乱の宴を開幕せよ。ベルセルク・アンリミテッド、デスサイズモードっ！」

私の考えた格別にカッコイイ詠唱で魔法を発動させて、身体を赤いオーラで包み込む。

魔導書が持ち手の上の部分が大鎌になっている銀色の鍵へと変化する。

準備が整い、魔法を通してダンタリオンとは別の魔神の一部が私の身体を支配して操る。

彼は空気を蹴って一気に加速して落下する。

ダンタリオンは空中に無数の魔導書を呼び出して援護してくれる。

『隠蔽術式を一部解除。雑魚《ざこ》の掃討を開始します』

急激に落下する恐怖体験を味わっていると、森の中に憎いアイツの姿がみえてくる。

今まで散々私のことを穢してくれた憎い連中。

まずは手始めにこいつらから復讐してやる。

オープンコンバット、戦闘開始だよ。

上空から降下してそのまま相手を上から下に切断する。はずだった。

でも、鉄也は気付いて大剣で私の攻撃を防いだ。

その間に空中に浮かぶ魔導書からダンタリオンの魔法が雨のように降り注ぎ、周りの雑魚を滅ぼしてくれる。

鉄也がフリーならある程度は防げたかもしれないけど、私の相手をしていたらそんな暇はないよね。

「りっ、リーゼロッテ……貴様っ⁉」

「裏切ったか」

『言っていますよ』

聞こえません。

だって喋れないもの。

だから、殺せ、殺せ、殺せぇぇぇぇっ♪

『喋れますよね』

うん、答えたくないだけ。

「ちぃっ⁉」

私の身体は勝手に大鎌を滑らせて回転し、鉄也の鎧を蹴って吹き飛ばす。

同時に私の身体にダンタリオンからの様々な支援魔法がかかる。

地面を踏みしめると強化された筋力で地面が爆発し、身体が加速する。

上段から私が斬りかかると相手は大剣をクロスさせて受け止めるけれど、無駄なんだよね。

「ばかなっ⁉」

「ちっ、力が違いすぎるっ！」

鉄也が地面を抉りながら前方に吹き飛んでいく。

私の腕はぶちぶちと筋肉が切れて血飛沫《しぶき》が舞うけれど、瞬時に再生する。

悪魔の女王たる妾の再生能力を甘く見たら駄目なのだ。

『いえ、これは私の力ですからね』

ダンタリオンの力は契約者である私のものだから問題なし。

身体が勝手に動いて唇を舐めると血の味がした。

汚いから止めて欲しい。

こいつらの血なんて飲みたくない。

こんなことを思っている間にも身体が勝手に突撃していく。

「ひっ、ひぃぃぃぃっ⁉」

ダンタリオンも無数の魔導書を展開し、魔弾を発射して援護してくれる。

「ちぃっ⁉」

魔弾で逃げ道を塞いでくれたお蔭で相手は逃げることもできない。

鉄也は大剣をクロスさせるように斬りかかってくる。

けれども大鎌を手放して更に加速して大剣が振り下ろされる前に鉄也に肉薄する。

「なっ⁉」

「あはっ♪」

相手の懐に入り込んで鉄也の両手をガントレットの上から摑んで握り潰し、両足を浮かせて同時に蹴りを腹へと叩き込む。

踏ん張るようにして力を思いっきり込める。

ダンタリオンが私のやろうとしていることに気付いて、足の裏から魔法を放って推進力をくれた。

「離せっ、離せっ⁉　やめっ、やめろぉおおおおぉぉぉぉっ⁉　ちぎっ、ちぎれるぅううううううううぅぅぅぅうううううっ⁉」

ぶちぶちと音がして鉄也の腕が引き千切られる。私の筋肉も断裂するけどすぐに治る。

千切れた腕から出た血飛沫が全身にかかって、それを舌で舐めとる。

まずい。やっぱ、こいつらのは受け付けない。

それよりも、人のことを散々脅して、汚い物を摑ませたり、身体を触ってきたりした報《むく》いをしっかりと与えないとね。

『回復させますか？』

取り敢えず鉄也の身体は使うから治らないのは困るから、途中でディスペルをお願い。

『わかりました。リーゼにも回復魔法をかけておきます。かなり無茶をしていますからね』

ありがとう。

でも、今は復讐タイムが優先。

手を後ろにやれば勝手に大鎌が飛んできて手の中に収まる。

「四六回、気持ち悪いのを触らされてかけられた回数。その回数だけ……ううん。やっぱり三倍の数だけ殺してあげる♪」

「まっ、まてっ、謝るから……」

「ざ～んねん♪　自動戦闘モードに命乞いコマンドなんてないのだよ。大人しく一三八回死ね」

ダンタリオンが再生してくれるから徹底的に殺す。

これはこれからのことを考えたら必要だから。徹底的に破壊する。

「ひっ、ひぃぃぃっ⁉」

大鎌を持つ右手がかってに動いて大鎌を投げた。

投げた大鎌は稲木の腹を串刺しにして木に縛り付ける。

「ああ、もう一人いたんだった。でも、動いちゃだめじゃない。今の私は動く者全てに反応するんだから」

ビクンッ、ビクンッと動く鉄也をひたすら殴る。

自分の腕が壊れても関係ない。どちらもダンタリオンが再生してくれる。

だからディスペルをしてもらって、痛覚を遮断する魔法を使ってひたすら壊す。壊して治して、また壊す。

ひたすら繰り返して効果が切れるまで二人をボコボコにしていく。

稲木には仕掛けをして封印しておく。

鉄也の方は殺して肉体だけ暗黒騎士にして使う。

『これからどうするのですか？』

「第一段階は終わったし、第二段階だよ。まずは私達を殺し得る邪魔な天使の排除だね。悪魔にとって天使は互いに天敵だし、あの遠距離攻撃は致命傷になりかねない。いちいち警戒して戦うのも面倒だし、先に潰すよ」

『そうですか。ですが、彼等の方も終わったようで帰ってきますよ』

「じゃあ、今は戻ろうか♪」

どうせまだ友理奈は諦めないだろうし、これからも戦いは続く。

本格的に祐也さんが戦っている間に排除すればいい。

強襲作戦

俺はカグラとウルリカ、ソルを連れてゲートで入口に到着する。

精鋭のゴブリン四〇体とウルフ四〇体、ゾンビ二四〇体も連れてきた。

ちなみにタマモはダンジョンから出た時点で俺の負けなので、ソフィアのところに預けておいた。

「さて今度はこちらから攻める。幸い、厄介な奴はうちの迷宮で時間潰しをしてくれている。今のうちだ」

「ん、直行」

「攻略しきるの？」

「破壊工作をメインにして行けそうなら攻略する」

エリーゼのゲートは森限定だ。正確に言えばエリーゼの植物が根を張っているところ限定だ。

なので第一階層は全ていける。第二第三はまだそこまで成長させていない。

つまり、相手のダンジョンから逃げるには自力で逃げないといけないことになる。

「倒し切る必要はないということね」

「ああ。時間切れでも俺達の勝利になるからな」

「最小限に被害を抑えるためですね」

「そうだ。では、行こう」

相手のダンジョンに入ると熱気が襲い掛かってくる。

入口には相手も増援か防衛かは知らないが部隊が配置されていた。

だが、大量のゾンビと精鋭ゴブリン達によって虐殺が行われる。

ゾンビに噛みつかれたりすれば、傷口から感染してゾンビ化する。

すぐには無理だが、俺がウルリカの支援を与えて術式を発動して効果を促進させることはできる。

これで楽しいゾンビパニックだ。

ソルが撃ち殺しながらウルフ達を率いて狩り立て、カグラがゴブリン達を率いて斬り殺していく。

彼女達に倒された連中もゾンビなどのアンデッドとして復活して粥川のモンスターを襲っていく。

元領主軍だった精鋭の鬼達は俺達の護衛として周りを固めてもらう。

彼等も戦線に投入したいが、身体の大きい彼等は溶岩が流れているこのフィールドではあまり役に立たない。その点、身軽なゴブリンやウルフなら溶岩の間にある小さな岩などを足場に移動できる。いざとなれば空を飛べるウルフ達を足場にすればいいだけだ。

ソルなんかは空も飛べるからそれすら必要ないが。

この火山は、溶岩が流れてくる中を浮き沈みする浮島へ飛び乗って移動するように設計されているようだ。

そのまま楽して進んでいくが、簡単に進ませてはくれないようだ。

「よく来たな便器野郎っ！」

声のする方を見ると、粥川本人が山頂に立っていた。

しかも、拡声器まで使っている。

これでは位置を教えているだけだ。

本当に馬鹿な奴だ。

当然のようにルナが狙撃する。

これで死んでくれたら楽なんだが、生憎《あいにく》と相手もそれなりの準備をしているようだ。

「牛だ」

「牛さんですね」

ソルの銃弾を防いだのは、粥川の後ろに現れた大きな赤茶色の肌を持つ牛の巨人ミノタウロス。

神話にうたわれる強者だ。

「まずは邪魔者の排除だ。やれ」

ミノタウロスが雄叫びをあげながら戦斧で関を破壊して、溶岩の濁流を放ってきた。

「ウルリカ、いけるか？」

「可能よ」

「なら頼む」

「ええ」

ウルリカが鬼達に指示を出す。

鬼達が六角形になるように移動し、素早くウルリカが印を切っていく。

鬼達の身体が光り輝き、壁のような物が現れる。

「抵抗しないようにね。天元行躰神変神通力《てんげんぎょうたいしんぺんじんつうりき》、悪神悪鬼を封じたまえ」

簡単な祝詞《のりと》だけで俺達は一瞬だけ意識を失った。

しかし、意識が回復するとすでに溶岩は流れ終わっていた。

「なんで生きてやがるっ！」

「簡単なことよ。一時的に私達自身を封印して別空間に退避させ、溶岩が過ぎ去ったら封印を解除しただけ。これでも鬼子母神なの」

一時的とはいえ俺達の意識も封印していたようだ。

でも代償もあったようで鬼が倒されている。

犠牲になった鬼達は可哀想なので、俺は即座にアンデットとして復活させる。

「アンデッドになったことで更に強化された鬼達だ。今の間に攻め込むぞ」

「はい！」

進んでいくとミノタウロスが火口から飛び上がってこちらにやってきて雄叫びをあげる。

すぐにアンデットの鬼達と交戦を開始した。

そうしている間にどうやら粥川は逃げたようだ。

「ウルリカ、ソルとカグラを守りながらミノタウロスの相手をしてくれ」

「主様は？」

「俺は粥川を追う」

「駄目です。主様、一人では行かせません」

「カグラ……」

「危険すぎます。行くなら私達も一緒です」

「ん。ご主人様が大切。一人は駄目」

カグラとソルは俺を絶対行かせないとでもいうかのように抱きついてきている。

「主様の負けね」

「ちっ、しかたない。俺の手で殺したいが……今は勝つことが優先だな」

「そうです」

「わかった。なら全員でミノタウロスを倒そう」

「はい！」

「ん、ステーキにする」

「それは美味そうだ」

太ももに設置してあるクロスボウを抜き、構える。

カグラ達も準備できているようでそれぞれの武器を構えている。

ここからが正念場だ。

神話に語れる化け物退治……男ならワクワクするものだ。

「カグラは前衛でヘイトを集めてくれ。ソルは俺と遊撃でカグラの援護。ウルリカは全体の支援を頼む」

「「了解」」

「前衛はわかりましたけど、ヘイトってなんですか？」

「攻撃がカグラに集中するようにしてくれたらいいってことだ。いけるか？」

「援護があるなら大丈夫です」

カグラがアンデッドになった鬼達と戦っているミノタウロスへと突撃していく。

俺は今の間に、他のアンデッド達にダンジョンに広がって仲間を増やすように命令しておく。

「カグラ、鬼達を盾としてしっかり使うのよ」

「はい！　やぁっ！」

ミノタウロスの戦斧を鬼達が必死で防ぐ中、横をすり抜けてカグラが足を斬り付ける。

しかし、掠《かす》り傷を負わせただけで少ししか斬れていない。

「硬いです……」

「なら防御力を下げてあげる」

ウルリカが札を投げる。

ミノタウロスは気にせずその身で受けたのだが、札が貼られた部分が腐食していく。

「筋肉まで腐食はしないでしょうけど、鬱陶しい皮は潰せたわ」

「やってみます！」

皮膚を腐らされて激怒したミノタウロスはウルリカに向けて突撃していく。

ソルが銃弾を地面に放って爆発させ、足元を崩して転がす。

両手を付いて起き上がろうとしたところで、ミノタウロスの両の瞳にクロスボウの矢を放つ。

相手は危険を察知したのか、立ち上がるのを止めてそのまま寝転んで回避する。

残念ながら外れたが、立ち上がるのを妨害するのは成功した。

「モォオオオオオォォォォッ!!」

しかし、相手は地面から大量の火柱と土壁を生み出してくる。

「ちっ！」

俺とソルは火柱を無視して攻撃するが、土壁によって阻まれる。

その隙にミノタウロスは立ち上がって雄叫びをあげ、周りに眷属のミノタウロス達を召喚した。

「眷属召喚ぐらいはやってくるか」

「ゾンビさん達と皆に相手をさせましょう」

「そうだな」

取り巻きは取り巻きに任せる。

こちらはミノタウロスだ。

相手は眷属を呼び出したからか、壁を飛び越えてこちらにやってくる。

飛び上がった状態で上段から振り下ろされる戦斧をウルフに乗って射程から離れる。

戦斧によって地面が粉砕されて溶岩が溢れ出してくるが、ミノタウロスは気にせず即座に飛び込んでウルリカを狙ってくる。

その前に数体の鬼が現れて身体を使って突進を防ぐ。

何体かは戦斧で切断されたが十分に役割を果たしてくれたようで、ウルリカが安全圏まで下がることができた。

ソルが鬼の身体を駆け登って、相手の片目に短剣銃を突き刺し、銃弾を叩き込んで飛び降りる。

ミノタウロスは目を潰されたことで、無茶苦茶に斧を振るうが、カグラが腐食した足に刀を突き刺して捻《ひね》ってる。

「爆」

ウルリカの声と同時に、刀身に貼りつけられていた札が爆発して内部から身体を焼いていく。

即座に離れたカグラを狙って炎弾が複数飛ばされてくるが、そのほとんどを避けたり斬り払っていく。

反対側でソルがその足の間に滑り込み、短剣銃を狙撃銃へと変化させてアソコに突っ込んで引き金を連続で引いていく。

「アアアアアアアアアァァァァァァッ！！！」

ミノタウロスから今までにない絶叫が響き、苦しみにのた打ち回ってこけていく。

「ん、やばい」

どうやら逃げる手段を考えていなかったようで、慌ててカグラがソルの首根っこを引っ張って離れていく。

俺は数撃てば当たるを実践し、札付きの矢を連射して顔面を爆破していく。

他の場所ではゴブリン達が高速で移動して、鬼達が押さえているところを的確にミノタウロスの急所を攻撃して倒していっている。

しかし、ミノタウロスは仲間を呼び出し続ける。

「このままでもいいんだが……」

「あまり時間をかけられないのよね」

ダンジョンに稲木と鉄也の二人を置いてきているから、連中が戻ってくるまでには撤退したい。

「そうなんだよな。撤退も視野に入れるか……」

「ソルちゃん、一つ思い付いたことがあるんですが……手伝ってくれます？」

「ん、いいよ」

二人がミノタウロスに突撃していくが、相手は眷属を召喚して二人の接近を阻もうとする。

だが、背の小さなカグラは襲い掛かる眷属をくぐり抜けつつ刀の一閃《いっせん》で両断する。

ソルは相手の攻撃を避けて身体に飛び乗って、短剣を瞳に突き刺して引き金を引いて確実に倒し、倒れる前に飛び上がって次へと進んでいく。

俺とウルリカで援護射撃を行って二人がやることを助ける。

ミノタウロスに接近したカグラはそのまま突撃し、相手は上段から戦斧を振り下ろしてくる。

その攻撃にカグラは刀を合わせて横に滑らせるようにずらして体勢を崩す。

転げそうになったところでカグラが下から飛び上がって、ミノタウロスの喉元へと刀を突き刺していく。その刺突は全身の力を余すことなく込められたのだろう、恐ろしい速さと威力でミノタウロスの首から上を身体ごと吹き飛ばした。

「主様、やりました！」

「ん、頑張った。褒めて褒めて」

「ああ、二人共よく頑張ったな。だが、ソル。銃はしっかりと洗っておけよ」

二人の頭を撫でて褒める。もっと色々としてやりたいが、今は時間がない。

「ん、消毒する。きちゃない。んんっ」

ソルは体内からクリーニングスライムを捻り出して銃を清掃させていく。

クリーニングスライムの特性上、それが正しいのだが入れてある場所が場所なので微妙な感じがする。

「カグラ、ウルリカ、ミノタウロスの死体を回収して撤退するぞ。思ったよりも手間取った。すでに粥川から稲木達に連絡をいれられているだろうし、連中がいつ戻ってくるかがわからない」

「確かにそうね。挟撃されるのは困るわ」

ただでさえ少ない戦力で二面作戦は地獄を見ることになる。

相手の切り札であろうミノタウロスを倒せただけで御の字だし、嫌がらせにゾンビのお土産も置いていけばいい。

「今なら攻め落とせそうだけど、安全を考えると撤退すべきね。どんな罠が待っているかわからないのだし」

「相手のフィールドで戦うのは危険すぎる。時間を稼げれば俺達の勝ちだし、ここは安全策を取って撤退する。当初の目的である嫌がらせも終わったしな。それに……」

「そうね。砦がどうなってるかわからないものね」

「すでに落とされている可能性がある」

今のところ派手に動いていないが、リーゼロッテが何かしているかもしれない。

現状、ダミーコアが破壊されていないからまだ大丈夫だとは思うが、帰ってみないとわからない。

壊されていた場合は砦を破棄して別の出入口から二層へと戻って戦うだけだ。

撤退途中で鉄也が火山に戻っていく姿が確認できた。

どうやら、挟撃される前にどうにか戻ることができたようだ。

しかし、どこか鉄也の様子がおかしい気がする。

這いよる混沌の喫茶店♪　SANチェック必須ですよ♪（ナイ子視点）

私はグラウンドに作ったカフェテラスで試合を観戦しながら、こちらにだけ聞こえる解説なども入れておきます。

しかし、私が感知できない領域が作られていますね。

まあ、誰の仕業か知っていますから放置しています。

だって、彼女も参加者ですからね。

「自分のダンジョンに閉じ込めている間に攻略するのもありなんだな」

「空き巣だな。それにしてもトレントを育てさせて倒させるってのは効果的な手段だ」

「五個なのに失敗したらやり直しだしな。しかし、あの精霊は可愛い」

「いやいや、顔は見えなかったが獣人っぽい子もよかったぞ」

「鬼の少女だろ。でもよく鬼の少女なんて召喚できたな」

「オーガって言わないんだな」

「和服っぽい服だしな」

わいわいと話しながら皆さん、楽しそうにしています。

しかし、こうして見ると、くーやんのダンジョンっていかに効率良く敵軍の戦力を減らして自軍の消耗を抑えるかをメインにしていますね。

「そんなことよりもゾンビだゾンビ」

「アレ、やばすぎだろ」

「どこのガンゲーだよ。対策取らねえとやってらんないぞ」

「対策って、俺ら邪神側だからゾンビを浄化とかできねえぞ」

「無機物で固めるしかないのか。もしくはこちらも死霊魔法でゾンビ同士の戦いか」

ゾンビ対策ですか……火で焼き払うか氷で隔離。

後は再生できないほどに粉々にするか跡形もなく消し飛ばすのが、浄化なしだと一般的ですね。

もしくは死霊魔法を上書きするなんてこともできますね。こちらは術者の力次第ですが。

「火葬で問題ないだろ。今回のモンスターは質が悪いだけだ」

「火属性耐性持ちだからな」

「皆さん、勘違いされているようですが聖別結界とかも配置できますよ？」

「「え？」」

「邪神側と言っていますが、神様なんですからその程度は楽勝です。まあ、高いですけどね」

だいたい他の結界関連と比べて、私が面倒ですから、三倍の値段はしますけどね。

「DPの問題か。待てよ、ダンジョンの吸収速度をあげて魂を使役される前に肉体もろともDPに変換してしまえばいいんじゃね？」

「自爆装置とかでゾンビ化できないように爆破すればいけるんじゃね？」

「でもそれって冒険者を呼び込むのには辛いわよね？　素材がほぼ持って帰れないから来てくれないんじゃないかしら」

「対抗戦専用にすればいいんだよ。普段は普通のにすればいいだろ。しかし、クリエイター同士なら冒険者とかを相手にするよりも考えさせられるな」

「対策を失敗したらああなるのよね……」

画面では火山側のダンジョンに、大量のゾンビが押しかけて、大変なことになっています。

それに罠が力ずくで解除されて、防衛用のモンスターは次々とゾンビへと変えられています。

火山の中は洞窟のようですがゾンビで完全に埋まっています。

そんな画面の一つにはゾンビ達から必死に逃げる粥川さんが映し出されています。

『嘘だろっ！　なんだよこれっ！　ありえねぇっ、ありえねぇよ！　なんでミノタウロスが負けるんだよ！　ひっ⁉』

廊下を曲がった先にゾンビがいてゆっくりと近付いていきます。

彼は慌てて扉を開けて中に入ります。

そこは荷物置き場のようで携帯端末を持って助けを呼んでいます。

『救援要請と援軍要請を申請するっ！　だから、早く助けてくれっ！』

援軍要請は当事者が指定し、救援要請は誰でもかまわず依頼するやつです。

つまり、ここにいる人達にも参加できるということで、私の出番です。

「さあさあ、救援要請がきましたよ！　参加するのもしないのも自由です！　賭けのこともあるのでしっかりと考えてくださいね！　救援費用は五〇〇ＤＰで五〇体までです！　死んだら復活しませんし報酬はしりません！　全て自己責任です！　方法は携帯端末からできます！」

「どうする？」

「報酬も確約されてないしな……」

「でもあっちに賭けちゃったしな……」

「わざわざ自分の戦力を減らすのもないよね～」

やっぱり自分が大切ですから、どうやら救援要請に応える人はいないようですね。

「皆っ、助けてあげましょう！　あそこに私達の助けを待っている人がいます！　それにあのような下劣な手段を認めるわけにはいきません！　どうか彼等に力を貸してあげましょう！」

くーやんの妹の友理奈さんが、壇上に立って声をあげます。

彼女も目の前で送ったようで、何人も自分の配下を送り出しました。

「そうだな。俺も許せないし送ろう」

「ええ、少しでも送ってあげましょう」

「ゾンビ対策の実験台にはなるか」

すぐに賛同して立った人はサクラですね。

「皆がそういうなら……」

「お礼にライブをしますね！　一緒に二人を応援しましょう！」

バンドの人達が現れて演奏を開始し、友理奈さんがそれに合わせて歌って踊ります。

心はどうかわかりませんが、綺麗な歌声ですね。

ふむ、彼女のスキル構成は……美声、歌唱、思考誘導、扇動、魅了、集団統率とこれまた見事にえげつないですね。

「綺麗な歌声……」

「聞き惚れるな……」

客の人達も取り込まれてどんどん救援部隊を送り込んでいきます。

歌は上手いですし、扇動と魅了に集団統率のスキル以外は自前ですか。

踊りは魅了して洗脳するために計算された動きですね。才能はありますね。

向こうの世界で政治家とかになっていれば恐ろしいことになったでしょう。

アンコールまであったライブが終わり、バンドの連中がBGMを流してくれます。

友理奈さんは休憩に入るのか、取り巻きの人と一緒に少し離れて校舎に入っていきました。

気になったので追っていきましょうか。スニーキングナイ子ちゃんです。

「ったく、本当に使えない連中ね。あの塵屑《ちりくず》くらいさっさと処理しなさいよ。私の手まで煩《わずら》わせやがって……まあ、これで大丈夫でしょう。戦力差は一〇倍を超えているのだし、いくら無能でも塵屑が相手なら勝てるでしょう」

くーやんには頑張ってもらって彼女の思惑を外して欲しいですね。

それを私が爆笑してやるのです。考えただけでも楽しそうです。

しかし、リーゼロッテも本格的に動き出しましたし、ここからが本番です。

どちらが勝つかわかりませんが、くーやんが勝ったらご褒美を増やしてあげるのもいいかもしれません。ああ、彼女の悔しそうな映像とかいいかもしれませんねぇ。

一時の休息

砦に戻ると俺達は無事に中に入れた。

どうやらリーゼロッテは今のところ裏切るつもりはないようだ。

流石にボス戦をした後でまた戦うのは嫌だったので助かる。

「お帰りなさい」

何故か震えているリーゼロッテが迎え入れてくれた。

「ああ、ただいま。その身体はなんだ？」

「きっ、筋肉痛になっちゃって……」

「そうなのか……」

なんで砦にいて筋肉痛になるんだ？

「そっちこそ首尾はどうだったの？」

「上手くいった。これで相手の戦力はかなり減った。ボスも倒したし、疲れたがな」

「そっか。皆もお疲れみたいだね」

カグラやソル達は返り血や汗などで大変なことになっているし、疲れているのか、うつらうつらしながら眠そうに目を擦っている。

「早く身体を拭きたいわね。子供達は寝させてあげたいし」

「だったら夜は私に任せて休んでなよ」

「そうね。私も起きているから大丈夫よ」

「わかった。だが、その前に身体を拭いたり食事をしようか。悪いがしばらく頼むぞリーゼロッテ。ちゃんと寝る時間を設けるから」

「別にいいよ～」

砦の中に入って向かうのはギルドだ。

ここは宿屋としての役割も予定していたのか、かなり大きい。

ベッドも少しだけあるので寝室に使える。

扉を開けて室内に入るとすぐにソルとカグラがベッドへと向かうが、その前に二人を止める。

「ご飯はどうする？」

「ん～眠い～」

「ですね～」

「駄目よ。先に着替えてご飯を食べてから寝なさい。その方が回復するわ」

確かにこのまま寝るよりも、エネルギー補給をしてからの方がいいだろう。

「面倒」

「正直、このまま寝たいです」

「そうだ。ご主人様、食べさせて」

「いいぞ。今日は二人共頑張ったからな。ほら、服を脱いで」

「「ん」」

二人が服を脱いで裸になる。

それをウルリカが溜息をつきながら回収していく。

彼女もすでに脱いでいる。

「ほら、主様も脱いで」

「わかった」

俺も脱いで裸になる。

それから三人のクリーニングスライムが動き出して俺達を飲み込んでいく。

クリーニングスライムに包まれることで身体の汚れを全て綺麗にしてもらう。

更にはマッサージもしてくれたので疲れが抜けていく。

「新しい着替えよ」

「ん」

「ありがとう」

ウルリカが用意してくれた服に着替える。

ワイシャツとズボン。彼女もすぐに綺麗になった服を着ている。

カグラとソルはウルリカから肩紐結びのワンピースを渡されたようで着替えていく。

「ご主人様、着せて」

「わかった」

ワンピースを持ってよってきたソルの服を受け取ってバンザイをさせて上から着せていく。

「ほら、両手をあげて」

「ん！」

上からすっぽりと入れると肩の方から頭を出していた。

それを見たカグラが笑うとソルも笑っていく。ソルの肩紐を解いてから結び直す。

「どうですか、似合いますか？」

「ああ、似合ってるよ」

「ソルも？」

カグラとソルがクルリと回って裾をはためかせる。

皺や染みのない綺麗な瑞々《みずみず》しい肌が露わになる。

「もちろんだ。食べたいぐらいだな」

「「きゃ～♪」」

二人はスライム浴で元気になったのか、部屋の中を逃げる。

といっても、すぐに自分から捕まりにくる。

そのまま抱きしめると、先程から感じていた匂いの正体がわかった。

「この匂いはなんだ？」

「エリーゼちゃんにお願いして香りのいい木を作ってもらいました」

「ん、それをスラちゃんに食べてもらって、身体に付くようにしてもらった」

「そうなのか」

二人の体臭を嗅ぐと種類は違うがほんのりと甘い匂いがする。

今は全身からしているが、口や鼻とかの方が濃い感じがする。

もしかしてクリーニングスライム自体が匂いを発しているのかもしれない。

「あうっ」

「う～」

「どうした？」

「体臭を嗅がれて恥ずかしがってるだけよ。二人もちゃんとした女の子なんだから気をつけてよ。ただでさえこの頃、裸になってても気にしなくなってきたんだから」

「ん、ご主人様にならば平気」

「いっぱい見て触られて、舐められたりもしていますし……」

「羞恥心を失ったら女として終わりよ。それに男は恥ずかしがっている女に興奮するものよ」

「そう？」

「主様もですか？」

二人が見上げるようにして聞いてくる。

確かにあっけらかんとされるよりも、恥ずかしがってくれるほうが可愛くていいな。

「そうだな。そっちの方が可愛くていい。だから俺の前でもちゃんと隠すんだよ」

「わっ、わかりました……」

「ん、了解」

これでいいだろうと、ウルリカの方をみると彼女も頷いてくれた。

これからのことを考えると、そういう教育も必要なのだろう。

ウルリカを見ているとくぅ～と可愛い音が聞こえてきた。

「ご飯、何？」

「お腹空きましたね」

「そうだな……準備はどうなっているんだ？」

「ソフィアがお弁当を作ってくれているわ」

「ならそれでいいか。準備しよう」

「ええ、わかったわ」

ソルとカグラは、ソフィアの用意したバスケットの中からサンドイッチを取り出して配っていく。

「先に食べていいぞ」

ウルリカがお茶を用意してくれているので俺はそれを待つ。

「食べさせてください」

「そうだったな。あ～ん」

「「あ～ん」」

サンドイッチを二人の口元に持っていってやると美味しそうに食べていく。

頬を膨らませてもきゅもきゅと音でもなっているかのようだ。

「「あ～ん」」

二人がおかわりをご所望のようなので追加をあげていく。

ウルリカは溜息を吐きながらお茶を淹れて渡してくる。俺は二人が満足いくまで食べさせる。

「ん、お腹いっぱい」

「はい。もう入りません……」

「なら、歯を磨いて寝なさい」

「「は～い」」

二人が歯磨きをしにいったので俺もウルリカと食事を開始する。

「それでこれからどうするの？」

「このままいけば嬉しいが……」

友理奈がこのまま済ませるはずがない。おそらく、何か手を打ってくるだろう。

「その表情からして無理みたいね」

「むしろ、これからが本番だろうな」

「そう。それじゃあ夜は特に警戒しないといけないわね」

「そうだな。夜襲で戦況がひっくり返るって話は何度も聞いた」

戦術として大半の人が寝ている夜は楽に相手を倒すことができる。

夜襲の可能性はあるが、夜とはいえ樹海は完全にエリーゼの支配下だ。

つまり、彼等は言ってしまえばエリーゼの体内にいるわけだし、こちらの掌の上だ。

「主様は睡眠を取ったらいいわ。しばらくはエリーゼとソフィアとでどうにかするから」

「いや、このまま仮眠だけして起きている。適度に休息を挟めばなんとかなる」

「大丈夫なの？」

「俺の身体もすでに普通の人とはかけ離れているからな」

「疲れは判断を間違えるから気を付けなさいよ」

「ああ、ありがとう」

「まったく……男の人ってなんでそう無茶をするのかしらね」

「見栄だろうな」

「馬鹿ね。見栄で無茶をされて倒れられたほうが困るのに……」

お茶をゆっくりと飲んで二人っきりの食事を終える。

歯磨きをしに水瓶のほうに向かうと、カグラとソルが俺の方に寄ってきて裾を引っ張ってきた。

「寝る」

「一緒に寝てください」

「わかった。ちょっと待っていてくれ」

軽く歯を木のブラシで磨いてからベッドに入る。

今回はエロいことなしで普通に眠るとしよう。

しかし、なかなかベッドに入ってこない二人を見ると、あちらはそう思ってはいないようだ。

二人は肩紐を解いてワンピースを床に落として一糸纏わぬ姿を曝している。

股間からはすでに愛液が太ももを伝って滴り落ちている。

「したいのか？」

「ん、火照ってる」

「疼《うず》いてこのままじゃ眠れません……」

二人は小さな手で胸と股間を隠している。

さっきのウルリカの話のせいだろう。

「明日のこともあるからあまりできないぞ」

てくる。


「ん、わかってる」

「それでいいので……お願いします……」

「わかった。じゃあまずは奉仕してもらおうか」

寝かせていた身体を起き上がらせてベッドに足を開いて座ると、二人は小さな身体を潜り込ませてくる。

「主様、ご奉仕させていただきます……」

「ご主人様のち○ぽ、ぺろぺろする」

「よろしく頼む」

「はい。ちゅ……れろ、れろ……ん、はぁ……」

「ちゅぷっ、れろ、れりょ……ん、んんっ……」

カグラとソルの頭を優しく撫でる。

カグラの髪を撫でるとビクッと震える。

ソルの犬耳を触ると同じだ。

「ちゃんと顔を上下に振るんだ」

「ん、れぇろ……れろれろれろ……れぇろっ……ご主人様、これでいい？」

「ああ、十分だ」

二人は俺の肉棒を挟んで両脇から小さな舌を肉棒に這わしてくる。

ソルはすぐに指示通りに顔を上下しながら舌を押し付けてくる。

「れろっ、ちゅるっ……主様、私には……」

「カグラは亀頭を舐めながら舌の先端を入れるんだ」

「ふぁい、主様……ちゅっ、ちゅっ……こんな感じですか……？」

「ああ、悪くない。だが、もっと唇に力を入れてくれ」

「わかり、ました。ちゅぅ、ちゅぷ、ちゅ……」

聞いてきたカグラにもやり方を教えると、亀頭を割るようにカグラの舌先が入ってきて身体が痺れる。

「いいぞ二人共。その調子で頼む」

「ありがとうございます……れぇろ、れろれろ、れぇろ……」

「ちゅぅ、ちゅ、ちゅぷ……ありがとう……」

お礼をいいながら一生懸命に舌を這わせてくる二人は時折、舌が重なって互いに唾液を交換してから、反対側に戻って両方から舐める。

黒髪と青髪の美少女二人の妻が一生懸命にしてくれるフェラをじっくりと味わっていく。

「大好きなご主人様のはどうだ？」

「れぇろ、れぇろ……ん、はぁっ……すごく熱くて、舌が火傷《やけど》しちゃいそう……んんっ！」

「ちゅぷ、ちゅっ……先端は匂いがきつくて……ちゅっ……主様の味がして美味しいです……んぁっ！」

「そうか。しっかりと味わうといい。それと金玉をそれぞれで揉むんだ。後、空いている手で互いのマ〇コに指を這わせるといい。その方が自分でするよりも気持ちいいぞ」

蕩けきったエロい顔をして、肉棒を舐めている二人は自分で膣口を弄って慰めだしたので、追加で指示をやると、すぐに金玉を優しく揉みながら相手の膣へと手を伸ばして弄り出す。

「じゅるるる……れぇろ、れぇろ……じゅるるっ、れろれろぉっ……」

「ちゅっ、ちゅぱっ、ちゅ、ちゅぅっ！」

「ソル、もっと口に唾液を溜めて音を立てろ」

「ふぁい……じゅっ、じゅぷっ、じゅっ、じゅるっ……」

耳に心地よいいやらしい水音が響き、そろそろ限界がきている。

確実にウルリカにも音が届いているだろう。

「二人共、そろそろ射精したい」

「ふぁい……じゅるる、れろれろ……主様の、お好きになさってください……んんっ……じゅるっ、れろれろぉっ」

「じゅるっ、ちゅっ、じゅるっ、ちゅぷっ……いつでも、好きにだして……どろどろにして……」

「そうさせてもらう」

二人の頭を両手で寄せて左右から肉棒に押し付ける。

そのまま二人の頭を振っていく。

二人は口を開けながら舌を這わせてくる。

そのまま限界まで快楽を溜めてから二人に口を開けさせる。

「口を開いて舌をだせ」

「あ～んっ!? んぐっ、ごくっ!?」

「あ～！　じゅるっ、ごきゅ……！」

口を開いて突き出してきた舌の上に射精して精液をぶっ掛けていく。

すぐに二人の口に舌から大量の精液が流し込まれ、顔にもたっぷりとかかる。

二人が口に入ってきた精液を飲んでいく間に、ソルの犬の耳に肉棒を押し付けて精液を流し込む。

カグラの顔にも肉棒を擦りつけて精液を擦り付ける。

「あひぃんっ⁉」

「ふふぁぁぁぁっ⁉」

二人共、舐めながら感じて精液まみれにされたところで絶頂したようだ。

ビクッビクッと震えている二人は愛液の水溜まりを作り出している。

「さて寝るか」

「りゃめっ！」

「生殺しは反対れしゅっ！」

二人が立ち上がって膣口を開いて見せてくる。

そこからは粘度の高い愛液が流れておちている。

「しかたないな」

「ひゃうっ⁉　んっ、んんんんんっ⁉」

「わふぅっ⁉　あっ、あああぁぁぁっ⁉」

カグラの膣口に口を大きく広げて、クリ◯リスごと口に含んで愛液を一気に吸い取って飲み込む。

それだけで絶頂してぐったりする。

すぐに隣のソルのお尻を摑んで引き寄せて同じようにするとこちらも同じ反応だ。

ただ違うのはカグラは片手の指を咥《くわ》えていたことぐらいだ。

「……あっ、主しゃまの精液っ……カグラの淫乱マ○コにください……もう、我慢できません……」

「ソルも、我慢できない……ご主人様のでソルの雌犬マ○コに種付け交尾、して欲しい……」

「しかたない子達だな。明日に差し支えないか？」

「大丈夫れす……あした、もっと頑張りますから……」

「もっと、頑張るから……ちょうだい……」

「いいだろう。だったらベッドの上に四つん這いになれ」

おねだりをしてきた二人は、すぐにベッドの上に四つん這いになってお尻をあげて振ってくる。

ソルに至っては尻尾もぶんぶんと振られている。

せっかくだ。まずはソルから挿入してやろう。

どろどろになっている発情雌犬マ○コに膝立ちになりながら突っ込んでやる。

「狼のくせに雌犬って自分からいっている悪い子にお仕置きだ」

「キャインッ!?　わふぅぅっ！　きたゃっ……ご主人様のおち○ちんっ、あひぃいいぃいぃいっ!?」

腰を激しく打ち付けて最初から全力で攻める。

ソルは子宮口に肉棒を一気に叩き付けるとすぐに絶頂して痙攣《けいれん》しだす。

散々調教してあるのもあるが、作り直したとはいえ、元はゴブリン達によって快楽漬けにされた身体なので敏感さでいえばルナよりもソルの方が上だ。

同時に犯す場合はリンクして変わらないのだが、個々でみるとそうなる。

しかし、可愛らしい少女が、俺の肉棒でだらしなく舌を出して喘ぎ声をあげて何度も絶頂する姿は興奮してくる。

「ソル、気持ちいいか？」

「きっ、気持ちいいっ！　気持ちいいのっ！　目の前がっ、バチバチってなって、こわれりゅぐらいっ、いいのぉっ!?　おっきいのれっ、お腹のなきゃ、ぐちゃぐちゃにされてっ、イッちゃうぅううううぅぅっ!?」

背中を仰け反らせながら潮を吹いて雄叫びをあげる。

俺はソルの身体を楽しみながら体重をかけてベッドに押し倒す。

「ふぎゅっ!?」

完全にソルの上に乗ってしっかりと奥まで入れる。

ソルは子宮口を押し上げられてお腹の部分が膨れ上がっていることだろう。

「ソルは良い娘だな。ああ、そういえばソルを助けに来ていた奴等がいたが、あいつらはどうしたい？　ソルが望むなら解放してやってもいいぞ」

ソルを助けにきた一部はゴーストになっているし、一部は鬼に変化している。

ゴーストは魂を解放してやれば成仏できるし、鬼は殺してやればそれでいい。

どうするかはソル次第だ。指をソルの口元にやって唇の間に潜り込ませる。

「はむっ、じゅるっ、れろっ……どうでも、いい……ご主人様の、好きにして……あむっ、んっ、んんっ!?」

一生懸命に指をしゃぶりながら言ってくる。

本当に連中のことなどどうでもいいのだろう。

ソルとルナのことを考えるとやり過ぎたかとも思ったが……気にしなくていいようだ。

「そうか。じゃあもっと気持ちよくしてやる」

「あぁぁっ!? あんっ、あああぁんっ！」

「これが弱いんだろ」

「ひあっ、あぁあぁっ！ だめっ、だめっ、子宮潰されてっ、あっ、あぁぁっ、ひあぁっ……!?

またイクっ！ あぁっ、ひぁぁぁぁっ!?」

ソルの肩を摑んで体重をかけて押し付けながら獣のように犯す。

獣人にしたせいか、ソルもこういう獣っぽいのが大好きだ。

「イケっ！」

「イクッ、イクぅぅっ！ あっ、あぁっ、あああああぁぁぁっ！」

ソルを押さえつけてしっかりと膣に肉棒を全部入れて、子宮口に亀頭を押し付けながら大量の精液を解き放つ。

「この感覚は何度味わってもたまらないな……」

ソルが絶頂して痙攣する膣の締め付けを感じながら何度も注ぎ込んでいく。

精液の熱さを感じているのか何度も膣内を痙攣させている。

その刺激で肉棒の脈動が止まらない。全部出し切った後、ソルの膣から肉棒を引き出す。

すると大量の精液が小さなソルの子宮では入りきらなかったようで、パックリと開いた膣口からボトッボトッと精液の塊が落ちてくる。

「……はふぅぅうっ……」

気をやったソルの尻臀に肉棒を挟んで少し動くと、敏感になっている肉棒はすぐに大きさを取り戻した。

次にソルの尻尾を肉棒に巻き付けて拭ってからカグラの下へと移動する。

「待たせたな」

「うぅ～早くください……おかしくなっちゃいます……」

「わかった」

すぐにカグラの尻を摑んで押し開き、ア○ルに肉棒を突っ込む。

「ひんっ⁉　そっ、そこは違っ、あぁぁぁぁぁぁぁぁっ⁉　お尻、裂けちゃい……くっ、はぁぁぁぁぁっ⁉」

カグラは入れられた場所に大きく眼を見開いているかもしれない。

「くっ、キツイなっ！」

一気に奥深くまで突っ込んだ。カグラのア○ルの皺は伸びきっている。

鬼であるカグラなら大丈夫だと思ったが、予想通り傷はついていない。

しかし、逆に俺のが折れてしまいそうだ。

「やっ、はぁっ……お尻、苦しいですっ……抜いてぇっ……んくっ、んんんっ……」

「すまんが無理だ。このままやるぞ」

「うぁぁっ……⁉　動かしちゃ、だめぇっ……あぁ、はぅぅっ……お尻の中に、出たり入ったりしてぇ……あぎっ⁉」

「キツいけど気持ちいいな。しかし、カグラはア○ルセックスは初めてだったか。これはこれで気持ちいいからしっかりと覚えてくれ」

膣とは違った感触がまた癖になる。

膣よりも締め付けがきつく、膣壁のようにヒダがなくツルツルでピッタリと貼り付いてくる。

「はぁっ、うくっ……お尻、やですっ……お願いです、抜いてぇっ……あぅっ!?」

「カグラのお尻が気持ちいいから無理だな」

「……お尻、ですよ？」

「本当だ。カグラの尻穴は気持ちいいぞ」

「ん、やぁぁ……!?　中で、膨らんでぇ……だめぇっ……んぁっ！　お尻の穴っ、広がっちゃいますぅっ……やぁぁぁっ!?」

肉棒を深く入れたまま、円を描く様にお尻に腰を押し付けながら回して拡張していく。

「悪いな。もっと動くぞ」

「うぅ……お尻、広がったら嫌われちゃいますっ……動かないでっ……あんっ、ひんっ!?　あぅぅ……あっ、あっ、あうぅぅっ……」

「すぐに楽になるから我慢してくれ」

小さな尻をしっかりと摑んで、腰を動かして狭い穴を往復する感触を楽しんでいく。

しかし、嫌がっているカグラとするのはこれはこれでいいな。

「だめっ、だめですっ……あっ、あっ、はぁっ……お尻の穴っ、壊れちゃいますぅ……」

「声が変わってるぞ。すっかり気持ちよくなってるじゃないか」

「違いますっ、感じてなんてっ……あんっ、あぁっ……お尻で気持ちよくなんてっ、ありませ……あぁぁぁっ!?」

「すっかりエロい顔になっているぞ」

カグラの頭を摑んでこちらに向かせると予想通り感じているようだ。

膣よりはまだ感じていないようだが、それでもア○ルでしっかりと気持ちよくなっている。

「やっ、やですっ……あんっ、あぁんっ……そんなこと、言わないで、くださっ……んんっ、あっ、あっ、あぁぁぁっ!?」

「それにア○ルも馴染んできているぞ」

最初はきつくて折られるかもしれないと思ったが、動けば動くほどこなれてきてきつさが丁度良くなってきている。

「この穴も俺専用になってきたな。カグラは俺専用だしいいだろ?」

「そう、ですけどっ、でも、お尻なんてぇっ……あぁぁぁっ!」

「カグラは俺専用の妻になると言ったのは嘘だったか?」

「嘘じゃないっ、ないですっ……嘘なんかじゃっ、ないです……カグラはっ、主様専用ですから……あぁっ!」

「だったらわかるだろ?」

「お尻の穴っ、気持ちいですっ……!　カグラの主様専用のお尻の穴で気持ち良くなって、主様の精液っ、くださいっ!」

「よく言えたな。ご褒美だっ!」

「ひゃぁぁぁぁっ⁉　お腹の奥までっ、届いてますぅっ⁉　あっ、あっ、あうぅぅぅっ⁉」

カグラの小さなア○ルに何度も何度も角度を変えて激しく挿入し、抜き出して俺専用の性器へと変えていく。

「だめっ、だめぇぇっ……！　もうっ、頭が真っ白にっ……あっ、あっ、あっ、あぁぁぁぁっ⁉」

「ほらっ、ア○ルを犯されてイケっ！」

「あぁぁぁぁあっ、イクッ、イッちゃいますぅぅぅ……！　お尻なのにっ、気持ち良くてイッちゃいますぅぅぅぅっ⁉」

「くっ、でるっ！」

「ひっ、あぁぁあぁあああああぁぁぁぁぁぁぁっ⁉」

カグラに肉棒を深く押し入れ、肉棒が脈動して熱い精液を腸内に注ぎ込んでいく。

カグラの腸内も絶頂すると同時に締め付けてきて精液を絞り出していく。

「はぁっ……はぁっ……主様、気持ち良かったですか……？」

「気持ち良かったし、カグラの中を俺の精液で染め上げられたのでとても興奮した。もう一回したいな」

「つ、次はカグラのマ○コにください……」

「ずるい。ソルもお尻に欲しい。ソルのはほぐれていて気持ちいいと思う。それにご主人様のでソルのを上書きしてほしい」

「後一回ずつだな。それ以上は明日に差し支えるしな」

「ん、やった」

「嬉しいです」

カグラの上にソルを重ね合わせてカグラのマ○コとソルのア○ルに交互に入れて楽しんでいく。

二人も互いの顔の精液を舐め取ったり、互いに舌を絡めたりしていく。

やってることは俺の精液の取り合いだが、そのレズプレイを堪能しながら快楽を求めていく。

二人を何度も絶頂させてから、腸内と膣内にしっかりと射精する。

精液をたっぷりと流し込んだら流石に限界がきてベッドに倒れた。

「もう寝るぞ。満足しただろ?」

「はい。でもお掃除します」

「ん、綺麗にする」

二人にお掃除フェラをしてもらいつつベッドに寝転がると、気持ち良い舌の感触に眠たくなってくる。

「もういいぞ。これ以上やったらまたやりたくなるしな」

「じゃあ、洗ってくる」

「ですね」

二人は一旦、ベッドから出てスライムを使って身体を綺麗にしてから、俺の左右に分かれて身体を密着させてくる。

「腕、借りていいですか?」

「ん、ソルも」

「いいぞ」

「ん～」

「えへへ」

嬉しそうに身体を密着させ俺の腕を枕にして眠る二人。

優しく頭を撫でてやっているとすぐに寝息が聞こえてきた。

やはり疲れていたようだ。

またこんな幸せな時間がくるように、しっかりと頑張らないといけない。


目を開けると目の前にタマモの顔があり、顔を舐めて起こしてくれたようだ。

両腕を枕にしている二人は眠っているが、ウルリカは室内にはいないようだ。

「どうした？」

「くにゃ」

タマモが画面を表示してくれる。

そこには仮眠前にはなかった敵を示す多数の光点が樹海に存在している。

「どういうことだ？　相手の数はかなり減らしたはずだが……」

「くー」

新しく表示された画面には救援部隊、増援部隊と書かれた表示があった。

それを見る限り相手側に救援部隊が大量に送られてきていた。

当然だがこちらにはなく、圧倒的な戦力差だ。

友理奈の奴が何かをしたのかもしれない。

これは本格的に数を減らさないと駄目だ。

寝ている場合じゃない。

いつまでも二人の可愛らしい寝顔を見ていたいが、そうもいかない。

ゆっくりと腕を引き抜いて代わりに枕を入れていく。

ベッドから抜け出してタマモを肩に乗せ、ウルリカを探しに行く。

扉を抜けるとウルリカは眼を瞑って壁に背を預けていた。

「起きたのね」

「ああ。ちょっとまずい状況のようだ」

「そうね。本格的に狩りにでる？」

「まだいい。どうせ第三区画に向かうのに数が減るからな。ウルリカはここの防衛を頼む。いざとなったら二人を連れて逃げてくれ。俺はソフィアの所に移動して指示を出してくる」

「ええ、任せてちょうだい」

「では行ってくる」

「気を付けてね」

ウルリカに見送られて、戦況を覆すための戦いを始めるためにソフィアの下へと向かう。

この戦いは妻達のためにも絶対に勝たないといけない。

ゲートを使って移動すると夜も深くなってきたのに灯りもつけずに作業をする鬼達がいた。

ソフィアを探せば彼女は崖になっている場所に立っていて、すぐ横には弓と矢筒も置かれている。

「力を使っていたが、身体は大丈夫か？」

「あっ、旦那様……身体は大丈夫です。エネルギーの貯蓄はまだ十分にありますから。それよりも第一エリアにずいぶんと来ていますよ」

ソフィアに近付いて横に立つ。彼女の手にはＤＰで購入しておいた双眼鏡が握られている。

この双眼鏡は射弾観測のための軍用のやつで、距離や物の大きさを計ることができるやつだ。

ちなみに射弾観測とは発射された弾が目標の位置に着弾し、効果を充分に発揮できているかを観測するものだ。

十分に効果が発揮できていなければ射撃角度を調整しなければいけない。

つまり、命中させるのに大事な仕事だ。

「確かに沢山いるな……」

双眼鏡を借りて覗き込んでみると樹海の中にぽつぽつと灯りがみえる。

野営でもしているのかと思ったら、時間がないせいか、夜だというのにこちらに進んできている。

第一エリアの突破方法はすでにばれているし、エルダートレントの実を捧げて第二エリアへと敵の大部分が移動してきている。中には第三エリアに移動している連中もいる。

第三エリアは実を捧げると濃霧の一部が晴れて、第三エリアへの道をエリーゼの分身が案内してくれる。濃霧が晴れるのはエリーゼを中心にして約三〇分間。その間にクリアできなければ、迷った末に第一エリアへと戻らされる。

今回の侵入者はモンスターだけで、売った獣人の姿も確認できた。

彼女達の視界には遠くに聳《そび》え立つ巨大な大樹が見えているはずだ。

そこにエリーゼが向かっていくので侵入者達はそのまま付いていっている。

丁度いいので獣人達で実験をする。

仕込んでおいた混沌兎に指示を出してみる。

しかし、やはりというか、欠片では完全にいうことを効かせることができない。

ただ、意識の一部を操作することはできるようなので迷うように誘導しておいた。

獣人以外に蛇の下半身を持ち上半身が人のラミアや、犬の頭を持つ人型の魔物であるコボルト、猫を人間のようにしたワーキャットなど様々なモンスターがいる。

そこに統一性はなく、混沌としている。

そんな彼等と一緒にエリーゼはとてとてと歩いたり、幻影蝶と協力して大きな木の根を登ったりしている。

たまに後ろを振り返って彼等を手招きして、近付いてきたらそのまま進んで樹海の奥へと導く。

「エリーゼちゃんが案内していますけどいいんですか？」

「ああ、問題ないよ。どうせこれもミスリードだ」

「なるほど」

しばらく樹海の中を進むと時間切れで霧が濃くなっていく。

そんな中で小さなエリーゼを追えるはずもなく霧の中で溶けるように消えていく。

樹海の中に完全に入り込んだ彼等は下を見て進んでいたために道もわからず、指標である大樹を目指すしかない。しかし、大樹を目指すが実際にそんな物はなく、迷った末に第一エリアへと戻る。

第三エリアを突破するには辺りを飛んでいる幻影蝶を捕まえて案内させる必要がある。

連中は大いに迷ってくれて、何度も行ったり来たりを繰り返すが、効率的に動き出している。

どうやら外部で情報を共有して進んでいっているように見える。

普通はこんなことできないはずだが、もしかして救援部隊はモンスターだけを送って、後は送ったクリエイターが指示を出しているのかもしれない。それならばモンスターしかおらず、クリエイターがいないのも納得できる。

しかし、そうなるとライブ中継というのはかなり不利になってしまう。

もう一つ疑問がある。

鉄也は戻ったようだが、稲木の姿がどこにもみえないことだ。

もしかしたら、リーゼロッテがすでに倒したのかもしれない。

だが、そんな情報は聞いていないしな。

「今がチャンスだと思いますが、攻撃しますか？」

確かにソフィアの言う通り、彼等が迷っている間はチャンスなのでトレントの矢を撃ち込むとしよう。

「ん～ちょっと右に拳二つ分、修正」

「これでいいですか？」

「撃ってくれ。よし、命中」

男の鬼達に指示をだしてトレントの矢を放ち、敵の集団に着弾させてダメージを与える。

すぐに矢から普通のトレントへと変化して周りのモンスターを駆逐していく。

しかし、すぐにトレントもやられてしまう。

そこからは狩っては狩られていくイタチごっこだ。

しかし、やはり稲木の行方がわからないままだった。


そこから数時間で攻略法がバレた。

ついに幻影蝶を捕まえられたのだ。

まあ、攻略する手段は絶対に設置しないといけないいし、あれだけのクリエイターの命令で、モンスターを投入されて探索されればバレるのは当然だ。

幻影蝶の案内で進むと祠とリングのある湖へと到着する。

ここではボス戦が行われる。ボスは熊の皮で作った着ぐるみを被った鬼達だ。

「……なんだこれ？」

「可愛いですよね！」

「依頼したのはこんなのだっけ？　可愛いのは認めるが……」

「え？　駄目でした？　熊さんの着ぐるみって聞きましたから、男の人用と女の人用に分けたんですが……」

装備はソフィアにお願いしたのだが、男用の大きなフォレストベアの着ぐるみだ。

だが、女用のは顔がでていて完全に着ぐるみだと中身がばれている。

共通しているのはデフォルメされた熊の着ぐるみの女の子のペンダントをつけていることだ。

ここまでたどり着いた救援のモンスター達も驚愕している。

熊の着ぐるみ少女が湖の近くの石板を指さす。

そこには戦わなくても水中を通って先に進めることが書いてある。

少し時間がたってから熊達はモンスターに襲い掛かって蹂躙《じゅうりん》し始める。

元の量が量だが、ここで大分数が削れた。

ボスから逃げて水中へと進んだ連中は、それはそれで地獄をみることになる。

その水中には洞窟がある。そこは木の根で囲まれた暗いエリアだ。

ここが第四エリアであり、この水中では四方八方から根の槍が襲い掛かり、容赦なく溺死させていく。

今回は基本的に後ろの奴から狙うようにしている。

熊達に勝利すると手に入るペンダントを持っているとあまり狙われないようになる。

さて、水中を泳いでいく彼等を見るためにタマモにお願いして画面を作ってもらう。

水中を進むと時折、上から光が射し込んでいる場所がある。

そこは綺麗な光のカーテンがみえるので水中からは幻想的な光景だ。

「綺麗ですが、ここも仕掛けがあるのですか？」

「いいや。ここは酸素が濃い息継ぎポイントだ」

「そうなんですね」

光のカーテンは息継ぎポイントの目安だ。

そこから浮上すると外には出られないが息継ぎができる。

問題は狭いので数が多いと息継ぎの順番を待たないといけないという点だ。

そのまま進んでいくと何度か同じように息継ぎポイントがあるが、一定ごとに植物性の神経毒を空気に混ぜて散布してある。ちなみに水中にも皮膚から吸収する毒物が微かに混ぜられている。

酸素の供給量は一定値だけなので、奥へいけばいくほど酸素がなくなり、気づかないうちに毒に犯される状況になる。

つまり大人数で攻略すると、酸素が足りなくなって大量の死体ができる。

実際に救援部隊のモンスターもそうなった。大多数がここで死んだ。

その死体はエリーゼが回収して養分に換えていく。

ここの攻略ポイントは少数であまり息継ぎせずに進むことだ。

ちゃんと調べたら光のカーテンの強弱で酸素量や毒の量を判断できるのだ。

さて、夥《おびただ》しい数の犠牲を作りながらも救援部隊の残党は第五エリアに到着する。

第五エリアは砦の前だ。つまり、第一階層の最終エリアだ。

「さて、ここからが本番だ。ソフィア、これからありったけの矢を打ち込んでくれ」

「はい。威力重視でいいですか？」

「頼む」

「じゃあ、ワンちゃん達にも頑張ってもらいますね」

「ああ、よろしく頼む。俺は砦に戻る」

「お気を付けて」

ソフィアに見送られながら転移装置の所へと向かう。

ここからが正念場だ。念のために融合も行っておこう。

「タマモ、行くぞ」

「くにゃっ！」

身体の操作を全てタマモへと預ける。

融合することによって全身に力が漲《みなぎ》ってくる。

身体のコントロールは一切利かなくなる。

だが、こちらの方が何かあった時には便利なのでこれでいい。


砦に戻るとカグラとソルの二人がベッドの上にぺたんと座って待っていた。

二人は俺に気付くとすぐに立ち上がって寄ってくる。

「敵がきました」

「ん、準備できてる」

「ああ、行くぞ」

身体の操作をタマモに任せ、俺は喋るだけ喋る。

別にタマモが喋らせてもいいのだが、今は必要ないみたいなのでこのままいく。

さて、二人と一緒に外に出る。

二人は準備ができているといっていたが、確かに鬼達が完全武装で整列していた。

その隣にはウルフに擬態した天狼達と混沌兎がお座りしている。

「ウルリカは？」

「外にでています」

「ん、伏兵」

「なるほど。リーゼロッテは？」

「動いてない」

動くとしたらこれからだろうな。

砦の扉を開けて招き入れるのが彼女の役目か？

「どうでもいいか。予定通りに行動する。作戦は覚えているな？」

「ん、引き寄せてまとめて排除」

「では打ってでますか？」

「まだいい。まずはソフィア達からだ」

外壁に立って見おろすと一キロ先の湖からモンスターが出てくるが、そのほとんどが予定通りの水生のモンスターやそれらに運ばれたモンスターだ。

指揮官であるはずの鉄也と稲木は相変わらず確認できない。

「全員、解毒用の飴を食べておけよ」

「ん」

「皆、ちゃんと食べてね」

飴を口に入れて食べる。これで神経毒は効かない。

さあ、狩りの時間だ。

「バリスタと投石機の準備はできているな？」

「ん、ばっちり」

「すぐに撃てます」

「なら、湖の付近に集中して撃て。入口を壊すなよ。周りに出て来た奴だけ狙え」

「はい。撃ってください」

鬼達がならんで弓やバリスタから無数の矢を放つ。

湖からでてきたモンスター達は矢に貫かれていく。

バリスタの矢ならともかく、普通の矢なら死なないはずのモンスターも貫いて死んでいる。

理由は簡単だ。

人間では引けないような力で弦を引き絞って放っているからだ。

「エリーゼ、力はどうだ？」

「♪」

十分に溜まっているようなので、後はもう虐殺するだけだ。

指示を出すと大地震が起きて大地が揺れる。

同時に樹海の木という木がトレントへと変化して侵入者達に牙を剝く。

トレント達は倒されたとしてもすぐに復活して襲い掛かる。

斬り刻まれると小さなトレントとなるのだ。

地面の下からも無数の根の攻撃や土の魔法による攻撃が行われる。

「エリーゼちゃん、でてくるんですか？」

「すでにな。この森その物がそうだしな」

「エリーゼの本体は地下にある」

「わかるのか？」

「匂いで」

ソルの言葉が正解だ。

超巨大な大樹は反転させて地下に埋めてある。

太陽の光などは根から生やした木々が回収してくれる。

簡単に言ってしまえば、この樹海自体がエリーゼの根の上にあり、木々はそのままエリーゼの根が木となっている。

特殊な設定をさせているが、このおかげで戦闘経験などがすべてエリーゼに蓄積されている。

一は全、全は一ということだ。

「このまま圧殺できるか？」

簡単に終わってくれるといいのだが、ただ救援部隊のモンスター達は無駄な突撃を繰り返しているようにしか思えない。

あのモンスター達を操る意志が多すぎて纏まりが感じられないのだ。

救援に送られてきたモンスターの中には知恵がある奴がいて、自分の部隊を指揮しているのだが、ハッキリ言ってそれも烏合《うごう》の衆となっている原因の一つだ。

「あれ、門が開いてる」

「なに？」

確認するとリーゼロッテの悪魔達が門を開け出撃していく。

リーゼロッテ本人はいないが、悪魔達はあっさりと敵のモンスターを倒す。

「急いで閉める」

「必要ない。俺とソルで攻撃する。カグラは前にでてくれ」

「ん！」

「わかりました」

クロスボウをタマモが素早く取り出し防壁の上からソルと一緒に狙撃する。

鬼化したカグラも防壁から飛び降りて、こちらに突撃してくるモンスターの集団に突撃して抜刀する。

相手はただの烏合の衆だ。このまま狩っていれば変化はあるだろう。

リーゼロッテの思惑（リーゼロッテ視点）

さてさて、祐也さん達が戦っている間に私は何をしているかと言われれば……私が勝つために悪魔の天敵である厄介な天使を排除しにきました。

相手は山頂で無防備な背中を曝しているので、背後から奇襲……なんてことはしない。

だって、仲間になるかもなんだから奇襲とかは駄目だよね。

「こんにちは天使さん」

天使さんは金糸のような綺麗な長い髪の毛をした優しそうな人。

この人が何度か話にでていたソフィアって人だと思う。

隠していたようだけど、ダンタリオンと融合している私にはバレバレなんだよね。

「はい、こんにちは悪魔さん」

挨拶したら意外にもすんなり返してこられた。

少し驚きながら相手をみると、嫌な気配がすごくする。

でも、私のことを悪魔と評価したのはエクセレント！

『リーゼ、単に融合している私の気配を察知しているだけですよ』

知ってるよ！　それでも嬉しいものは嬉しいの！

「それで何の用ですか？」

「天使と悪魔が同じ陣営で邂逅《かいこう》したのだ。ならばやることは一つだろう？」

「ごめんなさい。私の全ては旦那様のものですから、そういうことに興味はありません。ですのでお引き取りください」

「頭をさげてまでそういわれれば引き下がるしかあるまい……って、そうはいかないよ！」

『ここで帰ったらいい笑い者ですよね。まあ、リーゼには相応しいかもしれませんが』

相応しくないからっ！　私はやればできる子だもん！

『できる子はそうはいいませんよ』

うるさいうるさいっ！

「え？」

「不思議そうにするな！　ええい、戦わないならば戦わざるをえないようにしてやる！　貴様が戦わないのならば、大切な旦那様を妾が殺すぞ」

私はクトゥルフ神話に語られる魔導書ネクロノミコンを実体化させる。

それから魔法を放つ意志を込めると、ページが自動的にまくれて私の背後に直径一メートルの六《ろく》芒星《ぼうせい》が描かれ、その付近に色とりどりの魔法陣が無数に出現する。

これはダンタリオンの魔法を旧神の鍵と呼ばれるもので取り込んでおいたやつだ。

「まさか……」

「この魔弾を全て砦に放つ。戦闘中に受けるのだから、壊滅的なダメージを負うことになるだろうな」

「いいでしょう。その魔法陣から感じる力は驚異だと不思議とわかります」

相手が黒と白の混ざった四翼を展開し、光り輝く弓を構えながら宙に浮かぶ。

私は思わず口がにやける。

『楽しそうですね』

天使と戦えるのだから、悪魔冥利《みょうり》につきるというものだよ。

そう、天魔対戦の始まりなのだからっ！

『リーゼは悪魔じゃないですけどね』

「さて、こちらは私が対応します。皆さんは旦那様達の援護をお願いします」

あちらは指揮官なので部下の人達に指示をしている。

その間に私はダンタリオンに頼んで転移術式を展開する準備をする。

「お待たせしました」

「では、行こうか」

「はい」

二人で樹海の中に転移して互いに対峙する。

しかし、あっさりとついてきたけど、天使さんもあそこで戦うのは嫌がったか。

彼女の肩にエリーゼと呼ばれていた妖精さんが現れるけれど気にしない。

「一対一ですか？」

「二対二だ。妾にもいるのでな」

ダンタリオンを実態化してもらうと、彼女は軽く会釈をする。

するとあちらもしてきた。

「っと、その前に名乗っておこう。妾はリーゼロッテ・エレミア。こちらは我が盟友であるダンタリオンだ」

「悪魔の気配はそちらでしたか……」

「むっ」

「私はソフィアと申します。堕天使ということになるでしょう。こちらはエリーゼちゃんです」

「♪」

可愛らしく手をあげるエリーゼに思わず私も手をあげそうになる。

やっぱり可愛いし攻撃したくないけれど、これは戦いだからしかたないよね。

それに自分なりに考えてダンタリオンにたずねたら、予想通りエリーゼはとんでもない存在だったし。

『彼女をリーゼの力でどうにかするのなら、このタイミングしかありませんからね』

友理奈が介入して混乱している今しかない。

どうせ友理奈のことだから、エリーゼの対策に何かする可能性はあるけど、不確定要素に頼ることはできない。何よりも私が友理奈に頼ることをよしとしない。

「合図はどうしますか?」

「そうだね……じゃあ、このコインが落ちたら始めようか」

「わかりました」

懐からコインを出して指で弾く。

天使さんは律儀に矢を番《つが》えずに待っている。相手は弓だから接近して倒した方がいいかな。

魔導書から大鎌である旧神の鍵には瞬時に変えられるし。

コインが落ちたと同時に私は突撃した。

「「えっ⁉」」

『ふふふ』

互いに驚く。まさか相手も弓兵のくせに接近してくるとは思わなかった。

土魔法で作られた杭や落石が襲い掛かってくるけれど、ダンタリオンが消し飛ばしてくれる。だからエリーゼの相手は任せることにしよう。

「魔導士が接近戦ですか？」

「弓兵が接近戦っておかしく……ないか。近頃は接近戦をする弓兵もいるしっ！」

「それはわかりませんが、弓も使えるってだけで接近戦ができないわけではありませんよ」

ネクロノミコンから大鎌の旧神の鍵へと変更し、相手の光る剣と打ち合う。

光る剣はこちらの大鎌に触れると消滅するけれど、相手は無数に生み出して手数で押してくる。

「武器の性能が違いすぎますね」

「そりゃ、神器だからなっ！」

「では、物量でおしましょう」

周りに翼が生えた鎧姿の女性天使が沢山現れ、武器を持って突撃してくる。

それらを斬り払って一撃で消し飛ばすが、背後や左右からも別の天使が攻撃してくる。

それに対して闇魔法のカースド・ハウリングを放って吹き飛ばす。

「やばっ」

慌てて周りをみると、いつの間にかソフィアがいなくなっていて、無数の矢が飛んでくる。

すぐに左右にバックステップして避けながら木の後ろに隠れる。

その木が一瞬で魔物になって枝の手で私の身体を拘束しようとする。

それを斬って消滅させると同時に首を傾げて飛来した矢を避ける。

全ての方向から矢が飛来し、地面からは数百の根が槍となって襲い掛かってくる。

『飛びなさい』

「了解だよ！」

『アースクエイク』

ジャンプすると同時にダンタリオンの魔法で大地震が起きる。大地が引き裂かれて巨大な亀裂ができ、その中には切断された大きな木の根が奥深くまで沢山詰まっている。

あれこそがエリーゼちゃんの本体だね。

「～～～ッ!?」

「エリーゼさんっ！」

声のした方を向くと、三メートルぐらいある木の枝に乗っている天使さんが、苦しんでいるエリーゼちゃんを持って回復魔法をかけている。

『この程度では死にませんか』

ワンワードで地殻変動をやってのけてこの程度とか、魔神様はだてじゃないし、すごく憧れちゃうね！　これは私も負けてられない。

大鎌の旧神の鍵をネクロノミコンに変化させて、ダンタリオンが先の魔法でまき散らかした魔力を使って唱える。

「集え、火の精霊よ。我が求めるは灼熱の業火。大公爵たるダンタリオンの名の下に現世へと顕現し、生きとし生ける者共を等しく焼き払い、地獄の釜を作り出せ。エクスプロード・インフェルノっ！」

私の掌から放たれた炎弾は、亀裂の奥深くへと入り込んでいく。

「させませんっ！」

しかし、ソフィアさんが放った矢が炎弾を貫く。

その瞬間、衝撃を受けた炎弾は急激に膨張して球体状に広がっていく。

その球体は触れた大地や木の根を一瞬で跡形もなく焼き尽くし、直径数キロはありそうな亀裂を巨大なクレーターへと作り替えた。

「むぅっ、殺し損ねたか」

『私の魔力を勝手に使っておいて、殺し損ねるとはお仕置きですね』

ダンタリオンの風魔法で、宙を浮きながら焼け焦げて結晶化した大地に着地する。

「エリーゼちゃん……」

ソフィアさんが空を飛びながら持っていたエリーゼちゃんは、ぐったりしながら身体が砂になって消えていく。

「貴女は……」

開いていたネクロノミコンを閉じて怒っている天使さんと対峙する。

「これは戦いだから容赦はしない。それに殺したわけじゃない。だよね？」

『ええ。本体の大半を失って休眠状態に入っただけです。ですので、ここからは二人との戦いです』

「そう、私と天使さん、二人の……」

『違いますよ』

「え？」

ダンタリオンの言葉に不思議がると、横から蹴り飛ばされ、回りながら地面に激突する。

瞬間に手をついて前転の要領で体勢を整えて蹴られた顔を拭いながら振り返る。

しかし、ダンタリオンはさっきの言葉から気付いていたみたいだし、教えて欲しかった。

『教えたらお仕置きにならないじゃないですか。それと一人でどうにかしてみなさい』

私を蹴り飛ばしたのは、額から角を生やしたウルリカさんだ。

どうやらそれが彼女の戦闘状態らしい。

私はネクロノミコンを開いて、回復魔法をかけて折れかけていた腕を治す。

「ソフィア、大丈夫かしら？」

「ウルリカさん……私は大丈夫です……でも、エリーゼちゃんが……」

「やられてしまったのはしかたないわ。後で蘇らせてもらえばいいのよ。今はそれよりも裏切り者を始末しないといけないわ」

「そんなに怒らないでよ。裏切りは女のアクセサリーっていうらしいよ？」

「そんなわけないでしょ」

「裏切るのは最低だと思います」

うん、やっぱり最低だよね。でも、そもそもまだ仲間じゃないし問題なし。

「どちらにしろ、手始めに邪魔になりそうなエリーゼちゃんと天使のソフィアさんを排除しにきたんだけど……邪魔が入った。そこで交渉なんだけど、大人しく捕まらない？」

「それは聞いてあげられないわね。もちろん、やられてあげるわけにはいかないわ」

「そう、だよね。だったら、楽しい殺し合いを始めようか」

「ソフィア、いけるかしら？」

「もちろんです。おいたをした娘は叱ってあげます」

敵は天使と鬼だから、相手にとって不足はないけど一人だと多分負ける。

でも、相手が二対二のルールを破っているんだから、私も破ってもいいよね。

ネクロノミコンを旧神の鍵である大鎌へと変化させる。

「ウルリカさん、あの変な大鎌はおそらく魔法に類するものを消してきます。召喚した眷属も同じでしょう」

「やっかいね。でも、それなら触れる前に爆破すればいいだけよ」

遠距離戦闘をやってくれるみたいだけど、距離を取るのは判断ミスだよ。

私は接近戦も好きだけど、魔法戦闘の方が派手だしそっちも好きだ。

だけど、今からやるのは召喚だ。

「鍵の契約者たるリーゼロッテが命ずる。外界へと繋がる門よ、開門せよ」

旧神の鍵を虚空へと突き刺して鍵穴を回す。すると空間が罅割れて、大きな門へと変化していく。

『正気ですか？』

「あはははっ、もちろんっ！」

「何かやばいわねっ！」

「止めないといけませんっ！」

ウルリカさんも天使さんも気付いたみたいだけど、もう遅い。

門は開き、そこからクトゥルフ神話に語られる古きものに壊滅的な被害をもたらし、封印されていた連中が出現する。そいつらは漆黒の粘液状生物で、自由自在に形態を変化させる上に生命力が強く、知能もある化け物達だ。

「さあ、ショゴス達よ、好きに暴れるがいい。そして二人はＳＡＮチェックのお時間だ！」

「「テケリ・リ、テケリ・リ」」

ショゴス達が動き出した瞬間、私は急いで門の上に逃げる。

だって、私も襲われるし。

『コントロールする気はなしですか』

「だって、やりかたなんてしらないし」

そう、できない。

私がやったことはただ封印されている場所に扉を開いて召喚しただけ。

『まったく、後始末は誰がやると思っているのですか……』

「使い方を教えてよ」

『わかりました』

天使と鬼の軍勢がショゴスの軍勢と削り合う。

しかし、数も力もショゴスの方が大きい。

ここで一つ思ったことは……もう放置でいいよね。

目的は祐也さんと戦う時、有利に交渉するためだし。

天使さんの羽を数枚持っていったらいいや。

『そうですね。まあ、放置してもこのダンジョンなら問題ないでしょうし、いきましょうか』

「じゃ、そういうことでさらばだ」

「待ちなさいっ！」

「ひっ!?　こっ、こないでくださいっ！」

高笑いしながら逃げる。

だって、私も捕捉されて襲われかけているしね！

あっ、ちゃんと羽は拾ってから転移で逃げた。

それぞれの事情と裏切りの代償

突撃を繰り返していた救援部隊のモンスター達の動きが止まった。

増援もなくなったようで、砦の前にはおびただしい数の死体が積み上がっている。

「これで終わりですか？」

「拍子抜け」

カグラとソルが言う通り、これで終わりだったら拍子抜けもいいところだ。

しかし、まだ終わらないだろう。

「三人共、まだですよ」

カグラとソルの疑問にタマモが答えながらクロスボウを樹海の方へと向けた。

「出てきなさい」

すぐに皆で警戒する。

樹海の一部の景色が歪んで、砦にいたはずのリーゼロッテが現れた。

「ふふふ」

雰囲気がなんだか違う。

何よりも彼女が手に持つ大鎌からはかなりやばい気配がする。

「おやおや、旧神の鍵とネクロノミコンですか、使いこなせるのですか？」

タマモがリーゼロッテが持っている武器について教えてくれた。

魔導書ネクロノミコンと旧神の鍵はクトゥルフ神話で重要な位置にあるアイテムだ。

どちらも強力な力を持ち、所有者に災いを与える場合も多い。

「まさか。私にはそこまでの力はまだないよ」

「まだ、ですか」

「武器のことなんかよりも、プレゼントがあるんだよ」

そう言いながら、その手の反対側には白く綺麗な羽が握られていた。

「ソフィアの羽ですね」

「あの、タマモちゃん……」

タマモが断定したのなら、あれはソフィアの物に間違いないはずだ。

それに先程の戦いでソフィアから援護があまりなかったことも気になる。

「ああ、すいませんね。とりあえずくーやんに代わります」

「やっぱり私と同じ感じか」

タマモから操作権をもらって表へと出る。

「敵？」

「味方？」

「とりあえずは保留だ」

「そうだよね。でも、この羽をみたらわかるよね？」

リーゼロッテが持っているのがソフィアの羽だとしたら、二人は戦ったことが明らかだ。

それはつまり裏切ったということに他ならない。

「ソフィアをどうした？」

自分でも思っていたよりも冷たい声がでた。

「この羽をみてもわからない？　天使のソフィアさんだっけ、彼女とウルリカさんの生殺与奪《せいさつよだつ》は私が、妾が握っているってことだよ」

リーゼロッテは嬉しそうに指をあてて可愛らしい感じで、物騒なことを言う。

「そんなっ!?」

リーゼロッテが羽を握り潰しながら告げた言葉にカグラが悲鳴をあげる。

怒りが湧いてくるが、今は冷静に対処するべきだ。

まずはタマモに調べてもらう。

『駄目ですね。ダンジョンの内部で確認できるところにいません。封印されているか、エリアが隠されているかもしれません。それとエリーゼが休眠状態に入っています。彼女の権限を全てくーやんに移しておきます』

それは驚くべきことだった。

なぜなら、レジェンド級のモンスターであるエリーゼがリーゼロッテに破れたということだからだ。

休眠状態ということはひとまず無事なのだろうが、問題はソフィアとウルリカだ。

「二人は無事なんだろうな？」

言外に二人が無事じゃないと許さないという意味を込めて告げる。

「今の所は大丈夫だよ。でも、その先は祐也さん達の態度次第かな」

「そうか。それで何が望みなんだ？」

リーゼロッテの考えがわからない。

今ごろ裏切っても向こうに被害がありすぎて、友理奈は怒りまくっているはずだ。

友理奈達を裏切るとしても、このタイミングで俺まで裏切る必要はないだろう。

一体こいつの狙いはなんなんだ。

「私の望みは一つだよ。祐也さん、私と勝負しない？」

「勝負だと？」

「そう。掛け金はお互いの全部。私が勝てばその子達も貴方も全部もらって、私のために生きてもらう。手始めに友理奈達と戦うことかな。私もあいつを恨んでるんだよ。でも、一人じゃ抗えないから祐也さん達を使うの」

リーゼロッテも友理奈を相当恨んでいるようだ。どうやらこいつも友理奈の被害者らしいな。

その点は俺と同じだが、だが俺にとってリーゼロッテは加害者でもある。

それを無条件でゆるすことなんてできない。

「まあ、私が勝てばの話だから、こちらになるのはほぼ確定している。でも、負けた時の条件もちゃんと決めてあるよ。もしも私が負ければ私の全部をあげる。性奴隷だってなんだって条件付きでなってあげる」

「魅力的な提案だな。まずはその条件を聞こうか？」

どちらにしろ、ソフィアとウルリカを人質に取り、エリーゼに重傷を負わせたのだから絶対に許さない。

たとえあの武器から漂う感じが、まるでナイ子みたいでもだ。

「単純なことだよ。私が性奴隷になって相手をするのは祐也さんただ一人。他の男とするのは絶対に駄目。それとエッチなことをしている時以外は自由時間を設けて私のやりたいことを手伝ってくれること。これを守ってくれたらどんなことだって受け入れるよ。ＳＭプレイだって好きにしていいから」

「随分と都合のいいことだな」

俺の全てを得るというのにリーゼロッテは最低限の安全策を用意してきている。

しかし、負けることもちゃんと考えて判断しているのは評価できる。

「女としてこの条件を自分から出すのはどうなんだ？」

「嫌に決まってるっ！　でも、男なんてみんな汚らわしくて女を犯すことしか考えてない。私はそれを何度も見てきた。だから、少しでも負けた時のことも考えてましな条件を提示しているの。確定された未来から外れるために」

リーゼロッテの言葉はまるで未来を知っているかのような言葉だ。

それならば納得ができることもある。

「それに祐也さんは私のことを恨んでるよね。あんなことをしちゃったし」

「ああ、恨んでいる」

裸にされて便器に押し込まれ、身体中に落書きされてブラシで色々されたのだ。

恨みがないなどありえない。

少なくとも同じかそれに近い目には遭わせてやりたい。

「その表情でわかるよ。嫌だけど勝てば好きにしていいよ。友理奈に強要されたとはいえ、やったのは変わりない。自分でしたことの責任は自分で取る」

責任は一応感じているようだが、本心かはわからない。

それに一番の理由はまた別にある気がする。

「それと今まで一緒にいて、カグラちゃん達の戦力の確認もできた。これなら私にも勝ち目が充分にあるし、友理奈にも対抗できると判断した」

リーゼロッテが今まで中途半端だったのは俺達を計って判断するためか。

「友理奈と戦うなら悪い条件じゃないでしょう？」

「よくわかりませんが、それなら同盟じゃ駄目なんですか？」

「駄目だろう。俺がリーゼロッテを信じられないし、指揮系統の乱れは敗北に繋がる。先程の烏合の衆みたいにな」

「そして、あえて言おう！　私に戦略とか戦術とかは無理であると！」

リーゼロッテは胸を張ってかなりぶっちゃけてきた。

「という訳で私としては軍師を手に入れるか、配下になったほうがいいの。こんなえげつないダンジョンとか作れないし」

「防衛は合格？」

ソルが小首を傾げながらリーゼロッテに質問する。

「こんな殺しにきてるダンジョンを作れるんだもん。文句なしの合格だよ。だから負けても祐也さんの相手するだけなら、罪悪感とかで許容できる。友理奈の方は絶対に複数の男性の相手とかさせられるし、それで孕ませられたりするだろうから絶対に嫌っ!! そして、天使さえいなければ高確率で私が勝って祐也さんの全てを総取りできるのは確定的に明らかなのだよ！」

女を苗木にしている俺の言えたことではないだろうが、女からしたら相当嫌なことだろう。

しかし、なんだ。

なんだかんだいって、勝つ気満々じゃねえか。

「そしてなにより！」

「まだあるのか？」

ちょっと欲張りすぎじゃないか？

「これが一番重要なんだよ。なんせこの目的の前では全てが優先されるのだから！」

「それはなんですか……？」

「？」

カグラ達も気になったようだ。

話の内容からウルリカ達も無事だとわかったからだろう。

「貴方が私を悪魔にできるということだよっ！」

「そ、そんなことか？」

「なにおーっ！　とっても重要なことなんだよっ！　最重要っ、最優先っ！　悪魔になれるなら身も心も売っちゃうのっ！」

『ぶっ』

胸を張ってドヤ顔でぶっちゃけたリーゼロッテにタマモが俺の中で噴き出した。

「なら買ってやるから、売れよ」

そうだ、悪魔にするだけでソフィアとウルリカを下したリーゼロッテが手に入るなら、いくらでもやってやるよ！

『あはっ、あはははははははっ！　阿呆です、阿保の子ですよっ！　本体を通して知ってましたけど、本当にそう思ってるから笑いが止まりませんっ！』

タマモが爆笑している。俺も笑いたいが、返答が気になる。

「だが、断るっ！」

「なんでだよ？」

「妾は悪魔の女王になる者ゆえ、妾の全力に勝利できる者にしか従わぬっ！　それこそが妾の矜《きょう》持《じ》っ！　だいたい実力もない相手に従う妾にソロモンの魔神を始め、悪魔達が妾に従うはずなど有りえぬっ！　故にこの戦いは絶対にっ、絶対に避けられぬのだっ！」

今、なんて言った？　ソロモンの魔神を始め？　それってクトゥルフ神話の神器を持つだけじゃなく、ソロモンの魔神も従えているってことか？

「できると思っているのか？　相手は神だぞ」

「だからこその理想なんだよ！　憧れで何が悪いっ！　努力することが偉大だってお母さんも、お姉ちゃんも言ってたし、問題なし！　というわけで勝負っ！」

それ、もうただの結果がでない時の励ましだよな。

ソロモンの魔神もまだ従えてないってオチか？

だが、リーゼロッテは確実に残念な子だとわかった。なら、答えは決まってる。

「だが、断る」

「正気？」

急にリーゼロッテのトーンが下がった。まさか悪魔のことか？

「やるとしたらこちら全員対リーゼロッテで勝ち目は……」

違うな。ここで、このタイミングで戦うのなら、少なくともルナとエリーゼはいない。

それにソフィアとウルリカの生殺与奪権を握られている。

この後も鉄也と粥川、稲木と戦うことを考えると、戦力はできる限り温存しないといけない。

「ふっふっふっ、気づいたみたいだね。既に現状は私が圧倒的に有利なんだよ。でも、祐也さんは逃げられないよね？　だって、人質がいるんだから」

「主様……」

「ご主人様……」

「ルナちゃんがやられた時のは演技だったの？　それともいくら蘇るとはいえ、自分の女を見捨てるの？」

こいつ、悪魔の女王を目指すだけあって悪辣なことをしてきやがる。

こんな言い方されたら、受けるしかない。

それにそもそも二人を見捨てるなんて選択肢を取れないしな。

『そもそも、裏切っているわけですし、受けなくてもこのまま襲い掛かってくるでしょう』

そうだよな。この宣言はあくまでもリーゼロッテが筋を通して宣戦布告しただけだ。

本来なら奇襲で更に一人ぐらい削られてもしかたなかった。

「わかった。その勝負を受けてやる。だが、その前に二人を解放しろ」

「わかった。ナイ子、聞こえたよね。私と祐也さんは勝負するからね」

『好きにしてください。それとやるなら結界を解いてやってくださいね。いい加減、ぶち破りますよ』

どうやらタマモの本体であるナイ子の方も結界で今の状況を見られなくされていたようだ。

「わかった。ダンタリオン解除して。私は閉門するから」

リーゼロッテが大鎌の反対側を虚空に突き刺して回した。

その後、タマモの驚きの声が聞こえてきた。

どうやら、声は聞こえないがダンタリオンと呼ばれた奴が結界を解除したようだ。

しかし、ダンタリオンか。

まさかリーゼロッテがすでに魔神を配下に置いているとは正直言って驚きだ。

『これはまた面白いことをしてくれましたね』

タマモが見ている映像を俺も一緒に見る。

そこには無数の化け物に襲われている二人が映し出されていた。

状況的にピンチではあるが怪我とかしていないようだな。

「おい」

「おっと、これ以上はできないよ。無限湧きは止めてあげたし、こちらに来られたら困るからね」

『構いませんよ。代わりますね』

頼む。あっちにも増援を送っておくが、こっちは今ある戦力だけで魔神の相手を頼む。

『任せてください』

タマモに俺の身体の権限を渡して、逆にタマモのコアとしての権限をもらう。

そこから休眠状態になったエリーゼの代わりに一階層を操作し、ソフィアとウルリカの二人にスケルトンドラゴンとゴーストナイツを送り込む。

「さて、そちらは全員でかかってくるがいい。妾も二柱と共にいくからな。我、鍵を手にし者。門を開き、謁見の機会を得し者なり。しかして、我には未だその資格はなし。故に我が身体を依り代に別の者を呼び出すことを許したまえ」

鍵を自らの胸に突き刺すと、何かがリーゼロッテの中へと入っていく。

鍵は完全な大鎌へと変化して大きさが一回り増え、禍々しさが増した。

変化はそれだけでなく、リーゼロッテの頭から三角帽子が飛んで行き、頭部には大きな山羊の角が現れていた。

同時に彼女の周りには無数の魔導書が浮いてそのページが開かれる。

「さあ、殺し合いをはじめよう」

「ええ、カーニバルのはじまりです」

リーゼロッテが大鎌をこちらに向けると、宙に浮かぶ無数の魔導書から雨のように様々な属性弾が放たれる。

俺はエリーゼからもらった権限を使って第一階層を操作する。

まずは地面を隆起させて作った壁で防ぎつつ、無数の根で攻撃する。

しかし、すべて大鎌で切り裂かれる。

「いきます」

「援護する」

『タマモ、頼む』

「任せてくださいっ！」

カグラが突撃し、ソルが援護射撃を行う。

それだけでは不安なのでタマモにも援護をお願いする。

その間にソフィアとウルリカの方を確認する。

あちらはスケルトンドラゴンと領主軍のゴーストナイツを応援にいかせているので、残存兵力ならなんとか排除できるだろう。

「数で相手をします。絶え間なく攻撃してください」

タマモがカグラとソルに指示を飛ばしながら、次々とボウガンから矢を放ってリーゼロッテを攻撃する。

しかし、相手は邪神謹製のボウガンの矢を魔導書の魔弾で撃ち落としてくる。

ソルも魔弾の処理で手一杯となっていて、カグラは接近して斬りかかるが大鎌によって間合いに入らせてもらえない。

「そちらが物量でくるのならば、それ以上の物量で押し切ってやろう。『ダンタリオンの名の下に命ずる。地獄におりし三六の軍団よ。我が呼びかけに応え、現世に顕現せよ』」

無数の魔法陣が地面に生まれて、そこから大量の悪魔が這い出てこようとする。

召喚が完成する前に魔法陣を根で貫いて消滅させる。

中には耐えているのもあるが、空から飛来したソフィアの光の矢が貫く。

「ちっ、数キロ先まで射程距離とか、天使汚すぎっ！」

大鎌でカグラを斬り裂こうとするが、カグラは刀で大鎌の刃を滑らせて腕を斬り付ける。

しかし、すぐに再生するようで一切気にせずにカグラを爆発の魔法で吹き飛ばした。

それにソルの狙撃を予定調和のように回避していく。

いや、飛んでくる弾丸全てを避けているので、こちらの動きを読んでいる。

天使汚いとかいっているが、こっちだって魔神汚いって言いたい。

汚さでいえば明らかにリーゼロッテの方が上だからな。

なんせこちらの攻撃を読んで、攻守にいかしてくる上に一振りで大爆発を起こすほどの威力を有しているのだから手に負えない。

「予想より早いですね～」

「旦那様、お待たせしました」

ナイ子の言葉の後に上から声が聞こえ、空を見上げると四対の翼を広げて飛翔しながら弓を構えているソフィアがいた。

その周りにソフィアの眷属達の姿も確認できる。

「ちょっ、早過ぎだよっ！」

リーゼロッテもかなり驚いているが、俺も正直言ってもっと時間がかかると思っていた。

「あちらは任せてきました。魔導書の対処はお任せください」

宙に浮かぶ魔導書とドッグファイトを始めるソフィア率いる天使達。

これで随分と楽になるだろう。

「あはははは、足止めが役に立たないとかっ、これはこれでいいよっ！　それでこそ私の、妾が求める力だっ！」

本当にテンションを上げて楽しそうに戦っている。

だが、たった一人でこちらの戦力と戦えているのは恐ろしい。

「くーやん、相手はガチの神器使いです。それも使いこなせてはいないとはいえ魔神二柱の力を使っていますから、しかたないですよ」

『勝てないのか？』

「まさか。私を誰だと心得ているのですか。ソロモンの魔神如きに負けませんよ。代償は必要ですが」

代償か。勝つためにはしかたないかもしれない。

覚悟しておこう。それにタマモ達なら勝てるだろう。

「いいでしょう。では、少し揺れますよっ」

タマモが地面を蹴って低姿勢で走り、振るわれるリーゼロッテの大鎌を避けて顔を拳で殴り飛ばす。

リーゼロッテは殴り飛ばされているところにカグラが飛び上がって斬りかかる。

しかし、空中で体勢を整えながら紙一重でカグラの刀を避けて逆にカグラを蹴り飛ばし、大鎌を振るってタマモの矢を全て打ち払う。

正直言って、俺ではついていけない戦いだ。

その後、カグラもリーゼロッテも綺麗に着地してすぐに互いに接近して攻撃を行う。

だが、やはりリーゼロッテはまるでこちらの攻撃を読んでいるかのように避けていく。

「天使の攻撃は読みにくいにしても、なぜ貴様の攻撃が読めないのだ？」

不思議そうにしているリーゼロッテだが、彼女の言葉からダンタリオンの力でこちらの思考を読んでいるのが確定した。

普通なら一方的にやられるのだろうが、こちらにも切り札がある。

「はっ、その程度の力でこのタマモ様の中を覗こうなど、一京《けい》年はたりぬわっ！」

いくらダンタリオンの力を使おうが、ナイアーラトテップの分体であるタマモの方が格は上だ。

「むぅっ、面白い」

リーゼロッテが横薙《な》ぎに大鎌を振るうが、タマモが刃の部分を踏みつけて押さえつける。

リーゼロッテは大鎌を捨てて殴りかかる。タマモもボウガンを捨ててカウンターでアッパーを叩き込んで浮き上がらせる。

さらにえげつないことに、太ももに仕掛けたボウガンを引き抜いて空中にいるリーゼロッテに放つ。

「くっ⁉」

頭を痛そうにふりながら、大鎌を手元に召喚して防いだ。

「なかなかやりますね。ですが、私に不敬を働いたからには罰を与えてあげないといけませんね。くーやん、土地の支配権をください」

タマモの望み通りに権限を与えると、タマモが大地に手をつくと大地震が起きて地中からエリーゼの本体である巨大な大樹がでてきた。

ご丁寧に大樹を逆転させて正常な位置で出現させている。

しかし、その大樹の大半は抉れ飛んでいた。

この傷こそエリーゼが休眠状態になった原因だろう。

しかし、秘匿すべきエリーゼの本体を衆目に曝すとはなにをやってくれてんのかね、我らがタマモ様は……。

「ふはははは、これでここは我が領域である。今こそ、ン・ガイの森を再現してさしあげましょう！」

テンションあげたタマモは周りを一気に自らの領域に作り変えていく。

木々は紫の血管が浮き出る不気味なものへと変化し、空気も淀んだ禍々しい物へと代わる。

「やめっ、やめてっ！　やめてくださいっ！　あっ、あぁぁぁっ！」

ソフィアの翼が急速に白色から黒色へと変化……堕天していく。

「なにこれカッコイイ！　いいね！　いいね！　行くぞっ！」

「来い」

もはや駄目だ。二人は武器も使わずに殴り合いを開始した。

衝撃で大地が抉れ、浮き上がる。無数の魔法が咲き乱れ、植物がそれらを破壊していく。

タマモがリーゼロッテの一撃を後転で回避すると、そこにカグラが飛び込んできて一閃する。

リーゼロッテの腕を斬り落としたカグラを狙って、ダンタリオンから極大の光線が放たれようとするが、その前にソルの弾丸が無数の魔法陣を貫いて着弾し、大爆発を起こす。

カグラは衝撃で吹き飛ばされ、地面を跳ねながらソルに抱きとどめられる。

追撃としてダンタリオンから無数の凶悪な魔法が放たれるも、二人の前にソフィアが割り込んで障壁を展開する。

障壁は次々と解除され、ソフィアは盾を構えてなんとか耐えている。俺はソフィアの前に土壁を呼び出して堀の中に逃げる時間を稼ぐ。

混沌とした戦いの中、俺は必死に状況を理解する。

リーゼロッテとタマモはインファイトで殴り合いを続ける。

リーゼロッテがタマモの腹を蹴ろうとするが両の拳で足を挟んで破壊しようとする。

しかし、相手は足を爆破して、その衝撃で距離を取る。

「うん、このままじゃ無理！　というわけでこっちも切り札だ！　祖は狂乱の女王。全てを滅ぼし、灰燼に帰す運命を持ちし選ばれし者。汝を我が身体に召喚し、その役目を全うし狂乱の宴を開幕せよ。ベルセルク・アンリミテッドっ！」

詠唱を唱えると凶暴な気配が増大し、斬られたはずの腕と折られた足が再生した。

タマモが無数の矢と木の実の散弾を放つも、全ていつの間にか持っていた大鎌を高速回転させて弾く。

どう考えても化け物だ。

「ちっ、時間切れを待った方が賢いですね！」

リーゼロッテが使った魔法は明らかに運動能力を強化するタイプの魔法のようで、動きの速さが数倍に跳ね上がった。

『残念ね。時間切れなんてあるはずないでしょう。それまでに終わらせるわ』

『こちらの台詞だな』

「そうですよっ！」

どこからか女の声が聞こえたので俺とタマモが答える。

同時にいつの間にか上空にいた黒い身体に無数の瞳を持つブラックドラゴンが放つ極太光線のようなブレスがリーゼロッテに迫る。

しかし、リーゼロッテは大鎌でブレスすらも斬り裂いた。

本当にありえない。人間をやめているとかいうレベルじゃない。

だが、こちらにも味方が来た。

ブラックドラゴンの上にはウルリカが立っていたのだ。

『タマモ、あれはなんだ？』

「あれはスケルトンドラゴンですよ。ただし、ショゴスで肉付けしたものですけどね！」

確かにブラックドラゴンのようだが、身体の隙間からは黒い炎が溢れ出ており、肉が蠢いているのでスケルトンドラゴンなのだと納得できる。

「いや、いや、なんでっ！　旧神クラスじゃないと支配なんてできな……」

『相手はナイアーラトテップの分体ですからね。これぐらいはやってのけるでしょう』

「ちょっ、聞いてないっ！」

『聞かれてませんからね』

流石にダンタリオンは知っていたのか。

リーゼロッテには教えていなかったようだな。

しかし、これはチャンスだ。

「はっ！」

驚いて隙をさらしているリーゼロッテにカグラが飛び出して斬りかかるが、大鎌が振るわれて弾き飛ばされる。その瞬間、リーゼロッテの周りに無数の札が現れてウルリカの封印術式が発動する。

今のタイミングまでドラゴンの上で待機していたようだ。

「ダンタリオンっ！」

『そうくるのはわかっていましたから、解析は完了しているわ。はい、解除』

一瞬で解除されて札が燃え尽き、自由になったリーゼロッテは飛び上がってブラックドラゴンの首を切断し、身体の方に腕を向けてダンタリオンの魔法で焼き払う。

本当に魔神の名は伊達じゃない。

しかし、この力があれば友理奈相手でも一人で戦えるかもしれない。

それを手に入れるために俺は負けるわけにはいかない。

「諦めるわけにはいかないわね。ソフィア、二人で援護するわよ」

「はい。頑張ります」

「私もまだいけます」

カグラがソフィアに回復してもらっていた。しかし、これでもまだ戦力が足りないか。

「ん、やる」

ソルの声が聞こえ、首だけになったドラゴンがリーゼロッテに噛みついて肩から腕を抉りとっていた。

首だけでもドラゴンは微かな間だけなら動けるとは恐ろしい。だが、十分に役割を果たしてくれた。

『一旦撤退する。各自、逃げろっ！』

このままではまたルナみたいに誰かが死んでしまうから、命令して全員を逃がす。

「なっ⁉」

「くーやん？」

「時間を稼げばいいだけだろ！」

「まあ、そうですね。ならばっ！」

タマモに魔改造されたトレント達が無数に現れ、リーゼロッテに襲い掛かる。

その間に砦を皆で通り抜けて遺跡に入る。

しかし、すぐにトレントは突破される。

実際、極大の嵐が現れてトレントどもを一瞬で薙ぎ払った。

「どこに行くというのだね！　ラスボスからは逃れられないというのに！」

砦にリーゼロッテが入ってきているのを確認してから指示を出す。

「爆破っ！」

「んっ！」

砦に設置しておいた大量の爆弾と爆炎魔法で、酸素過多な第一階層は大爆発を巻き起こす。

エリーゼの悲鳴が聞こえる気がしたが、こればかりはしかたない。

「今の間に城まで逃げろ！」

「化け物すぎるでしょっ！」

「魔神様、強いです」

「ん、やばい」

ウルリカとカグラ、ソルの言葉に後ろを振り返ると炎の中から大鎌を引きずったボロボロのリーゼロッテが追ってくる。

身体から煙がでているが、それは急速に再生しているせいだ。

「逃げるなんて酷いよ。妾ともっと遊ぼうよ」

「求められたのならば、逆のことをしてあげますよっ！」

逃げながらタマモが射撃し、俺が自分のダンジョンを操作して隔壁を落としていく。

しかし、隔壁は紙のように斬られて数秒も持たない。

酸素も少ないがあいつはもうそんなものを必要としていないかもしれない。

ソルも天狼達を出して落雷を放つが、魔導書が前にでて障壁を展開して受け流していく。

カグラとウルリカが召喚した鬼もなすすべもなく斬り殺されていく。

自爆させてなんとかダメージを与えているくらいだ。

ソフィアの天使の一撃は警戒されているようで、それは確実に大鎌で防いできている。

しかし、安全に倒す手段は時間切れだろう。

二階層の遺跡を越えて三階層の城に逃げ込んだ。

リーゼロッテは正解のルートを直通で進んでくる。

本当にダンタリオンのあらゆる秘密を知る能力は厄介すぎる。

「ここでどうにかしないと終わりだぞ……」

「でも、手段はありますか？」

「正直、手詰まり感があるな。ソフィアの攻撃が命中すればいけそうだが……」

『どうせ防がれるでしょう。ですが、命中させられれば有効です。彼女はあくまでも身体に魔神を取り込んでいるだけで、元はたいしたことはありませんからね。天使の一撃で引き剝がせば勝てるでしょう』

それならいけそうだな。

しかし、動きを止めるのも結構大変だ。いや、可能性はあるか。

「ちょっと行きたい場所がある。混沌兎達と天狼達で時間稼ぎをしておいてくれ。どうにかしてソフィアの一撃を入れる」

心苦しいが死地に送るかもしれない命令を告げる。

「わかったわ」

「任せてください」

「ん、やる」

「頑張りましょう」

時間稼ぎは気合十分なウルリカ達に任せて移動する。

目指すのは……小屋だ。

そこではすでに目当てのものが生まれていた。

ちゃんと成長するかは微妙だが、一つ忘れていたことがあった。

「タマモ、腕を斬って血をぶっ掛けてくれ」

『これを使うのですか……また危険なことをしますね。まあ、いいですが……』

腕に激痛が走る。タマモが腕を噛み切って、血をたっぷりと生まれた赤ん坊にかけていく。

赤ん坊は血を吸うと大きくなっていく。中には死ぬ物もいるが、何匹かは残った。

そいつらをメインに合成進化を行う。追加で色々と召喚して混ぜていく。

サラマンダーから作ったドラゴンも混ぜる。

できた物を服の中に入れて急いで連れていこうと思ったらあちらから来てくれた。

カグラ達も足止めに頑張ってくれたようだがかいくぐったようだ。

三階層の左側の戦力はほぼ壊滅していて、残っているのは地下に少しだけのようだ。

本当に一人で俺のダンジョンを攻略しかけている。

「やっと見つけた」

カグラ達をボロボロにしながらも、リーゼロッテはほとんどダメージを受けていない。

「ごめんなさい。止められませんでした……」

「いや、ちょうどいい。ソフィア、準備してくれ」

「畏まりました。必ず一撃で仕留めます」

俺達の後ろで準備をするソフィアを俺とカグラ、ウルリカとソルで防ぐ。

「やっと戦う気になったんだ。勝つ作戦でも浮かんだ？」

「そうだ」

「主様……」

カグラが心配そうに聞いてくるので、自信をもって答える。

「隙を作ってくれ」

「わかりました」

「しかたないわね。全力で後先考えずにいくわよ」

「ん」

四人で一斉にリーゼロッテを襲撃する。

前衛はタマモとカグラだ。

ウルリカが支援して俺とソルで牽制する。

「私とソルで魔導書を撃ち落とすので、他はできるかぎり任せますよ」

「ん！」

タマモの指示通り、基本的に鬱陶しい魔導書をソルとタマモが撃ち落とし、カグラとタマモがリーゼロッテと近接戦闘を行う。

タマモの仕事が忙しいが、しかたない。

もちろん、混沌兎や鬼、天狼も参加している。

しかし、相手も大量に悪魔を呼び出し、無数の魔法を使ってくるので厄介極まりない。

「あはっ、あはははははっ！」

「くぅっ！」

カグラの刀とリーゼロッテの大鎌が何度も衝突し、刀が折れる。

その瞬間、タマモがクロスボウで横腹を打ちぬく。

その衝撃で体勢が崩れた所をカグラとタマモが二人でタイミングを合わせながら蹴り飛ばす。

「折れちゃった……でも、まだです」

カグラが印をきるとカグラの両脇から大太刀を持った巨大な鬼の腕が現れて振り下ろす。

その一撃をリーゼロッテは両手で持った大鎌で受け止める。

彼女の足が地面に埋め込まれていくが、すぐに鬼の腕は消滅していく。

「招炎招雷」

炎と雷が複数降り注いでリーゼロッテに襲い掛かっていく。

リーゼロッテは魔法で対処しようにも、ソルとタマモにしっかりと魔導書を撃ち落とされているし、ソルの動きに対応しようとしても読めないタマモがソルを囮にしてしっかりと撃ち落としていく。

「ん、ウルリカ」

「任せて」

落ちた魔導書はウルリカが札を貼り付けて封印していく。

もちろん、すぐに解除されるが、解除されるよりもさらに多く貼り付けていく。

『鬱陶しいわねっ！』

こんなやり方はすぐに破綻するが、一瞬でもチャンスが作れたらいいのだ。

「むう、何を狙っているの？　教えて」

『それは……避けなさいっ！』

「え？」

「捕まえましたよ」

ダンタリオンの焦った声に、リーゼロッテが反応する前に近付いたタマモは横腹を大鎌で抉られながらも腕に抱き着いて拘束する。すぐにその服の中から蛇の尻尾を持つ鳥が顔を出す。

「鳥？」

『目を瞑りなさいっ！』

「遅いっ！」

だが、コカトリスが放つ全力全開の石化の魔眼。

至近距離からそれを浴びたリーゼロッテの身体は容赦なく石化していく。

これが俺の策だ。

まさかこんなタイミングで役に立つとは思わなかったが。

そもそもは唐揚げと卵のためだったはずなんだがな。

『すぐに解析して……』

「させませんよ」

『そうだ。これで終わりだ』

「はい。これで終わりです。ランス・オブ・ヴァルキュリア」

ソフィアが全力で召喚した天使が槍を持って四方から突撃して、リーゼロッテの身体に槍を突き刺す。

「「「ディスペルっ！」」」

状態異常を回復する魔法と同時に、槍ごと天使達の身体が精神生命体であることをいかしてリーゼロッテの身体の中に入っていく。

「ぐっ、ぐぅううううぅぅぅっ!?　まけっ、まけるかぁああああああぁぁぁぁっ！　このっ、程度でぇっ、負けてぇ、悪魔の女王を名乗れるかぁっ!!」

黒い禍々しいオーラみたいなものが天使を弾き飛ばし、鱗や尻尾が生えてきている。

「あははは、これで万策尽き……」

「残念」

空から懐かしく感じる声が聞こえたと思ったら、巨大なハンマーがリーゼロッテを叩き潰す。

タマモがなんとか飛びのいてくれたから俺は生きていられる。

「ぐっ、うううううぅぅぅっ、まだっ！　まけなっ」

「負け。ソル」

「ん、がおぉおおおおおぉぉぉっ」

気の抜けた声がすると、ソルが巨大な狼に変身してハンマーの上に飛び乗る。

そして、大量の雷を降らしてリーゼロッテを押し潰した。

「なんでルナが復活しているんだ？　それにソルの恰好は？」

「ん、エリーゼの力を全部貰って混沌兎達と一緒にドラゴンの頭ごとショゴスを取り込んだ。後、そいつの腕も取り込んだ」

ルナが指さしたのはリーゼロッテだった。

「あ〜そういえばあのドラゴンは怨霊を合成して混沌兎で肉付けしていましたね。そもそも死んでなかったのかもしれませんが」

生きているかどうかは微妙なところだった。ルナを復活させようとした時の記述をみると〝生死不明、蘇生不可〟だった。ひょっとしたら自爆のショックで気を失っていただけかもしれない。

それにルナは混沌兎だから肉片から再生してもおかしくはない。

『でも、なんでソルまで狼になってるんだ？』

「シンクロで、手に入れた力をやった」

「わふっ！」

ソルが頷くと、ぽふっという音と共に元の小さな身体に戻った。

得た力を無理矢理使っていたようだ。

元がエリーゼが溜め込んだ力のようだし、すぐになくなるのは当然か。

それにソルとルナの頭に花の髪飾りがあり、その根が頭の中に入っている。

その花から小さなエリーゼがでてきたが、かなり怖い。

『ルナ』

「ご主人様っ」

ルナが俺に飛びついてくるが、タマモがしっかりと受け止めてくれた。

色々と言いたいことはあるが、まずはこれだな。

『お帰り』

「ん、ただいま」

心臓の鼓動を感じて、ルナがしっかりと生きていることを確認する。

そのことに俺は安堵する。

これでルナを守れなかったことが帳消しになるわけではないが、それでもこうして温もりを感じられて、心底良かったと思う。

俺はもしかしたら、前よりも弱くなったかもしれない。

前なら絶対にこんなことを思わなかったのだから。

「くーやんに身体を返しますね」

『わかった』

身体の支配権が戻ると、一気に疲れが襲い掛かってきて倒れそうになる。

ルナは俺の身体を支えながら頭を擦りつけてくる。

そんなルナにソルとカグラが近づいて抱き着いてくる。

彼女達をソフィアが優しく撫で、ウルリカは呆れた表情をしている。

これで全てが終わった。

「まだっ！」

声が聞こえて皆がリーゼロッテをみると、身体を震わせながら必死に立ち上がろうとする。

「俺の勝ちだ」

「まだ、負けてないっ！　悪魔の女王になるために敗北するわけには……」

『いいえ、リーゼの負けです』

「そうだ。俺達の勝ちだ」

「ダンタリオンまで、ふざけっ……」

這いあがろうとしているリーゼロッテに近付いて、しゃがみこんで頬っぺたを突いてやる。

「みっ、みぎゃあああぁぁぁっ⁉ いっ、痛っ、痛いぃいっ⁉」

『馬鹿ですね……もうベルセルクは切れていますよ。二回分と我等二柱を取り込んだ代償は大きいです。全身が重度の筋肉痛です』

「みゃっ、みゃけないっ！ ふっ、不屈の魂と信念があればっ、限界にゃんか、超えてみせりゅ……」

大鎌を杖にして立ち上がるリーゼロッテはまるで主人公のようだ。

「そうか。なら、戦いは続行だ」

「こっ、来いっ！」

『よーちんを呼び出されたらシャレにならないですよ？』

タマモの意見に賛成だ。

自暴自棄にでもなって呼び出されたらやばすぎる。

だからさっさと決着をつける。方法は簡単だ。

『面白いですね。身体を操作してあげましょうか？』

「いや、俺がやる」

俺も身体が少し痛いが、我慢して近付いてろくな抵抗もできずに意地だけで立っているリーゼロッテを抱きしめる。

「ひぎゅううううぅぅぅっ⁉」

「お前、悪魔の女王になりたいんだろ？」

「そ、うだ……だか、ら……負けりゅ、わけには……」

「してやろうか？」

「え？」

「だから、悪魔の女王にでもなんでもしてやろうかと言っている」

「にゃん、と？」

筋肉痛で呂律がちゃんと回っていないようだ。

ちゃんと耳元で囁いてやる。

「お前は悪魔の女王になりたいっていってただろ？　ここで負けを認めれば悪魔にしてやろう」

「ほ、んと……？」

「俺の物になればだ」

「やった！　じゃあ、認めるから！　私の負けっ！　だから悪魔にして！」

大鎌を捨てて俺の襟元を摑んで興奮したような顔を近づけて懇願してくるリーゼロッテ。

本当に筋肉痛という限界を超えやがった。

『リーゼロッテ・エレミアの降伏を確認しました。彼女を含め、彼女の全ての持ち物は黒崎祐也の物となります』

「そこまで悪魔になりたいのか？」

「そう、なりたいの！」

「なんで悪魔になりたいんだ？」

ここまでなりたいというのは異常だな。

「悪魔が好きだし、カッコイイしね。魔眼とかも大好き。あっ、悪魔にしてくれて魔眼もつけてくれたら本当になんでも言うことをきいちゃうよ！」

「駄目だこいつ……はやくなんとかしないと……」

「あっ、それはお姉ちゃんにもよく言われてる！」

ああ、コイツは重度の中二病ということか。

いや、中等部だから中二病でも問題ないのか。

『チョロインですね』

なんか微妙に違う気もする。

ただの阿呆な娘な感じがするが、欲望に忠実なだけか？

『どちらにしろ美味しく頂けばいいんですよ。この子は後々の切り札になり得ますからね』

「お望み通りしてやる」

リーゼロッテの手を摑んで岩にもたれかかせ、片手で岩を叩くようにして固定する。

そのまま開いている手で彼女の顎に手を添えて顔をあげさせる。

「おお、壁ドンだ。ちょっと違うけどこんな気分なんだ……ちょっとドキドキする」

やっていて恥ずかしくなってきた。

リーゼロッテは逆に楽しそうにしているぐらいだ。

「これは契約の儀式だ。後戻りはできないぞ」

まあ、させるつもりもないが。

「答えはもちろん、はい。妾の魂からなにからなにまで全てをくれてやる。だから妾を悪魔の女王にするのだ！」

「この状況でもロールプレイ、だと」

完全な中二病な子だが、この世界の魔法はほぼイメージだ。

つまり、向こうでも常日頃から妄想していた彼女の力はとても強い。

それは戦いの中でも証明されている。

「あ、あの、できればその……はじめてだから優しくして欲しいの……キスも初めては唇同士がいいし……」

「わかった」

これからのことを考えたのか、顔を真っ赤にさせながら俯く。片手に力を入れて顔をあげさせる。

絹の糸のような肌触りをした白銀の髪が、指の間から零れ落ちていく。

リーゼロッテは眼を瞑って俺を待っている。

俺は顔を近づけて軽く口付けをする。唇同士が触れるとビクッと身体を震わせるが、大人しく受け入れている。そのまま舌を使って唇を開いて歯を舐めて開けるように促すが、頭をふるふると振るだけだ。

「口を開けろ」

命令すると恐る恐るゆっくりと口が開いていく。

そのまま舌を入れて、怯えている舌に襲い掛かってしっかりと絡めて楽しむ。

楽しんでいると唾液が口の中に溜まっていくので、リーゼロッテに送り込んで飲ませる。

天使のような可愛らしい小さな銀髪美少女の口内を蹂躙し、唾液を飲ませていくのはかなり興奮する。それがたとえ中二病な子であってもだ。

俺にひどいことをしたやつを陵辱しているというのもかなりくる。

もっともリーゼロッテは自らの意志でやったわけではないし、彼女自身も友理奈達に復讐しようとしている。

それは一応は理解している。

理性で納得しても感情が納得していない。

だが感情さえどうにかできればリーゼロッテは復讐のパートナーとして十分だ。

それに自分から身体を差し出して謝りにきたのだから、大切にしてもいいと思う。

「んんっ⁉　やっ、気持ち悪いっ！」

身体を震わせながら、力の入らない両手で一生懸命に俺の胸を押してくる。

「あっ、ごめんない……許して……」

逆らったことに気付いて謝ってきた。

まあ最初はしかたないだろう。

特にあちらの世界で良い家庭で育ったのだから、貞操観念もしっかりとしているだろうしな。

しかし、リーゼロッテが涙目でする上目遣いはくるものがあり、俺の嗜虐心《しぎゃくしん》を煽ってくれる。

「許して欲しかったら今度はそっちからしろ。今は時間がないからこれだけでいい」

「わっ、わかった……」

震えながらも爪先立ちになって涙を流しながら口付けをしてくる。

彼女の頭を摑んでそのまま瑞々しい唇を楽しんでいると、恐る恐るあちらから舌を入れてくる。

それを受け入れて互いの舌同士を絡めていく。

リーゼロッテとのキスは病み付きになりそうなほど気持ち良い。

酸欠から力が抜けて倒れそうになるリーゼロッテを抱きしめながら唇を離す。

「立てるか？」

「なっ、なんとか……」

「そうか」

フラフラになりながらもリーゼロッテが手をこいこいとやると大鎌が飛んでくる。

大鎌は彼女の手に収まると大人しくなり、そのまま杖とする。

「酷い目にあった……穢された……」

「本番はまだだぞ」

「あう～」

顔を真っ赤にして恥ずかしそうにするが、こればかりは受け入れてもらおう。

それに忘れているかもしれないが、これはライブだしな。

「あっ、ああぁぁぁっ!?」

「どうした？」

「痛い痛い痛いっ！」

「ああ、気が抜けて筋肉痛を思い出したか。ソフィア、ある程度治療してやれ」

『無理よ。これは代償だもの。精々弱めるくらいが限度ね』

「ダンタリオンだったか……それでもこの状態じゃまともに話せないだろう」

『しかたないわね』

声と同時に幾多もの魔法陣が展開されてリーゼロッテが治療されていく。

ぼろぼろだった身体や服が再生された。

しかし、内部はまだ筋肉痛のようだ。

「助かった。それで話せるか？」

「うん、大丈夫だよ……早く悪魔にして……」

「それは全部終わってからだ。まだやることもあるし素材が足りん。この対抗戦が終わってからだな」

まだ肝心の三人がいるからな。この状況で攻め込まれたらたまったものじゃない。

「そっか。じゃあ、さっさと終わらせるね。えいっ！」

リーゼロッテが眼を瞑りながら、可愛らしい声をあげて指を鳴らす。

鳴らなかった上に筋肉痛で悶えていたが、何が起こったのかわからない。

「主様、終わりましたか？」

「「終わった？」」

「待たせて悪かったな。これで彼女も仲間……家族だ。仲良くしてやってくれ」

「「ん、了解」」

「わかりました。私は改めてカグラです。こっちはルナちゃんとソルちゃんで双子です」

「「ソルとルナ、一人で二人」」

「逆じゃないの？」

「一人で二人の身体を使っているような感じだからそれであっている」

リーゼロッテにルナとソルのことを説明しておく。厳密にいえば二人共ルナだしな。

まあ、しばらくしたらちゃんと二人に分かれる可能性もあるが、それは当分先のことだろう。

「こちらはお母さんとお姉さんです」

「ウルリカよ。この中じゃ一番の年長ね。母親として世話をしていくから、覚悟しておきなさい」

「ひっ!?」

「私はソフィアです。よろしくお願いいたします」

「天使はノーサンキューなんだけど!?」

やはり悪魔として天使は認められないようだ。

だが、リーゼロッテを納得させるのは簡単だろう。

「ソフィアは堕天使だから大丈夫だろう」

「なら問題なしだね！」

「そっ、それでいいんですか……」

「カッコイイからおっけーだよ！」

困っていたソフィアに助け船を出したが、これでいいというのはなんともあれだな。

「って、自己紹介はもういいだろう。それでさっきのはなんだ？」

「ダンタリオン」

『もう発動したわ』

『衝撃が来ますよ～』

その言葉と同時にダンジョンが揺れた。

映像をみれば第一階層に爆発後があり、近くに稲木の死体があった。

『ついでにこれもどうぞ』

新しく作られた映像には相手のダンジョンが映し出され、鉄也が粥川の前に立っていた。

鉄也の大剣が恐怖にそまった表情の粥川を一刀両断していた。

「あ、私のデーモンナイトちゃん、ちゃんと仕事をしたんだね」

詳しく聞くと鉄也はリーゼロッテに殺されて身体を悪魔の依り代にされたようだ。

稲木は身体に爆弾を巻いて縛り付け、いつでも爆破できるようにして恐怖を煽っていたようだ。

映像はそれだけではなく、火山が大噴火を起こして壊滅的な姿をみせながら崩壊していく様を映していた。

それが対抗戦の終わりを示していた。

お楽しみのお時間？

『現時刻を持ちまして稲木・粥川陣営の死亡及びダンジョンコアの消滅、リーゼロッテの投降を確認しました。対抗戦は黒埼の勝利とします。規定に従い三人の持ち物及び救援として派遣されたモンスターも含めて全てが黒崎祐也に与えられます。なお、事前に決定されている内容に従い、この対抗戦のダンジョンやスキル、モンスターに関する観戦者の記憶は全て封印処理をいたします。なお、宴の内容は端末からいつでも見れるから楽しみにしておいてね！　さあ、楽しい宴を始めましょうかっ！』

話をしている途中で流れてきたナイ子の声が聞こえた瞬間、俺は勝つことができたのだとほっとした。

俺は地面に座り込んだのだが、次の瞬間には別の場所にいた。

前方には無数の円形のテーブルが設置されたグラウンドと遠くにある校舎。

そして席についている沢山の人の視線が俺を貫いていく。

中には殺気すらある。というか、大部分が殺気だ。

ほぼ全員といっていいかもしれない。

中には忌々しそうに俺に殺気を向けてくる友理奈達もいた。

俺が見ていることに気付いたのか、さっさと帰っていった。

「こらこら、いくら賭けに負けたとはいってもそれはいただけませんよ〜？」

ナイ子の注意で理解した。こいつらは賭けに負けたのだ。

ざまーみろだな。

こんなことを思っているとナイ子が手を差し出してきた。

「よく頑張りましたね。褒めてあげますよ」

「ああ、ありがとう」

ナイ子の手で立ちあがると俺の後ろを見ることができた。

そこにはカグラ達もいて、大きなテーブルが用意されていた。

「さて今回のことでわかったと思いますが、事前準備は大切ですよ。貴方達はダンジョンクリエイターです。想像を実現できる力があります。しっかりと切磋琢磨《せっさたくま》して私達を楽しませてください。

それと今回は私からささやかなプレゼントです」

ナイ子が指を鳴らすとテーブルの上には料理が出現していた。

満漢全席といっても過言ではないそれらはどれも美味しそうだ。

「地球から世界最高峰と呼ばれる人達にお願いして作ってもらいました。美味しいですからどうぞ楽しんでくださいね。では、乾杯」

ナイ子の言葉に負け分を取り戻すかのように、皆が食事に貪《むさぼ》り付いていく。

「私達も食べていい？」

「お腹すいた」

「そうね……」

「あ～ナイ子、どうなんだ？」

「もちろん構いませんよ」

「だそうだ。好きに食べておいてくれ。俺はまだやることがあるからな。カグラやルナ達も楽しめ」

「「やった」」

「はい。いっぱい食べます」

ルナ達やカグラが席について食べ出す。ソフィアとウルリカは三人に料理をバランスよく取ってあげている。

「野菜、いらない」

「野菜、いる」

珍しくルナとソルの意見が違う。

ソルは肉だけでいいと言っている。

ルナは野菜も肉も食べている。

ソルが狼だからかもしれないな。

「駄目ですよ。ちゃんと両方食べてもらいますからね」

「う～」

「カグラも好き嫌いは駄目よ」

「が、頑張ってたべます。でも、今は量が欲しいです」

「わかったわ」

あちらは大丈夫そうなので、タマモを肩に乗せて撫でつつナイ子の下へと向かう。

「おや、くーやんは食べないんですか？」

「それよりも気になることがあるからな。リーゼロッテはどうした？」

「ああ、彼女はこっちですよ」

ナイ子が指を鳴らすとステージの一部が開いてせり上がってきた。

ステージ上には負けた三人がひどい姿で現れる。

三人はナイ子の趣味だろう、首枷と手枷が一緒になった物を嵌められて、口枷までされている。

リーゼロッテは泣きそうな表情を浮かべて、枷同士は鎖で繋がれているだけなので、手は一応動かせるようで、胸とあそこを隠している。

「さてさて、全面戦争で負ければこうなります。まあ、彼女の場合は特殊ですが、この三人にはこれから奴隷としての一生が待っています。逆らうことも許可なく死ぬこともできません。全ては主人である勝者の物になります。こうなることも覚えておいてくださいね。さて、お待ちかねの陵辱タイムです。まずはやっぱり女の子から……」

ナイ子の声に、リーゼロッテが助けを求めるようにこちらをみてくる。

「リーゼロッテは却下だ」

「え〜駄目ですよ〜」

「そうだそうだ！」

「ぶーぶー！」

外野から聞こえるものは全て無視してリーゼロッテに近付くが、その前にナイ子が立ちはだかった。

「んんっ⁉」

「くーやん、言うことを聞けないのですか？」

身体を震わせるリーゼロッテはナイ子の言葉に絶望したようで、恐怖のあまりか漏らしてしまって泣き出した。

「他の男に曝すのは駄目だ。ナイ子だけが見たいのならいいがな」

コートを脱いでリーゼロッテの身体に掛けてやるとほっとしたようで、身体を預けてきた。

「むぅ～」

「どうしてもというのなら、テーブルの下に入れてこのまま口を犯すくらいだな」

「しかたないですね。その娘はくーやんの好きにしていいですけど、そこの二人はもらいますよ」

「ああ、そこの二人は好きにしてくれ。できれば性転換でもさせて皆に解放させてやってくれ。俺のことを便器とかいってたんだ。自分で言った言葉の責任を取らせて肉便器にしてやってくれ」

「おや？　リーゼロッテはしないんですか？　恨んでいたようですが」

「こいつは謝りに来て自ら俺の物になったからな。俺専用という訳だ」

リーゼロッテの頭を撫でながらそういうと、本人もしきりに頷いている。

ナイ子も納得したようで視線を二人に向けた。

「じゃあ、この二人はくーやんの要望を入れて好きにさせてもらいます。はいはい、みなさ～ん。この二人は好きにしていいそうなので犯したい人いますか？　男性でも女性でもいいですよ」

「我等が神ナイ子様。できたら会場を二つに分けて欲しい」

「贅沢ですね。ですが、まあいいでしょう。楽しい食事ができなくなるのはいけませんしね」

ナイ子が手を叩くだけで二つのスペースができた。

「食事を楽しみたい人はここで、二人を犯したい人はここに入ってください。どうせ内容は録画して流しますので端末からみればいいですよ。さて二人を性転換させちゃいますね。ほい」

「ひぎゅっ⁉」

軽くナイ子が腕を振るうと粥川の姿が光に包まれて、次の瞬間には胸の大きな金髪の美少女へと姿を変えていた。

「元は金色に染めていましたから金髪にしてバニーガールにしました」

「おぉっ‼」

「では、もう一人も変えておきますね。一人一部屋に繋いでおくので好きに犯してください」

性転換させられた二人が転送されていく。

二人を犯すために何人かの男が部屋に入っていく。

そして聞こえる悲鳴。

あちらからは罵声が聞こえてくるが、すぐに叫び声となった。

とりあえずあいつらのことは無視して俺も食事を楽しむか。

「んんっ⁉」

「ああ、まずは外してやろうか」

俺はリーゼロッテの口枷を外してやる。

だが、その前に沢山の唾液が出ている。まずはそれを綺麗にしてからだ。

「あっ、ありがとう……助かった……」

「もう俺の女だからな」

「何もしてなかったと思うと怖い……」

「大丈夫だ。俺に誠心誠意尽くしてくれるならカグラ達と同じように可愛がってやるよ」

「……うん……頑張る……」

しおらしいリーゼロッテを抱き上げてやると股間の水滴に気付いた。

顔を真っ赤にしながら手で隠す。

「じっ、自分でするから……」

「まだ力が入らないだろ」

ハンカチで綺麗に拭いてやる。

「うぅ〜」

筋肉痛も含めてまだ無理だろう。

しかし、この枷は鍵穴もなくどうやって外すのかがわからない。

「ナイ子、これはどうやって外すんだ?」

「徹底的に犯して屈服させれば外れますよ」

「わかった」

またとんでもない仕様の外し方だが、どうせリーゼロッテは徹底的にやるつもりだったから問題ない。

「じゃあ、俺達も食事をさせてもらう」

「お好きにどうぞ～私も参加してきますので。とう！」

ナイ子が消えたと思ったら用意されたブースから悲鳴が聞こえる。

すぐに力の流れを感じたと思ったら声が聞こえなくなった。

その代わりにショゴスの楽団が現れて演奏をしだした。

「リーゼロッテ、食事にいくぞ」

「わわっ⁉　痛っ、痛いっ！」

どうせならとお姫様抱っこで持ち上げると、とっさに動いてしまったようで痛がった。

「首に手を回せ」

「うっ、うん……恥ずかしい……」

顔を真っ赤にしながら大人しく従って身体を固定する。

これで彼女の彫刻のような白い裸体がコートの間から見れる。

胸は年齢のせいかほぼない。

リーゼロッテは見られていることで顔を俯かせている。

そんな彼女を連れて食事をしている皆の所へと移動する。

すでに沢山の料理がなくなっているが、ちゃんと俺達の分は残されているようで別の皿に分けて置かれている。

「ここに座りなさい」

「わかった」

ウルリカが椅子を引いてくれたのでそこに座る。

抱きかかえていたリーゼロッテはそのまま膝の上に乗せてやる。

「うぅ……硬いのがあたってる……」

「我慢しろ」

柔らかいお尻の感触とリーゼロッテの匂いや恥ずかしそうにしている姿に、興奮してしまうのだからしかたない。

彼女は一生懸命にコートを手で引き寄せて押さえている。

「むぅ、ずるい」

「そうですね……」

「ご褒美はあとでやるから、先に食べさせてくれ」

「わかりました。あ～んです」

「あ～ん」

二人が料理を差し出してくるのでそれを食べる。

リーゼロッテには俺が食べさせてやる。

「じっ、自分で食べるから……」

「拘束されている上に筋肉痛できついだろ。大人しく食べさせてもらえ。それとも口移しがいいか？」

「くっ、口移しっ!?　たっ、食べさせてもらうね！」

流石に口移しは嫌なようだな。まあ別に食べてくれるならかまわない。

「そうね。体力はつけておかないと後が辛いわよ」

「あうっ」

恥ずかしがっているリーゼロッテに食べさせて、俺もしっかりと食べていく。

カグラとルナ達は俺がある程度食べると満足したのか、次の標的をタマモとエリーゼに向けていた。

小さな手で自分以上に大きな料理にかぶりつくエリーゼと毛並みが気持ちいいタマモを撫でたりしている。

今回の戦いは大変だったが得られるものもあったな。

後はお楽しみぐらいか。

いや、その前にダンジョンの修復が必要だな。


食事を終えてマスタールームに戻ったら、後片付けを手早く行ってダンジョンを解放した。

カグラ達はリーゼロッテとタマモを連れて風呂にいかせた。俺はクリーニングスライムに任せても良かったのだが、入浴してちゃんと身体の手入れをしたいとのことで任せた。

「ご主人様、あがった」

「こらっ、ちゃんと髪の毛を乾かしてからですよ」

ルナとソルがパーカーを羽織っただけの姿でこちらに走ってくる。

その後ろをソフィアが追ってきている。彼女はバスタオルを巻いているだけだ。

「あっ、ご主人様……」

「二人はこっちでやるから着替えてこい。風邪ひくぞ」

「わかりました。お願いしますね」

顔を赤らめながら去っていくソフィア。

二人がバスタオルを渡してきたので頭をしっかりと拭いてやる。

「今日はどうする？」

「ん？」

「夜の相手」

「ああ、今日はいい。リーゼロッテにさせるからな」

「ん、残念」

「大人しく寝る」

「ご褒美は明日だ。今日は我慢してくれ」

「ん、疼くから自分達でする」

「いい？」

許可を求めてくる二人だが、確かに戦闘の後は激しくしたいな。

それならいっそのこと全員とするか。

「ならここで準備して待っているといい。数時間後だろうが、戻ってくるから」

「「ん♪」」

嬉しそうに返事をしながら身体を預けてくる二人の頭を優しくなでてやる。

少ししたらカグラ達もやってきたので、今日はここで待っているように伝える。

「この子はどうするの？」

「連れていく」

ウルリカが抱いていたリーゼロッテを受け取って、マスタールームから運んでいく。

「どっ、どこですするの……？　でっ、できたらベッドがいいんだけど……」

「牢屋だ」

「えっ!?」

◎　◎　◎

リーゼロッテを連れてきたのは石造りの牢屋だ。

調教用の道具も置いてあるし、吊り下げるための鎖をかける物も引き上げる物もある。

もちろんベッドもある。

こんな所に連れてこられてリーゼロッテの顔が青ざめ、身体を震わせている。

「言っただろ。最初は徹底的にすると」

「おっ、お願いします……優しく……してください……」

「リーゼロッテ次第だな。俺が満足できるまでここがお前の部屋だ」

「わっ、わかりました……」

床に降ろすとペタンと足を折って座り、股の間に両手を挟む。

俺よりも身長がかなり小さいリーゼロッテが座り込めば丁度いい位置に頭がある。

彼女の頭に手を乗せてゆっくりと髪の毛の感触を楽しむように撫でる。

リーゼロッテの長い髪が石畳の床に無造作に投げ出されるが、いい匂いが漂ってきている。

こうしてリーゼロッテを見下ろすとやはりくるものがある。

牢屋で首輪に取り付けられた鎖を握り、手枷と足枷を嵌めた裸の銀髪美少女といるのだから当然か。ましてや復讐対象の一人なのだし、不安と恐怖に染まっている表情は今すぐ襲い掛かってしまいたい。だが、まだ我慢だ。

「さて、まずは話し合いをしようか」

「こっ、こんな恰好で？」

「俺が満足するために必要なことだな」

「わっ、わかった……何を話すの？　友理奈達のことだったらなんでも答えるから、痛いことはしないで……」

「そんなことじゃないさ。まずリーゼロッテっていちいち言うのは長いと思うんだよな」

「そっちっ!?　こんな恰好をさせておいてそっちなのっ!?」

「ああ。愛称とかはないのか？」

不安そうにしていた表情が、いくぶんか和らいだな。

「愛称なら……親しい人はリーゼって呼ぶよ。お姉ちゃんと纏めての時はロッテだけど」

「姉がいるのか？」

「うん。双子の姉でシャルロッテっていうの……って、お姉ちゃんまで手をださないで……それだけはお願いします」

リーゼロッテ……リーゼがこれだけ可愛ければ姉も相当可愛いのだろう。

是非とも手に入れたいが、流石にこちらから仕掛けるのはあれだな。

「リーゼが頑張ってくれるならいいだろう。こちらからは手を出さない」

「お姉ちゃんが私を助けるために仕掛けてきたら……」

「それは話が別だろう。俺はリーゼを手放すつもりはない」

リーゼの顎を上げて上を向かせる。

すると瞳にはどこか力強さが感じられた。

「お姉ちゃんは私が説得するから、私みたいに酷いことはしないで。私は自業自得だけどお姉ちゃんは違うから」

「わかった。じゃあこの話は仮定の話だから次だ。リーゼの俺の呼び方だ」

「？　ご主人様じゃないの？」

「それもいいんだが……普段は別の方がいいかな。こういう時に言ってもらえる方が興奮するからな」

「変態」

「その変態の奴隷になったんだから諦めろ」

さて、どうするか。ただ陵辱するだけじゃ面白くない。

どうせなら友理奈の代わりとして犯すか。

「なあ、お兄ちゃんって呼んでみてくれ」

「お兄ちゃん？」

「ちっ」

「舌打ちっ⁉」

「友理奈の代わりにして犯してやろうかと思ったんだが……駄目だな」

「ふざけんなっ‼　あいつの代わりに犯されるとか絶対に嫌っ！　だいたい女の子を犯すのに他の女のことを考えるなんて最低っ！　もしやるなら本気で許さないっ！」

思った以上に激怒してきたが、これは確かにないな。

しかし、友理奈のせいか妹にたいする幻想はない。

ゲームの中なら別だが……いや、リーゼはどちらかというとそういう理由なら納得しそうではあるな。

「しかし、友理奈はないが可愛い妹というのは憧れる。特にリーゼみたいな可愛い妹が従順ならばゲームとかのようにさぞかし甘やかすかもしれない。特に義理の妹とかもいいしな」

「はぁ……わかったよ。妹でもなんでもなる。でも、絶対に友理奈の代わりは嫌。ちゃんと私を私としてみてくれるなら妹として頑張る」

「良い子だ」

「ん……私もお兄ちゃんが欲しかったし妥協する。それにそっちの方が自由にできるだろうし」

「お兄ちゃんか。そこはお兄様と呼んでみてくれ」

「お兄様？」

育ちが良さそうなリーゼからお兄様と呼ばれるとくるものがある。

友理奈とは全然違うし、絶対にアイツはこんな呼び方をしない。

そもそもお兄ちゃんとも呼ばないいだろうが。

「それでいくか」

「それにしても妹にこんなことをするの？」

「妹だからだろ」

「友理奈のせいだね……やるなら早くしよ」

「積極的だな。どうしたんだ？」

「裸でいるから、寒い」

「それはわるかった」

確かに牢屋で裸は寒いだろう。

服を着ていたら普通ぐらい……むしろすこし暖かいくらいだ。

だが首輪や手枷とかは鉄だから寒いのかもしれないな。

「なら、まずは口でチャックを下ろして俺のを取り出せ」

「なっ、ななななっ!?」

顔を真っ赤にして狼狽えるリーゼの首輪についてる鎖を引っ張って、股間を顔に押し付ける。

「ちゃんとした妹になるよう躾《しつけ》の開始だ」

「こんなの妹のすることじゃ……」

「リーゼは妹だが、俺の奴隷だからな。肉奴隷としてしっかりと奉仕してもらう。いや、今はまだ肉便器か」

「っ!? わっ、わかった……肉便器のままは嫌だし……んっ」

口でチャックを咥えて一生懸命に下げていく。

口を自分から股間に押さえつけて下着をずり降ろしていくが、すぐに戻ってしまう。

何度か試しても一向に出せない。まあ、勃起しているからしかたないかもしれないな。

「むっ、むり……せめて手を使わせて……」

「お願いするにはどうしたらいいかわかるだろ?」

「わっ、わからないよ……」

「じゃあ、教えてやる」

リーゼの耳元で囁いてやると真っ赤になりながら恐る恐る口にしていく。

「ごっ、ご主人様のおチ○ポ様を……いやしいにっ、肉便器の……リーゼのくっ、口を便器にして美味しい精液を飲ませて……ください……」

「良く言えたな」

涙を流しながら俯いて台詞をぽつぽつと言ったリーゼの頭を撫でてから、服を脱いで裸になる。

リーゼは一瞬だけこっちを見てすぐに顔を逸らすが、俺は近付いて頭を摑んでこちらに向かせる。

「あっ、あぁ……」

「さて、ここからが本番だ。口を大きく開けて動くな。それと絶対に嚙むなよ」

恐怖に震えるリーゼに命令して口を開けさせる。肉棒を摑んで位置を調整して彼女の口にゆっくりと入れていく。

「頭をもう少しあげて気道を確保しろ」

「うごっ⁉　んぐっ⁉　うぇっ⁉　んごぉぉぉぉっ⁉」

えずくリーゼを無視して腰を突き出して小さな顔に股間を押し付ける。肉棒はリーゼの喉奥へと入っていく。きつくてすぐに壁に到達するが、位置を調整して根元まで入れる。

「うがっ⁉　んんんんんんっ⁉」

リーゼが苦しそうに呻くが、命令しておいたから身体は一切動いていない。俺が止めないとわかったからか、必死に鼻で息を吸っていく。彼女が息を吸う度に喉が震えて気持ちがいい。それに美少女の妹の口に肉棒を突っ込んで、口元に陰毛を押し付けているのもいい。

「いいか、舌もしっかりと動かして唇を絞めるんだ。苦しいなら早く終えるために頑張れ。これから毎日口と喉を使って奉仕してもらうから最低限、これは覚えろ」

「んがっ、んぐぅぅっ⁉」

「何を言っているかはわからないが、無理でもやってもらう。安心しろ。カグラだってできているんだし、死にはしないから問題ない。死んでも蘇らせてやるからな。さて動くぞ」

リーゼは必死に何かを言おうとしているが、無視して腰を引いていく。俺はゆっくりと抜いて入れる。しっかりと肉棒の味を教え込むために亀頭を至る所に擦りつけていく。当然、慣れていないリーゼは何度もえずく。

「んがぁぁぁぁっ⁉」

気付けば気持ち良くてリーゼの口に股間を打ち付ける速度が上がっていた。

それに水音に気付いて下をみると股間から黄色い液体が流れている。

「また漏らしたのか。これはお仕置きが必要だな」

「んぎっ⁉　ほごぉおおおぉぉぉぉっ⁉」

リーゼのツインテールを掴みながら全力で抽挿する。

リーゼの口を妹オナホとして犯す。

便器にされ、便器と呼ばれていた俺が呼んでいた奴を、逆に便器にしていると思うと凄まじい快楽が押し寄せてきてすぐに我慢ができなくなる。

「射精《で》るぞっ‼」

「んぐぅうううううううぅぅぅぅぅっ⁉」

リーゼの頭を股間にしっかりと押し付け、喉の奥から直接胃に流し込んでいく。

少し流し込んだら引き抜いて口の中にもたっぷりと吐き出していく。

勢いがなくなったら抜いて、リーゼの可愛らしい綺麗な顔に肉棒を押し付けて残りを吐き出す。

「うぐっ⁉　おえぇぇっ‼　ごふっ⁉」

抜いてやったらすぐに吐き出しやがった。

精液だけじゃなくて食べた物もだ。

「おい、飲めっていったよな？」

「ごっ、ごめんなぁさい……ちゃんと……飲むから……」

「そうか。じゃあ、もう一回か床のを舐めて飲むかかどっちがいい？」

「もっ、もう一回で……お願い、します……」

流石に床のは舐めたくないようだ。

まあ、漏らした分も含まれているからな。

「じゃあ、口を開けて舌をだせ」

「あ〜」

口を開けた中にはまだ精液が残っている。

とりあえず舌の上に肉棒を乗せてやる。

「舐めて綺麗にしろ。尿道に残っているのもしっかりと吸い出せよ。これから精液が主食だと思え。ちゃんとできるまでこれだからな」

「ふぁい……じゅるっ、れりょっ……」

「美味いか？　気分は？」

「……不味《まず》いくて臭い……最悪な気分……」

「そうか。それならリーゼ次第だが精液が美味しくてたまらないようにすることもできる」

「本当？」

「中毒になるかも知れないし、戻れなくなる。俺の精液を得るために何でもするようになるかもしれない。それでもいいならしてやる」

「……考え、させて……」

「わかった。何時でもいいからな。じゃあ、再開だ」

口を開けさせてイラ○チオを再開する。

少なくともディープスロートはできるようになってもらう。

「んごっ!?　んぐっ！」

「大きくなるまでは舐めろ。口から出してもいいから全部舐めて唾液をしっかりとまぶすんだ」

俺の言葉にすぐに口から抜いて少しえずいた後、すぐに舌を這わせて全体を舐めさせていく。

金玉もしっかりと舐め終えるころには大きくなっていたので、今度は自分で入れさせてから頭を摑んで腰を振って快楽を貪る。


リーゼが何度目かになる射精を受けて髪の毛や顔が白濁に染まっていて、一部が垂れて身体にもかかっている。

「……もぅ……むり……」

「まだ三回だぞ」

「……臭いし……不味いし、喉に絡まる……」

「じゃあ、言っていたやつをするか？」

「……それは嫌……」

「まあ時間はある。ゆっくりと考えるといい」

「ちなみに……それってなに……？」

「二通り考えている。成功するかはわからないが、命令で強制的に精液を甘く感じるようにするか、サキュバスに合成するかだ。サキュバスなら精液は大好物だろ？」

「サキュバス……？　悪魔だしそれはちょっと、いいかも……？」

「だが、ビッチになって他の男の精液を求めるかもしれないな」

一つ目は成功するかわからない。

二つ目はそれこそ問題なくなるだろうが、他の色々が駄目になる可能性がある。

「……だめ……頑張って飲むから……」

「なら、もっと頑張るんだな」

「……頑張る……でも、もう飲めない……うっ」

口元を押さえて吐き気を我慢しているようだ。

少しすると喉が動いて飲み込んでいるのがわかる。

「よく我慢したな。少し休憩するか？」

「……お願い……」

「わかった。ベッドで休んでいろ」

「ん」

リーゼをベッドで休ませている間に次の準備だ。

クリーニングスライムを呼んで綺麗に掃除させる。

この部屋はもともと激しいことをする調教部屋だから常に清潔にさせている。

「さてそろそろいいか」

クリーニングスライムの分体を作らせ、小さなそれを持ってベッドに近付く。

リーゼは気持ち悪そうにしながらぐったりとしていたが、近付いてくる俺に身体を震わせる。

「も、もう少し休憩を……」

「ああ、楽にしてやるから大人しくしていろ」

「っ!?」

リーゼの身体にクリーニングスライムを使って顔にある精液の部分を拭っていく。

顔から下はしばらく舐めたりしないのでこれでいい。顔と髪の毛を綺麗にするだけだ。

「……なにこれ？」

「掃除用のスライムだ」

「スライム？」

「便利だからな。すぐにリーゼも実感するだろう」

「え？　ちょっ!?　んんっ!?」

リーゼの口に指を入れて開かせてクリーニングスライムを入れる。

暴れるが、押さえつけて大人しくさせる。

すぐに口内を満遍なく綺麗にしてから喉から食道を通って胃へと入る。

胃の中の精液などを取り込んで綺麗にしてそのまま腸へと入っていく。

「んんんんんんっ!?」

脂汗をかきながら暴れるが、すぐに大人しくなった。

「これで楽になっただろ？　いくら食べても飲んでも、いらない物は綺麗に分解してくれるしトイレもいかなくてすむぞ。もうお漏らしも俺が指示しない限りはない」

「……便利、だけど……こんなの変態だよ……」

「そうだが、綺麗でい続けられるのだからいいじゃないか。何よりいくら食べても太らない」

食べたそばから分解してくれるから本当に便利だ。

回復効果まで持たせたら完璧なんじゃないか？

「それは嬉しい。ダイエットもしなくていい？」

「脂肪はわからない。皮膚を溶かしてからになるだろうし麻酔をすれば……そもそも俺なら合成進化でどうとでもスタイルの変更が可能だな」

「何それ凄い」

「そうだろ。だから受け入れろ」

「ん、わかった。そこまでメリットがあるなら……いいよ」

「もう苦しくはないか？」

「大分ましになったよ」

「じゃあ続きだ」

「うぅ……また飲めばいいの……？」

「違う。そろそろ本番だ」

リーゼがビクッと震えて後退《あとずさ》るが、鎖を引いて近寄らせてから抱き上げて真ん中に移動する。

それから天井にある滑車に首輪の鎖を通す。

「吊り下げるが、首輪から鎖を取る」

「よかった……」

首輪だと締まって死ぬ可能性もあるから、首輪から両手の手枷へと変える。

これで両手をあげた状態で固定するように鎖を巻いていく。

「いっ、痛い……あっ、あげすぎだよっ！」

「いや、これでいい」

リーゼが爪先立ちになるぐらいでしっかりと固定しておく。

小鹿のように震える姿はまさにそそるものがある。

しかし、ツインテールを解いたら髪の毛が床につきそうだ。

「こっ、これ拷問だよ……」

「このまま長時間放置したらそうなるな。ＳＭプレイだと鞭とか蠟燭だが、欲しいか」

「いらないっ！」

「そうか。それはまた今度にしようか」

「うぅ……」

「それで前からがいいか、後ろからがいいか選ばせてやる。どうせどちらもするからな」

「まっ、前がいい！　ちゃんと顔をみせながらして……後ろからは怖いから……お願い……」

「そうか。ならおねだりをしないと駄目だ。基本は教えてやるが、自分でちゃんと考えていうんだ」

また耳元で囁いてやると、ゆっくりと頷いた。

「……リーゼはお兄様専用の肉奴隷です。これからお兄様をご主人様として一生懸命に尽くします。どうかリーゼのいっ、妹処女マ○コをご主人様のおち○ちんで貫いて、リーゼの中にせっ、精液をいっぱいだして、身も心もお兄様の物にしてください……」

泣きながら伝えてきたリーゼを抱きしめて撫でてやる。

自分から言わせることでしっかりと認識できただろう。

「じゃあ望み通り、前からしようか。要望はあるか？」

涙を指で拭いながら聞く。

「きっ、キスして欲しい……後、終わったらちゃんと優しくベッドで愛して欲しい……こんなのが初体験は嫌だけど……それは自業自得だし、いいから……せめて覚えた後でもいいから普通に愛してほしい……駄目……？」

「もちろん構わないぞ。しかし、俺の顔なんかをみながらでいいのか？」

「……うん……だってナイ子から守ってくれたし、ちゃんと約束を守ってくれそうだし。私も好きになるように頑張るから、どんな形でもいいから愛してほしい。散々犯されて壊れて捨てられるのも嫌だから……」

「なんでそう思ったのかが不思議なんだが……」

普通ならこんなことを思うことはないだろう。

「一回、お仕置きでヤスデが大量に入った浴槽に入れられたの。こっちに来てからは女の子が虫を孕まされたり……」

しかし、ムカデに似たヤスデの風呂に入れさせられたら虫がトラウマになるだろう。

「それにお風呂で繁殖所のことも聞いたし……あっ、でも一番の理由は悪魔の女王とかにしてくれるんでしょ？」

「上位の悪魔にはしてやれるが、それでいいのか」

「うん！　悪魔の女王になるためなら魂を売ってもいいの！」

本当に中二病というか残念な子だが、遠慮はいらないな。

「お望み通りちゃんと愛してやる。でも、その前に俺の恨みを解消させてもらおうか」

「どっ、どうぞ……怖いけど頑張るよ。これも悪魔になるためだし……」

リーゼの柔らかいお尻を持って持ち上げて肉棒に合わせる。

やはり震えてはいるが大人しくしている。

両手で尻臀を揉みながら顔を近付ける。

リーゼの方から口を開いてくれた。

そのまま唇を合わせてからすぐに舌を絡めてリーゼの口内を舐めまわしていく。

「んんっ、はむっ……ちゅっ、じゅるっ……」

キスをしながら膣と肉棒の位置を合わせる。

ビクッとリーゼの身体が震える。

唇を離すと唾液の橋ができて途切れていく。

「はぁーっ、はぁーっ」

「覚悟はいいか？」

本来なら聞きはしないのだがリーゼは特別だ。

これが他の復讐対象なら容赦は一切しないのだが、自分から身体を差し出して謝りにきたのだから覚悟する時間くらいは待ってやる。

「いっ、いいよ……来て」

「わかった」

軽くキスをしてからお尻から手を離してくびれた腰へと持ち変える。

そして、一気に押し込んで奥まで叩き入れる。

肉を裂くような強い抵抗が押し寄せてくるが、リーゼ自身の体重と俺の力で無理矢理奥まで進めていく。

「ひぎぃっ!? あぎぃいぃいぃいぃぃっ!? あっあぁぁっ!? いっ、痛いっ! 痛い痛いっ! くひぃいぃいぃっ!?」

処女膜の微かな抵抗がなくなり、すぐに奥まで入った。

お腹も少しふくらんで撫でなくてもどこにあるかもわかる。

処女を失って痛みに呻くリーゼを片手で支えて、もう片方の手を頭に添えて口付けを激しく交わす。

痛みが引くまで待ってやるつもりはない。

今回で終わりにしてやるんだから泣き叫んでもらわないと困る。

「うっ、動かないでっ! さっ、裂けてっ、裂けてるからぁっ! んぐぅぅぅぅぅっ!? くひぃいぃいぃっ!?」

キスをしながら腰をリーゼの股間に押し付け抽挿する。

カグラ達と違ってあちらの世界の高嶺の花を好き勝手にしていると思うと我慢できない。

激痛に襲われているリーゼは瞳を大きく見開いて絶叫をあげながら白銀の髪を振り乱し、大粒の脂汗を撒き散らかす。小さく狭い膣内も侵入者である肉棒を締め上げて捻り出そうとするが、円を描くように腰を動かして膣を無理矢理にでも拡張して締め付けを和らげる。

膣内はきついが、破瓜の血と俺の肉棒についているリーゼの唾液のお蔭で動けないこともない。

しかし、狭い膣で無理矢理動かすのは膜が破れたところを肉棒で削げ落とすように動いているのと同じで、リーゼは何度も絶叫をあげて背中を仰け反らせている。

天使のような顔は苦痛に歪み、泣きながら許しを乞い始める。

「がはっ⁉　んぎっ⁉　んぶっ、んんんっ⁉　いっ、痛いっ、抜いてっ！　許してっ、お願いっ！」

「駄目だ。俺がお願いしても止めなかっただろ？」

「そっ、それは……あがっ⁉」

「大人しく受け入れろ。一回出したらましになるからな」

「はっ、はやっくっ！　出してっ！　ひぎゅぅぅぅっ⁉」

お望み通り射精するために激しく動かす。

リーゼの絶叫と鎖の音が牢屋に響く。

小さな接合部では泡立った薄い赤い泡ができている。

おかげですべりも多少はよくなっている。これならもう少し速度をあげられる。

リーゼの身体を肉棒と俺の腕で支えているので、お尻を摑んで何度も打ち付けて抽挿しながら快楽を高めていく。

「出すからなっ」

「かはっ⁉　んぎゅうううううぅぅぅっ⁉」

子宮に捻じ込むようにして肉棒を叩き込むと空気を吐き出した。

そのタイミングで膣内に精液を流し込んでいく。

リーゼは身体を仰け反らせるが、引き寄せて口付けをする。

落ち着くまでそのまま楽しませてもらう。

「はーっ、はーっ……熱いのがっ、いっぱい流れ込んで……きてる……」

「それが精液だ。リーゼの身体が気持ち良かった証拠だ」

「そっ、そうなんだ……こっちは痛くて辛いだけだった……」

「初めてなら当然だろう。それにろくに愛撫もしてないからな。これからだ」

「やっ、休ませては……」

「駄目だ。次は後ろだ」

痛み止めを口移しで飲ませてア○ルをバックから犯す。

それが終ったらベッドに連れて行って、後ろから抱きしめながら快楽を得られるようにリーゼの身体を開発していく。

ある程度満足したらマスタールームへと戻って起きていたルナ達と軽くしてから一緒に眠る。

リーゼはちゃんと連れてきているので問題ない。

四十五日目 リーゼロッテの肉体改造

俺はリーゼを牢屋に入れて一週間かけて徹底的に調教した。

基本的に牢屋から出すのは風呂の時やカグラ達とのレクリエーションに食事の時くらいだ。

それ以外は快楽を得られるように身体の開発にあてていた。

お陰で俺の肉奴隷としてもしっかりと技術を覚えて全身で奉仕できるようになった。

リーゼが約束を守ったので今度は俺が守る番だ。

だから今日はリーゼのダンジョン、邪神研究所へとやってきた。

中は薄暗いが髑髏の照明で見えないことはない。

「悪魔っ、悪魔っ♪」

枷はちゃんと外れたので首輪だけはそのままにしてある。

服はワンピースだけだ。どうせすぐに脱ぐからな。

「リーゼ、これは本物か？」

「ん～？　これね。これは侵入者だよ。愚かにもこの闇の女王にして、悪魔を統《す》べる妾のダンジョンにやって来た者共の成れの果てよ！」

何を言っているのか理解できるが、いきなりこのテンションは正直慣れてないので困る。

「具体的には？」

「えっとね、生贄にした後、骨と皮だけが残るから取ってオブジェにしたの。色々と使えて便利だから」

「そっ、そうか……それにしてもご機嫌だな」

「それは望みが叶うんだもん」

『私に何度も聞いてきたくらいだしね。まあ、答えてあげなかったけれど』

「ひどいよね～」

くるりと回転して喜びを表現している。今日、リーゼが悪魔に生まれ変わる日だ。

しかし、ダンタリオンも答えないこともあるんだな。

「で、素材はダンタリオンを除く全部でいいんだな？」

「うん。バフォメットを基準にして、ネクロノミコンとかも突っ込んで」

『私は入れないのね』

「だって、ダンタリオンは中じゃなくて側にいて欲しいし。バフォメットは取り込むけどね」

リーゼが持っていたのは魔導書ネクロノミコン。

そして変化させていた大鎌は旧神の鍵と呼ばれ、ヨグ＝ソトースに合うために必要なアイテムだ。

この二つは対戦の前に駄目元でヨグ＝ソトース召喚の儀式をしたらでてきたそうだ。

「しかしなんでヨグ＝ソトースなんだ？」

「クトグアとクトゥルフ、ハスターは音沙汰なしだった。ナイ子の影響が強いからかもしれない」

ナイ子以外の四元素の連中だな。

特にナイ子は火と相性が悪く険悪なはずだ。

本当かどうかはわからないが。

「ナイ子やアザ子は毎日儀式をしてたら来てくれたしね。それでバフォメットを貰ったんだよ。ちゃんと呼び出せてないけど、ネクロノミコンを使って憑依召喚で身体に取り込めば使役できたの。そうじゃないとベルセルクなんてやってらんないよ」

「確かに異常なほど強かったな」

「本当はこれでお兄様と戦って勝つはずだったのに……」

ガチで勝ちにきてやがったから、ちょっとでも歯車がかみ合わなければ俺が負けていた。

こんな話をしながら歩いて行くと石でできた邪神の神殿のような感じになってきた。

奥には大きな扉があり、潜るとそこは装飾が施された広い部屋でまるで神殿のようだ。

奥は高くなっており、手すりに髑髏の付いた豪華な椅子が置いてある。

「まんま玉座だな」

「当たり前だよ。ここは私の、女王の玉座なんだから」

『一応、ね』

「そう、だな……」

「んふ～♪　ほら座って座って」

喜んでいるリーゼに進められて玉座に座る。

「お兄様、座るね」

「ああ」

俺の膝の上に座って身体を預けてくるリーゼ。

彼女の身体を抱きしめながらリーゼがダンジョンの防衛用に残していた悪魔達を確認する。

悪魔はインプが多い。インプは子供くらいの大きさで空を飛んで火を吐く。

レッサーデーモンが八二体、デーモンが四二体、アイスデーモンが二四体。

そして、もらったと言っていたバフォメットが一体。

「しかし、バフォメットなんかよくもらえたよな」

「アザ子が簡単にくれたよ？　使いこなせないのが問題だけどね。ここなら一応、召喚して使えるけど、外だと憑依召喚限定なんだよね」

「どういうことだ？」

「毎日、こうやってやるの」

俺の膝から降りて広い場所でリーゼロッテが手を翳すと広間全体に魔法陣が浮かび上がってくる。

そこで手を広げながら魔力を盛大に放出しだす。

「ふんぐるい、むぐるうなふ、あざとーす！　いあ！　いあ！　あざとーす！　いあ！　いあ！我は求め、訴えたりっ！　我が呼び声に応じ顕現せよ！　いあ！　いあ！」

適当ながらその込める意志と魔力は尋常じゃない。

儀式として成立しているのか、はたまた魔法陣のお蔭かはわからないが、段々ととんでもないプレッシャーと膨大な魔力の塊が現れる。

「呼ばれて飛び出てジャジャーン!!　皆の横にすぐいる混沌、万物の王アザ子だよ！」

マジで出てきやがった。しかも何げにフレンドリーだ。

「やっほーアザ子。久しぶり〜」

『今日も来ましたか』

「そうだね。一週間ぶりかな？　この頃儀式をしてくれなかったから物足りなかったんだよねー」

「そうなんだ。ごめんね～私はお兄様に監禁されて調教されてたから」

「うん、知ってるよ。見てたしねー」

『他にもナイ子も見学していましたね。私は読書をしていましたが』

というか、三人共仲いいな。

手を取り合ってクルクル回ってる。

これ、かなりまずくないか？　アザ子のお気に入りってことだろ……やばい、死亡フラグだ。

「ああ、大丈夫だよ。ルール上は何も問題ないしねー。ボクがリーゼを贔屓《ひいき》にしているのは他のと違って毎日儀式をしてお祈りしてくれたりしたからだし。あと友達」

「そうそう、友達。三週間目くらいからナイ子もよくティータイムを一緒にしているんだよ。だから、お兄様に捕まった後は少し驚いたよ……私を色んな人に襲わせようとしてたみたいだし」

「まあ、一応審判役だし、僕の子供で邪神だからね。それと今日はナイ子は来ないよ」

『神々は気まぐれですからね』

手を叩くとテーブルなどのティーセットが召喚された。

二人はさっさと席についたので俺も大人しく席につくしかない。

「贔屓って言ってたけどいいのか……ですか？」

「ああ、敬語とか要らないから」

「そうか、助かる」

「そして、贔屓だけど……ボクは邪神だよ。贔屓？　それがどうしたっていうんだよ。適当にたいした事のない範囲で手を貸すのは問題ないさ。ナイ子が君に手を貸しているようにね。まあ、リーゼが君の物になったんだからどうしようかとは思ったけど、リーゼが苦しむ顔とかも良かったしスルーしてみた。互いに納得しているようだし、捨てたらどうなるかわからないけど
危なかったってことか。怖いな。流石邪神。

『どうせ捨てられてもほとんど干渉しないでしょう』

「まあ、リーゼを掠め取ったくらいだしね。そういえば、合成進化を取ってたよね」

「ああ。それでリーゼを悪魔にしてやろうと思ったんだが……」

「そうそう！　早く悪魔になりたいのっ！」

「じゃあ、見ててあげるからさっさとやっちゃえ」

「わかった。でも、その前に素材を作らないとな」

インプを呼び出して全てを合成進化で進化させる。

「ふむ。楽しみだ」

三〇〇体のインプが合成されている魔法陣はアザ子が現れた瞬間に撒き散らかされた膨大な、本当に膨大な魔力を吸い込んでいく。

そして、インプの姿がぼやけて集積され、炎へと変換される。

現れたのは炎の巨人。生ける炎ともいえる存在だ。

「ふはははっ、凄い！　凄いぞお兄様！」

「おや、イフリートか。クトゥグアよりは弱いね」

「当たり前だろ……」

「残念。でも、私は炎より氷の方が好きかな」

「あっはっは、両方にすればいいじゃないか」

「そうだね！　お兄様お願いっ！」

「可愛い妹のためだからしかたない」

アイスデーモンを基準にしてレッサーデーモンとデーモンを合成進化させる。

アザ子がまた膨大な魔力を漏らしている。

本人からしたらそんなことはないのだろうが、桁が違う。

今度はセルシウス・アブソリュートという冷気の塊みたいなのが生まれた。

こちらは氷の結晶体に悪魔の翼が生えた感じだ。

「これでメドロー◯が撃てる!!」

「いや、話は聞いたけど難しいよ。だって熱量って分子運動の操作だし。まあ、理屈がわかってたら色々とできるだろうけど」

『どうなるかは知っていますが、秘密です。それよりもその二つの属性でいいのですか？』

「本人が望んでるしな」

「大丈夫っ！　できなくても片方ずつで使えばいいから！」

「そうか。じゃあ、バフォメットを基準にするか。って、リーゼロッテを入れても四体か。後六体はいるな。ああ、レイスでいいか」

「レイスならいっぱいいるから問題ないよ」

「なんでそんなにいるんだよ」

「外が魔法王国だったから」

「なるほどね」

魔法使いの魂をレイスに変えてたのか。

本当におかしいくらいいたので、そいつらを素材にして合成進化だ。

まずはリッチとスペクターを作成する。そこから更にデイモスリッチとレヴナントを複数作成した。それらのモンスター達を性転換させて女性にして男性にして更に女性にしてと、適当に繰り返してからリーゼの周りに配置して合成進化を発動させる。

エディタで弄る必要がないほどの美少女であるリーゼを、彼女の要望通りに、出し入れ可能な悪魔の翼を六枚背中につけて左右の瞳を赤と青のオッドアイに変える。

六翼とオッドアイはロマンらしい。

なんというか、踏み台転生者っぽい。これこそザ・中二病といった感じだな。

残りはステータスを強化する。

リーゼロッテのスキルは極大魔力、闇魔法、悪魔召喚だったので魔力操作を取る。

後は闇魔法に全て注ぎ込んで暗黒魔法に進化させた。

これでポイントは使い切った。

「ふはははははははははは、闇の女王たる妾が爆誕したぞ!!」

膨大な魔力を撒き散らすリーゼ。

展開された六翼は大きく、撒き散らされている量以上の魔力が翼に圧縮されていることがわかる。

推定される魔力量は極大魔力も合わせてアザ子が巻き散らかしたのと同じくらいで、恐ろしい量だ。

「じゃあ、ボクからも生誕を祝して……はい」

アザ子がネクロノミコンを持って口付けをしてから渡した。口付けをした時、そちらにもかなりの魔力が込められたようだが、何をされたかわからない。

「出し入れ自由にして封印を少し解除しておいた。ネクロノミコンは使い手に合わせて成長する武器だから頑張れ」

「ええ、これでお兄様の役に立てる！」

「楽しみにしているが、無理はするなよ」

「大丈夫だから任せて」

「ああ、リーゼの場合はレベル1からスタートだからね。ぶっちゃけ、悪魔系は必要経験値が多いし、リーゼが今まで貯めた分じゃ全然だね」

「そっ、そんな……ガーン!!」

『私も手伝ってあげますから、そんなに気を落とさないでください』

リーゼは床に四つん這いになって悲しむが、悪魔や天使系はどうしても必要な経験値が多い。

その分、強いからしかたないんだが。

「まあ、がんばれ」

「そうだな。敵は沢山いるさ」

「そっ、そうだよね。うん、がんば……ええ、任せて。すぐに敵を虐殺してレベルを上げてやるんだから」

力強く宣言するリーゼロッテ。その姿を見ながらお茶をしていく。

相手が邪神様なのがあれだが。まあ、基本的にリーゼとガールズトークしているので大丈夫だろう。


アザ子が帰り、リーゼは嬉しそうに身体を見たり、走り回ったり、飛ぶ練習したりしている。

それはもう、笑顔で。

「ふはははははは！　ぜぇぜぇ……」

走り回った後に高笑いなんてしたもんだから呼吸が大変な事になっている。

それから、少しリーゼの様子を見ているとどうやら、何かしだした。

「ん〜っ!!　ん〜っ!!　ぷはっ！　んっ、んんーっ!!」

力んでいるようだが、何も起きない。大きい方はありえないので何をしているのやら。

「どうしたんだ？」

「妾のせっかくの翼が動かない！　これはどういうことだ！」

「しばらく練習がいるか、飛行能力をそもそも持っていないとか」

『持っていますよ。練習が足りないだけです』

ダンタリオンが言うなら間違いないか。

「頑張るしかないな」

「うん、練習あるのみ！　んっ！」

「おっ、少し動いた」

「本当か！」

「ああ。どれ、手伝ってやるよ」

「本当⁉　ありがとう、お兄様！」

テクテクとこちらによってくる。俺は彼女の翼に触れてみる。

「ひゃんっ⁉　なっ、何か変な感覚が……」

「まあ、今までなかった器官だしな」

「つまり、マッサージが必要と……お兄様、お願いします！」

「ああ」

リーゼの翼を揉みしだいて感じさせながら、しっかりと翼の感覚を意識させる。

しかし、こうして一生懸命に頑張っているリーゼは本当に可愛い。

今回の対抗戦で得た中での一番の収穫は可愛い妹というのは、友理奈を殺そうとしている俺にはなんとも皮肉だ。だが、兄としての気分を思い出せたので、いいか。

エピローグ

俺のダンジョンは現在、大忙しだ。

というのも事後処理が終わり、打ち上げの準備が行われているのだ。

この打ち上げは新しく加わったリーゼのお披露目も兼ねている。

そのために一週間もかけてリーゼに付きっきりで調教し、合成進化で悪魔に変えたんだ。

「準備の進行は？」

「問題ないです」

「まあ、対抗戦が終わってから準備をしていたから当然ね」

ソフィアとウルリカの二人に準備の状況を聞くが問題ないようだ。

「リーゼはどうだ？」

「手がかかる子供が増えた感じね。まあ、やることはちゃんとやってくれるし、宴を盛り上げるために色々としているわ」

「よく手伝ってくれますよ。特に料理に関しては凄く助かってます」

「そうなのか？」

「氷を大量に作ってくれますからね」

詳しく聞くと、溶けない氷で冷蔵庫を作ったり、料理を冷やす氷も用意してくれたようだ。

それに宴用に氷の彫刻を何個か設置してくれているらしい。

「馴染めてはいるのか」

「性格に色々と問題はあるけれど、良い娘ではあるのよね」

「テンション高いですからねえ～」

確かにリーゼはテンションが高く、元気な印象を受けるが……人付き合いが苦手で演技で誤魔化していることが多いように感じる。まあ、俺の妻達とはかなりましだと思う。互いに全てをさらけ出して舐めあったりもしているからな。

「二人は襲われたわけだが、その辺はどう思っているんだ？」

「私は別になんとも思っていませんよ。あれは必要なことでしたから。むしろ、可愛い妹ですね。飛び方を恥ずかしそうに聞いてきた時はとても可愛かったです」

「ウルリカは？」

「自分の全てを賭けた戦いをしていたのだから、あれぐらい大したことはないわよ。私だったら、もっと酷いことをしたでしょうしね。少なくとも確実に不意打ちで殺しているわ。聞いた限り、ソフィアにわざわざ挨拶してたそうじゃない」

「してましたよ。それに他の人達を巻き込まない所に移動までしてくれました。不意打ちで大規模攻撃されたらどうしようもなかったのにですよ」

確かに悪い娘ではないんだよな。

本当に友理奈と出会わなかったら、こんなことにはならなかっただろう。

前に寝る時に聞いたら、今がいいといっていたが。

「二人共遺恨はなしか」

「ですね。そもそも私も結構酷いことをしていますからね。記憶はありませんが」

「私もそうよ。もちろん、遺恨もないわ」

確かに元は全員敵だったな。敵じゃないのはエリーゼくらいか。

「そうか。それならこれからも仲良くしてやってくれ」

「もちろんです。それにしても、本当にお兄ちゃんになってますね」

「そうね」

二人を置いて、リーゼを探しに城下町を探索する。

飾り付けられた城下町では宴のため大量の料理が用意されている。

鬼や天狼、混沌兎が動き回る中、カグラとソルが鬼の女性達と団子を作っている姿が見えた。

「カグラ、ソル、調子はどうだ？」

「順調ですよ」

「ん、いっぱい捏《こ》ねた」

「主様に教えてもらった通り、団子を作っているんですよ」

「材料が必要ならいってくれよ」

「はい。それで主様はどうしたのですか？」

カグラが団子を作りながら聞いてくる。

「ああ、ちょっと見て回っているんだ。ああ、ソルとカグラはリーゼのことをどう思っている？」

「強敵」

ソルはあっさりと敵と答えた。

「なんでですか？」

「だって、すぐに尻尾や耳を触ってもふもふしてくる」

「あ～」

「なるほど」

寝屋を共にすると特にもふっている姿をよく見る。

しかし、嫌がっている様子はなかったぞ。

「おかしいですね。そんなに嫌だったんですか？」

「ベッドはいい。外は止めて欲しい。暑苦しいし」

これは一応、大丈夫とみるべきだな。

「なるほど。カグラはどうなんだ？」

「そうですね……いつか真っ正面から叩き斬ってやります」

「カグラ？」

「負けっぱなしは嫌ですから」

他の鬼の子達もしきりに頷いている。鬼は負けず嫌いのようだ。

「仲間としては？」

「頼もしいです。強いのはわかっていますから。後、ちゃんとした人です。こないだ皆に謝ってましたから」

「ん。群れとして認める。お菓子くれたし」

「お菓子って」

「ああ、さっきの氷菓子ですね。冷たかったですが、美味しかったですね」

「しゃりしゃりして美味しかった」

餌付けが行われている、だと？　なんだろうか、リーゼのイメージじゃない。

「まあ、仲間として受け入れているならいいか。カグラもそうだよな？」

「はい。同じ主様の妻としても認めています。次、裏切ったら許しませんが、今回は理由を聞いたら納得できましたし」

「わかった。ところでリーゼを知らないか？」

「ん、ルナと一緒にあっち」

ソルが指さした先では巨大な氷の山が作られていた。

「助かる。それじゃあまた後で」

二人と別れて氷の山へと向かう。そちらではリーゼとルナが氷の山を掘っていた。

「凄いな」

氷の山の周りにはすでに沢山の彫刻が置かれている。

「あ、ご主人様」

「本当だ。お兄様、少し待ってて」

「わかった」

二人は多数の道を作って、頂上にウォーターエレメンタルを複数配置して降りてきた。

「これは？」

「みんなが大好きなお酒を美味しく飲むための奴だよ」

「ん、要望があった」

二人が作った氷山の頂上からウォーターエレメンタルが作ったお酒が流れだす。それは氷の上を通って冷やされ、彫刻が施された氷のグラスへと流れこんでいく。

「飲む？」

「いや、他の人にあげてくれ。俺達はジュースだ」

「だね～」

「ん、あげる」

寄ってきた鬼の女性にルナがあげると、大喜びで飲んでいく。男用にはグラスが小さいようだ。

「はい、ジュースだよ」

リーゼが俺とルナに渡してくれる。

葡萄ジュースのようでとても美味しかった。

「ルナとリーゼは仲良しになったのか？」

「互いに隅々までしってるしね」

「ん。仲良し。彫刻、楽しい」

「だねー。次はドラゴンでも彫る？」

「ドラゴンっ！」

「大きいのは駄目だ。溶けないんだろ」

「ちぇー」

「残念」

話を聞く限りは仲良くできているようで安心した。

「しかし、彫刻か」

「うん。氷の悪魔像作ってたら、ルナが興味もって一緒に作り出したんだよ」

「形状変化の勉強、なる」

「だったら宝物の製作を頼めるか？」

「「やる！」」

宝物を作るコストが浮くし、冒険者を呼ぶ目玉になるだろう。

早速作っていく二人は本当に仲がよく心配はなさそうだ。こうなると一番の問題はエリーゼだな。

「大丈夫ですよ」

後ろから声がかかって慌てて振り向くと、ダンタリオンが座って本を読んでいた。

彼女の膝の上にはエリーゼがいて、一緒に読んでいるようだ。

「既に私が知識を与えることで和解は成立しています。ですので安心してください」

「そうか。それはよかった」

そうなると、リーゼは全員に受け入れられたようだな。

これから友理奈と本格的に戦うのに身内の不和は困る。

それに妻同士は仲良くしてほしい。俺としてももうリーゼを手放すつもりはないからな。

「そろそろ宴を始めるから集まりなさい」

ウルリカの声が聞こえ、全員が一ヶ所に集まっていく。

演説を頼まれたが、今回はなしにしてリーゼ達に自己紹介だけさせて乾杯をする。

待たせていた彼等に申し訳ないしな。

リーゼとルナが作ったグラスや氷の山のサーバーは大人気になった。


宴が始まり夜になるとリーゼの姿が見えなくなり、俺は彼女を探す。

すると氷の山の上に座って空をみていた。俺は隣に座ってきいてみる。

「何をしているんだ？」

「星、見てたの。本当に違う世界なんだなって実感するよ」

リーゼは月に向かって手を伸ばしている。

まるでそれに恋い焦がれるかのように。

「元の世界に戻りたいのか？」

「まさかだよ。私は悪魔の女王になったんだから帰るなんてありえない。でも、やっぱりお母さん達のことを思い出すんだ」

「リーゼは帰るべき場所があるんだな。俺にはない」

「ごめんね」

「いや、いいさ。それにリーゼの両親なら俺の義理の親にもなるしな」

冗談めかしていうと、リーゼも笑ってくれた。

「会うだけ会って、紹介するのもありかな～。でも、その前にやることがあるよね」

「ああ。友理奈達をどうにかしないといけない」

そうしないとリーゼの両親まで被害を受ける可能性がある。

「ねえ、お兄様は友理奈を殺すんだよね？」

「殺すかはわからないな。殺しは救いにもなるからな」

「そっか。私は殺したいと思っていたけど、そっちもいいかも。ねえ、お兄様」

「なんだ？」

リーゼが俺にもたれ掛かってきて、肩に頭を乗せてくる。

「友理奈を倒すの、早くしよう。私も全力で協力するから」

「急にどうした？」

「実はね、お姉ちゃんもこっちにいるんだよ。だからお姉ちゃんが標的にされる前に潰したいの」

家族を守りたいということか。

倒したい俺とは少し違うが、目的は一緒だ。

「微妙だな。だが、それならさっさと味方に引き込めばいいじゃないか」

「それって、友理奈が仕掛ける前にお姉ちゃんに仕掛けるの？」

「そうだ。俺は手をださないから安心しろ」

「それならそれもいいかも。お姉ちゃんなら協力してくれるだろうし。うん。ねえ、お兄様。悪魔の契約をしよう。友理奈を倒すために私と比翼連理《ひよくれんり》になってよ。私達の家族を守るために」

「いいぞ。家族を守るためにという理由もよくよく考えたら一緒だしな」

俺達は友理奈に復讐し、自らの家族を守る。

それは妻達やリーゼの姉も含まれる。

それに俺達はこのままじゃ進めない。

俺達の全てを奪い、踏みにじって人生を狂わされた友理奈を潰さないと元には戻れない。

いや、すでに戻れないかもしれないが、それはそれで飲み込んで進めばいい。

一人じゃ無理でも、妻や家族、仲間がいれば進める。

俺は新たな仲間と共に、再び復讐の気持ちを新たにした。

ダンジョンクリエイター ～異世界でニューゲーム～ 2

2017年12月20日　第一版発行

【著者】
ヴィヴィ

【イラスト】
雛咲 葉

【発行者】
辻政英

【編集】
今井遼介

【装丁デザイン】
ウエダデザイン室

【印刷所】
図書印刷株式会社

【発行所】
株式会社フロンティアワークス
〒170-0013 東京都豊島区東池袋3-22-17
東池袋セントラルプレイス5F
営業 TEL 03-5957-1030　FAX 03-5957-1533

ノクスノベルス公式サイト
http://nox-novels.jp/

※本作は、「ノクターンノベルズ」（http://noc.syosetu.com/）に掲載されていた作品を、大幅に加筆修正したものとなります。